I0765347

Neils Fake Date

Farraday Country ❧ Book Fourteen

CHRIS KENISTON

Indie House Publishing

Indie House Publishing

KAPITEL EINS

Das war eine wirklich dumme Idee. Nora Brown starrte auf den Bildschirm vor sich, während ihr Finger über der Eingabetaste schwebte, die ihre Antwort durch den Cyberspace senden würde.

„Geht es dir gut?" Brooks Farraday warf eine Patientenmappe in die Ablagebox. „Du siehst um die Kiemen herum ein wenig grün aus."

„Wirklich? Ich fühle mich gut." Sie könnte kein ernstes Gesicht aufsetzen, selbst wenn sie es versuchen würde. Die Tatsache, dass sie irgendwo zwischen Angst und Jubel schwankte, war wahrscheinlich ein Faktor, der zu ihrem Brechreiz beitrug.

Brooks runzelte die Stirn, bevor er es abtat und zum Untersuchungsraum Zwei ging, wo die Montgomery-Drillinge zu ihrer jährlichen Untersuchung warteten.

Sie hielt ihren Finger erneut über die Tastatur und betrachtete das Foto auf dem Bildschirm. Nettes Gesicht. Nichts Besonderes. Nichts Beängstigendes. Einfach ein weiteres nettes Gesicht. Ted war der erste Kandidat gewesen, der ihre Aufmerksamkeit erregt hatte. Fast einen Monat lang hatten sie Nachrichten ausgetauscht. Sie waren nichts Besonderes gewesen, aber sie hatte sich auf jede einzelne Kommunikation gefreut. Der kleine Flirt im Internet war das, was für sie seit dem College am nächsten an eine feste Beziehung herangekommen war.

Obwohl sie es nie für möglich gehalten hätte, fühlte sie sich, als hätte sie ihre besten Jahre bereits hinter sich. All ihre Freundinnen waren glücklich verheiratet und bekamen nun Babys, und das Kartenspiel im Ladies-Club am Samstagnachmittag war der aufregendste Teil ihrer Woche. Vermutlich sollte sie mit dem Stricken beginnen und sich ein paar Katzen zulegen. Aber das war in ihrem Alter das Dümmste, von dem sie je gehört hatte. Da in Tuckers Bluff keine guten Aussichten herrschten, hatte sie auf das Internet zurückgegriffen und sich auf die Suche nach einem Date gemacht. Nicht zu weit von der Stadt entfernt, aber auch nicht zu nahe. Es hatte keinen Sinn, sich in Tuckers Bluff umzusehen, und so konnte sie es vermeiden, zum Stadtgespräch zu werden, weil sie online nach einem Mann suchte. Auf diese Weise hatte sie Ted gefunden. Sie war sich nicht ganz sicher, was schiefgelaufen war, aber die Kommunikation war langsamer geworden und schließlich ganz abgebrochen. Das hatte sie zum nächsten netten Gesicht geführt, Brandon.

Zumindest waren seine E-Mails unterhaltsamer gewesen. Als Consultant reiste er viel, was sie nicht vom Hocker riss, aber er hatte einen tollen Sinn für Humor und es gefiel ihr, wie leicht er sie zum Lachen bringen konnte. Am Ende scheiterte auch diese potenzielle Beziehung. Sie begann sich zu fragen, ob mit ihr wirklich etwas nicht stimmte. So viele Dating-Apps und so wenig Erfolg. Aber welche andere Wahl hatte sie? War es das Risiko, erneut geghostet zu werden, wert? *Vielleicht.*

Nun saß sie hier und blickte auf ein weiteres nettes Gesicht auf ihrem Bildschirm. Ein Verkäufer von gebrauchtem Laserequipment, der bereit für eine Beziehung von Dauer war. Im Gegensatz zu den anderen wollte er sie persönlich treffen. Hier. In

Tuckers Bluff, obwohl er in Butler Springs lebte.

Wenn sie zustimmte, würde ihr Date zum Klatschgespräch der nächsten Tage werden, egal wie es verlief. Jeder würde wissen, dass sie auf Online-Dating zurückgegriffen hatte, um einen Mann zu finden. Und nicht irgendeinen Mann, sie suchte einen Seelenverwandten. Egal, wie oft sie sich selbst sagte, dass Dating-Apps heutzutage die Norm waren, dass jeder es täte – zum Teufel, sie kannte sogar ein paar Leute, die praktisch süchtig nach diesen Apps waren –, tief in ihrem Inneren wollte sie immer noch, dass ihr Ritter in glänzender Rüstung auf einem mächtigen Ross daherritt, sie aus der Menge hervorstechen sah, sich unsterblich in sie verliebte und sie einfach umhaute.

„Du siehst aber bildhübsch aus." Für jemanden, der einen Termin beim Arzt vereinbart hatte, weil es ihr sehr schlecht ging, stand Nadine Peabody furchtbar gut gelaunt an der Rezeption.

„Danke schön." Obwohl Nora wusste, dass Nadine das wahrscheinlich zu jedem gesagt hätte, der an der Rezeption saß, war sie dennoch dankbar für die kleine Steigerung ihres Selbstwertgefühls. „Fühlen Sie sich besser?"

Das Lächeln der Frau verschwand und sie griff nach der nahegelegenen Wand, um sich abzustützen. „Nicht wirklich."

„Nun, nehmen Sie Platz, der Doktor wird in Kürze bei Ihnen sein." Nora hatte keine Ahnung, ob die Frau sich nichts anmerken ließ oder sich selbst überzeugen wollte. So oder so war es ihre Aufgabe, dafür zu sorgen, dass sich die Patienten wohlfühlten, bis Brooks sie untersuchen konnte.

„Du bist immer so nett." Nadine schüttelte den Kopf und seufzte. „Ich verstehe nicht, warum dich noch kein guter Mann gefunden hat. Kluge *und* hübsche Frauen gibt es nicht alle Tage."

„Das ist lieb von Ihnen."

„Lieb für den Arsch." Nadine lehnte sich in einem Wartezimmerstuhl zurück und lächelte. „Merk dir meine Worte. Eines Tages wird ein Mann mit etwas gottgegebenem Verstand kommen und erkennen, was für ein Schatz du bist, und dir nicht mehr von den Fersen weichen."

Nora war sich nicht so sicher, ob es politisch korrekt war, von möglichem Stalking zu sprechen, aber Nadine hatte recht. Sie war ein echter Hingucker und jeder Mann sollte erfreut sein, wenn sie sich für ihn interessierte. Und was war schon dabei, wenn ihr Ritter in glänzender Rüstung sie im Internet finden würde? Es gab keine Regel, dass das Schicksal – oder ein Hundepaar – jemandem seinen Seelenverwandten vorstellen musste.

Sie nickte und las die Nachricht, die sie geschrieben hatte, noch einmal. Die Stimme ihrer Mutter wiederholte in ihrem Kopf: *Wirf die Flinte nicht gleich ins Korn.* Aller guten Dinge waren drei. Aber bei ihrem Glück war *Strike drei, du bist raus* wahrscheinlicher.

„Es gab eine geringfügige Planänderung", drang durch Neil Farradays Telefon.

Seitdem Neil und seine Brüder dieses verrückte Reality-TV-Projekt übernommen hatten, war Planänderung zu einem festen Bestandteil seines Wortschatzes geworden. Da nur eine Episode abgedreht war, lagen sie mit dem Rest der Staffel hinter dem Zeitplan. Er konnte keine weitere Planänderung gebrauchen. „Erörtere *geringfügig.*"

„Also." Sein Bruder Owen räusperte sich. Das war nie ein gutes Zeichen. „Die Schwestern wurden von einem Produzenten angesprochen."

Neil warf einen Blick auf die Uhr im Armaturenbrett. Tuckers Bluff war noch etwas mehr als dreißig Minuten entfernt.

„Wusstest du, dass es direkt außerhalb der Stadtgrenzen von Sadieville mindestens drei verlassene Gehöfte gibt – also, die noch stehen?"

„Bis jetzt nicht." Er verstand auch nicht, was das mit den Plänen des Senders zur Sanierung einer Geisterstadt zu tun hatte oder warum die Produzenten mit den Eigentümerinnen der Sisters Boutique und des Sadieville Parlor House sprechen würden.

„Obwohl nur eine Folge ausgestrahlt wurde, sorgt die Show für viel Aufsehen."

Das wusste er. Der Sender war von den Einschaltquoten der Testfolge von *Ghost Town Fixer* so begeistert gewesen, dass er sich entschieden hatte, den Seriennamen für den Fall zu ändern, dass die Serie länger lief, als die Stadt über Gebäude verfügte. Die Promos für die nun in *The Construction Cousins* umbenannte Serie waren in vollem Gange und lösten in der Öffentlichkeit einen regelrechten Hype aus.

„Valerie im Namen der Produktionsfirma, die Schwestern, einige Farradays –"

„Inklusive dir?" Das war eigentlich keine Frage.

„Morgan, Ryan und ich hatten heute Morgen zusammen mit dem Stadtrat von Tuckers Bluff eine Sitzung über die Zukunft von Sadieville. Um es kurz zu machen –"

Wenn dies kurz war, wollte er die lange Version nicht hören. Zumindest nicht ohne einen bequemen Stuhl, ein großes Bier und gute Musik im Hintergrund. „Gibt es eine Chance, dass du es noch kürzer machen kannst? Ich bin fast in der Stadt."

„Ja. Aufgrund des Interesses der Entwickler an Sadieville haben Valerie und ich eine Idee vorgestellt.

Sie war ein Hit. Ich habe mit Val und Morgan eines der alten Häuser außerhalb von Sadieville besichtigt. Dabei brach unser geliebter Bruder Morgan durch den Boden und erschreckte seine Frau fast zu Tode. Er hat einen gebrochenen Knöchel.“

„Was? Damit hätte das Gespräch beginnen sollen.“

Owen kicherte. „Ich hatte ein gefesseltes Publikum. Es war sinnlos, mich zu beeilen.“

„Komiker. Wie schlimm steht es um seinen Knöchel?“

„So schlimm, dass Morgan in naher Zukunft seinen Hammer nicht mehr schwingen wird.“

Das Klirren seines College-Rings auf dem Hartplastik seines Lenkrads hallte in der kleinen Kabine seines Pickups wider. „Verdammt.“

„Ich hoffe, du hast deinen Werkzeuggürtel mitgebracht.“

„Mache ich das nicht immer?“ Er war einer der wenigen Architekten, die er kannte, der fast genauso oft einen Hammer schwang wie einen Bleistift, wenn sein Clan Hilfe benötigte.

„Gut, denn du hast Zeit, bis das Filmteam nächste Woche eintrifft, um die Pläne für den Umbau eines der Gehöfte fertigzustellen.“

„Gehöfte? Was ist mit dem Hotel passiert?“ Er hatte Wochen damit verbracht, die Pläne zu zeichnen und zu überarbeiten, bis alle, vom Sender über die neuen Eigentümer bis hin zu den Produzenten und dem Stadtrat, zustimmten. Größtenteils.

„Das wurde auf später verschoben“, sagte Owen. „Das Spa wird die Folge danach gemacht. Wir brauchen auch –“

„Was auch immer es ist, du kannst es mir persönlich sagen. Ich nähere mich der Stadtgrenze.“

„Gut. Hast du schon gegessen?“

„Ja, Mutter.“

„Nicht lustig", erwiderte Owen ausdruckslos. Ihre Mutter war in letzter Zeit häufiger Ausgangspunkt von Streit gewesen. Sie war nicht allzu glücklich darüber, dass ihre Söhne so viel Zeit in Tuckers Bluff verbrachten. Was bei einer Frau, die ihnen eingetrichtert hatte, dass nichts wichtiger wäre als die Familie, überhaupt keinen Sinn ergab. „Morgan und Valerie sind bereits im O'Fearadaigh's. Anstatt den ärztlichen Anweisungen zu folgen und nach Hause zu gehen, um sich auszuruhen, verbringt er seine Zeit hier. Aber zumindest liegt sein Fuß auf einem gepolsterten Stuhl. Ich habe mich einfach rausgeschlichen, um dich in aller Ruhe anzurufen."

„Okay. Wir sehen uns in ein paar Minuten."

„Bis gleich."

Der Anruf wurde unterbrochen und Neil ließ sich Zeit, die Main Street entlangzufahren. Wie die Familie seiner Cousins waren auch die Oklahoma Farradays Viehzüchter gewesen, aber im Laufe der Zeit hatte sich sein Zweig des Clans in eine andere Richtung orientiert. Als sie heranwuchsen und einer nach dem anderen aus dem Viehgeschäft ausstiegen und klar wurde, dass keiner von ihnen das Familienunternehmen übernehmen würde, verkaufte sein Vater nach und nach das Land, verpachtete einige der Weiden an benachbarte Viehzüchter, und gründete auf dem verbleibenden Teil des Landes, das er für die Familie behalten hatte, zur Überraschung aller eine Weihnachtsbaumplantage. Eine noch größere Überraschung für alle, insbesondere für seine Mutter, war, dass die Idee tatsächlich jedes Jahr Gewinn einbrachte.

Sein Telefon klingelte erneut und er überlegte einen Sekundenbruchteil, ob er seine Mutter auf die Voicemail umleiten sollte. Er liebte die Frau genauso sehr wie jeder andere ihrer Söhne, vielleicht sogar mehr, aber sie war überhaupt nicht erfreut darüber, dass er auf dem Weg zurück nach Tuckers Bluff war, und schien sich keine Mühe zu geben, ihre Gefühle zu verbergen. „Hallo, Mom."

„Bist du schon da?"

„Ich fahre gerade in die Stadt."

Es folgte ein Moment der Stille. „Ich habe versucht, deine Brüder anzurufen. Sie sind nicht erreichbar."

Mist. Die Frage war nun, ob er ihr von Morgan und der Planänderung erzählen wollte. Er parkte sein Auto vor dem Pub seines Cousins Jamison. „Tut mir leid, Mom, ich gehe gleich ins Pub. Ich sage Morgan oder Owen, sie sollen dich anrufen."

„Ins Pub", spottete sie. „Typisch. Egal. Ich werde morgen mit ihnen reden. Pass auf dich auf und komm schnell nach Hause."

„Ich werde mein Bestes geben." Eine Runde *Ich liebe dich* wurde ausgetauscht, und Neil verschwieg die Info, dass er aufgrund der geringfügigen Planänderung viel länger in Texas bleiben würde, als seiner Mutter lieb war. Natürlich war schon eine Minute in Texas mehr, als seiner Mutter lieb war.

Er sprang aus seinem Truck auf den harten Beton und rollte seine Schultern und seinen Nacken, bevor er den großen pelzigen Hund neben dem Gebäude entdeckte, der ihn anstarrte. „Gray?" Neil bahnte sich langsam den Weg zu der Stelle, an der der Farraday-Hütehund fast wie ein Gargoyle Wache zu stehen schien. Als er ihn erreichte, streckte er seine Hand nach unten und wiederholte den Namen des Tieres, und war erleichtert, als der pelzige Schwanz hin und her schwang. „Du bist es. Mit wem bist du denn mitgefahren und wissen sie, dass du hier bist?" Er nahm sich eine Minute, um nachzusehen, ob ein Ranch-Truck in der Nähe stand, während er den Hund unter dem Kinn kraulte. „Ich schätze, wenn du so lange gewartet hast, wirst du auch noch etwas länger bleiben." Er trat zurück, riss die große hölzerne Kneipentür auf und ging hinein.

Da es schon kurz nach Abendessenszeit war, herrschte im Lokal ein reges Treiben. Nur wenige Tische waren leer. Eine Handvoll Paare machte zu angenehm lauter Musik die Tanzfläche unsicher, während die restlichen Gäste in ihre Gespräche vertieft waren. Bis auf einen Tisch. Etwas abseits saß eine einsame Frau mit schulterlangen dunklen Haaren und blickte zu ihm auf. Für einen kurzen Moment trafen sich ihre Blicke, und selbst in diesem trüben Licht zogen ihn ihre großen braunen Augen an und ließen ihn für einen Moment wie betäubt erstarren. Fast wie das sprichwörtliche Reh im Scheinwerferlicht. Ein Anflug von Enttäuschung flackerte auf, als sie den Kopf senkte und ihre Hand langsam über ein großes, fast leeres Getränk strich.

Verschiedene Szenarien, was eine so hübsche Frau dazu veranlasst haben könnte, allein in einem Pub einen Drink zu sich zu nehmen, gingen ihm durch den Kopf. Die meisten davon gefielen ihm gar nicht.

„Wenn du deine Brüder suchst, sie sind in der gegenüberliegenden Ecke." Abbie, Jamisons Frau, tippte ihn an der Schulter an.

Er brachte es nicht über sich, seinen Blick von der brünetten Frau abzuwenden, aber er lehnte sich zu Abbie und senkte die Stimme. „Was hat es mit dem Mädchen auf sich?"

Es dauerte einen Moment, bis Abbie ihren Blick in die gleiche Richtung richtete. „Nora?"

Diesmal drehte er sich um, um sicherzustellen, dass sie dieselbe Person ansahen, bevor er nickte.

„Nicht sicher." Sie runzelte die Stirn. „Ich hatte den Eindruck, dass sie auf jemanden wartet, aber sie ist schon etwas mehr als eine Stunde hier und trinkt immer noch dasselbe. Wenn ich es nicht besser wüsste, würde ich sagen, dass sie versetzt wurde.“

„Besser wissen?“

„Zum einen kann ich mich nicht erinnern, wann ich sie das letzte Mal auf einem Date gesehen habe.“

„Wirklich?“ Das ergab für ihn überhaupt keinen Sinn.

Abbie nickte. „Nette Mädchen sind nicht immer die beliebtesten. Abgesehen davon, wenn sie ein Date mit jemandem hier in Tuckers Bluff hätte, *irgendjemandem* hier in Tuckers Bluff, glaub mir, dann wüsste die halbe Stadt noch vor ihr selbst davon. Und es wäre das Klatschgespräch des Tages gewesen.“

In den letzten Monaten hatte er genug Zeit auf der Ranch seines Onkels verbracht, um zu wissen, dass Abbie ganz sicher nicht übertrieb. „Sag meinen Brüdern, dass ich gleich bei ihnen bin. Oh, und wer auch immer heute Abend von der Ranch hierhergefahren ist, lass ihn wissen, dass Gray draußen steht.“

„Gray?“ Abbie seufzte. „Er streift wohl wieder umher. Wenn er noch da ist, wenn du fährst, würdest du ihn vielleicht mitnehmen?“

„Sicher.“ Sein Blick richtete sich wieder auf Nora und dann wieder zurück auf die Frau seines Cousins.

Abbie musterte ihn eine Sekunde lang, bevor sie träge mit den Schultern zuckte und sich umdrehte. Er hatte etwa fünf Sekunden Zeit, um sich zu entscheiden. Als sich ein Fuß vor den anderen setzte und der Abstand zwischen ihm und der Brünetten immer kleiner wurde, war er sich ziemlich sicher, dass sein Entschluss schon in zwei Sekunden festgestanden hatte. Die nächste Frage war, ob diese Entscheidung die klügste oder die dümmste war, die er je getroffen hatte.

KAPITEL ZWEI

Aus diesem Grund wollte Nora sich nicht in Tuckers Bluff verabreden, und deshalb hätte sie darauf bestehen sollen, Kandidat Nummer vier an einem weniger öffentlichen Ort zu treffen. Als sie zum Pub gegangen war und Grey an der Ecke des Gebäudes hatte Wache stehen sehen, hatte sie kurz über den Stadtmythos nachgedacht und fast geglaubt, dass diese Verabredung unter glücklichen Sternen stehen könnte. Stattdessen saß sie nun alleine hier. Spätestens morgen früh würde die ganze Stadt wissen, dass sie versetzt worden war, etwa fünf Minuten nachdem ihre Freunde herausgefunden hatten, dass sie es mit Online-Dating versucht hatte.

„Entschuldigung, ich bin zu spät." Der große, dunkelhaarige Mann, der gerade durch die Tür gekommen war, begrüßte sie etwas lauter als nötig.

„Verzeihung?" Nachdem dieses Bild von einem Mann an der Eingangstür seinen Hut abgenommen hatte, hatte es nur eine Sekunde gedauert, bis ihr klar geworden war, dass er nicht das nette Gesicht war, das sie auf ihrem Bildschirm gesehen hatte.

„Die Fahrt hat länger gedauert, als ich gedacht hatte, und du weißt ja, wie der Handyempfang in dieser Gegend ist." Er rutschte ihr gegenüber auf den Stuhl, beugte sich vor und senkte seine Stimme, sodass nur sie ihn hören konnte. „Ich hoffe, du häutest mich nicht bei lebendigem Leib, aber du siehst wie eine Lady aus, die etwas Gesellschaft braucht. Soll ich bleiben oder mich zu meinen Brüdern setzen?“

Brüder? Ihr Blick wanderte schnell über die umliegenden Tische, landete auf einer vertrauten Gruppe lächelnder Männer und richtete sich dann wieder auf das Gesicht vor ihr. Starke, gemeißelte Gesichtszüge, tiefblaue Augen, welliges dunkles Haar. Natürlich. Ein Farraday. Und neben den Genen für das gute Aussehen, die sich über alle Zweige des irischen Clans erstreckten, war auch die Ritterlichkeit stark in den Adern dieses Exemplars verankert. Eine Welle der Erleichterung überkam sie. Sie war sich nicht sicher, ob es daran lag, dass sie keine Szene machen musste, um einen Verrückten abzuwehren, oder dass sie nicht der halben Stadt erklären musste, warum sie heute Abend allein im O'Fearadaigh's gesessen war. Auf jeden Fall setzte sie ein angenehmes Lächeln auf. „Du darfst gerne sitzenbleiben.“ Eine leise Stimme in ihrem Hinterkopf rügte sie. *Was für ein erbärmlicher Schachzug. Bist du so verzweifelt?* Mit sich ringend fügte sie schnell hinzu: „Für ein paar Minuten.“

„Danke. Hast du schon gegessen? Ich bin am Verhungern.“ Ihr Ritter in glänzender Rüstung schenkte ihr das breite, knieschmelzende Lächeln, für das alle Farradays berühmt waren. Ohne auf ihre Antwort zu warten, hielt er eine Kellnerin an, bevor er sie erneut anblickte. „Ich sollte mich wahrscheinlich vorstellen. Neil –“

„Farraday“, beendete sie für ihn.

„Haben wir uns schon getroffen?“ Zwischen seinen hochgezogenen Augenbrauen bildete sich eine tiefe Falte.

Sie schüttelte den Kopf. „Jeder, der in dieser Stadt aufgewachsen ist, kann einen Farraday aus einer Meile Entfernung erkennen. Sogar diejenigen von euch aus Oklahoma.“

„Ich verstehe."

„Was kann ich euch bringen?" Eine Kellnerin, die Nora nicht kannte, lächelte sie an.

„Habt ihr noch Corned Beef übrig?"

Die Kellnerin strahlte und nickte. „Auf jeden Fall."

„Großartig." Er wandte sich an Nora. „Was möchtest du?"

Sie hatte ihm nicht gesagt, dass sie hungrig war, aber wie es der Zufall wollte, war sie am Verhungern. So hatte sein Auftauchen noch etwas weiteres Gutes. Ihn platznehmen zu lassen und gemeinsam Essen zu bestellen, würde weniger Aufmerksamkeit auf sie lenken. „Ich nehme das Reuben-Sandwich mit Süßkartoffel-Pommes."

„Hört sich lecker an. Ich nehme dasselbe. Bring uns bitte auch ein Stück Apfel-Rhabarber-Kuchen. Und zwei Gabeln." Offenbar war ihre Überraschung auf ihrem Gesicht zu erkennen, denn er kicherte und drehte schulterzuckend seine Handflächen nach oben. „Das Leben ist kurz, da kann man genauso gut mit dem Nachtisch beginnen. Außerdem geht nach meiner Erfahrung, der Kuchen hier als Erstes aus."

Er hatte recht. In zweierlei Hinsicht. Gab es einen besseren Weg, einen miserabel gestarteten Abend zu beenden, als mit einem köstlichen Dessert? Und alle Desserts gingen tendenziell immer als Erstes aus.

„Wenn du möchtest, können wir den Nachtisch aber auch später essen."

Sie schüttelte den Kopf. „Mit dem Nachtisch zu beginnen, klingt himmlisch." Welche Frau wünschte sich nach einem Tag wie ihrem kein köstliches Essen für die Seele?

„Genau das, was ich gedacht habe." Er beugte sich vor und senkte seine Stimme. „Ich bin wirklich froh, dass du mich nicht davongejagt hast. Meine Brüder wollen über die Arbeit reden, und ich brauche dringend

Treibstoff, bevor ich mich darauf einlassen kann."

„Freut mich, dass ich helfen konnte", flüsterte sie zurück. Dieser Typ war ein echter Farraday. Er hatte das Retten einer Jungfer in Nöten perfektioniert. Es wäre so einfach gewesen, damit zu beginnen, was ein nettes Mädchen wie sie alleine an einem Ort wie diesem machte – nicht, dass es hier nicht schön war –, aber stattdessen drehte er die Situation so hin, als würde sie ihn retten. „Ich dachte, ihr Oklahoma Farradays lebt alle dafür, um die Welt ein Projekt nach dem anderen wieder aufzubauen. Was ist so unangenehm, dass du lieber auf leeren Magen eine Fremde rettest?" Sie lächelte, um ihre Worte abzumildern.

„Ich bin mir nicht sicher, ob es unangenehm wird – noch nicht. Aber wenn du mich kurz entschuldigen würdest, ich würde mir gerne die Hände waschen, bevor das Essen kommt."

„Sicher."

Sie hielt ihren Blick auf seinen Rücken gerichtet, als er im hinteren Flur verschwand, und tat dann so, als würde sie ihn nicht anstarren, als er zum Tisch zurückkam.

„Also", Neil lehnte sich in seinem Stuhl zurück, „wo waren wir?"

„Du willst nicht mit deinen Brüdern über die Arbeit sprechen."

Er nickte. „Mit einer Sache hast du recht. Ich kann mir nicht vorstellen, mit jemand anderem als meinen Brüdern zusammenzuarbeiten. Obwohl wir manchmal mehrere Projekte auf einmal jonglieren. Nur dieses Mal kam das etwas unerwartet, und ich muss in ein paar Tagen die Arbeit eines Monats erledigen."

„Autsch. Wie das?"

„Die neue Reality-Show, an der wir arbeiten, improvisiert. Anstatt die Pläne zu verwenden, die ich für das Hotel erstellt habe, sollen wir jetzt ein altes

Gehöft renovieren."

„Ah, du bist also der Visionär im Hintergrund?"

„Das weiß ich nicht, aber ich bin ein Virtuose mit dem Bleistift."

Das brachte sie zum Lachen. Zu ihrer großen Überraschung war sie froh, dass ihr ursprüngliches Date nicht erschienen war.

Der Kuchen kam und sie hatte fast ein schlechtes Gewissen, dass sie sich vor dem Abendessen darüber hermachte. Mit der Gabel in der Hand stach sie in die flockige Kruste und biss hinein. „Oh wow. Er ist viel besser, als ich erwartet hatte."

„Du hattest ihn noch nicht?"

Sie schüttelte den Kopf. „Ehrlich gesagt, ich esse hier nicht sehr oft und falls doch, verzichte ich meistens auf das Dessert." Es hatte keinen Sinn, ihm zu sagen, dass mit ihren über dreißig Jahren Kalorien den Verdauungsprozess umgingen und direkt an ihre Hüften wanderten. „Aber glaub mir, das werde ich ändern."

„Kluge Frau", kicherte er und stach auf einen weiteren Bissen ein.

Obwohl sie mehr als genug verschlungen hatte, stellte sie überrascht fest, dass sie immer noch hungrig war, als die Sandwiches ankamen. Ein Bissen, und genau wie beim Kuchen stöhnte sie fast vor Freude. „Ich schwöre dir, ihr Corned-Beef-Topf muss etwas Magisches an sich haben."

„Da will ich nicht widersprechen. Aber ich neige zu der Annahme, dass in der Küche Feen arbeiten."

„Stimmt. Und die Backfee heißt Antoinette." Sie steckte sich eine Süßkartoffel-Pommes in den Mund. „Erzähl mir mehr über das neue Projekt."

Zwischen Schlucken und Kauen erzählte er ihr, was er wusste. „Ich werde mehr wissen, sobald ich mit den anderen gesprochen habe."

„Ältere Häuser können so viel Spaß machen. Bist du denn kein Bisschen aufgeregt bei der Aussicht, ein solches Haus wieder zum Leben zu erwecken?"

„Das hängt davon ab."

„Wovon?"

„Wie gut die Knochen nach über hundert Jahren erhalten sind. Wenn die Struktur noch so gut ist wie die der Gebäude in der Stadt, dann ja." Er grinste ein wenig. „Es könnte eine Menge Spaß machen. Aber egal wie es läuft, es wird eine Menge Arbeit sein. Soweit ich weiß, gibt es dort möglicherweise nicht einmal Strom."

„Ooh", sie legte das letzte Stück ihres Sandwiches auf ihren Teller, „daran hatte ich noch gar nicht gedacht."

„Fließendes Wasser könnte ein weiteres Problem sein."

Plötzlich fielen ihr die Bilder auf Facebook ein, auf denen gefragt wurde, ob man einen Monat lang in einer Hütte leben könnte, wenn man weder Internet noch Fernseher hätte. Ihr erster Gedanke war dabei immer gewesen, wie es mit fließendem Wasser, Heizung und Badezimmer aussah? „Werden deine Brüder diese Antworten haben?"

„Vielleicht, aber ich habe vor, es mir so schnell wie möglich selbst anzusehen."

„Ich frage mich, wie gut oder schlecht es aussehen wird. Manchmal sind so alte Häuser wegen der Menschen, die dort gelebt haben, und dem, was in ihnen passiert ist, genauso interessant wie wegen der architektonischen Besonderheiten."

„Du klingst, als hättest du etwas Erfahrung."

Sie kicherte. „So viel man durch Fernsehsendungen, in denen es um die Renovierung alter Häuser oder die Ahnenforschung geht, bekommen kann. Wie schnell, glaubst du, wirst du es dir ansehen können?"

„Sonnenaufgang." Er schnippte mit den Fingern.

„Mist. Ich habe vergessen, dass morgen Sonntag ist. Ich muss mich wohl bis nach der Kirche vertrösten."

Sie brachte es nicht übers Herz, ihm zu sagen, dass es für die Oberhäupter des Farraday-Clans wahrscheinlich ein größeres Sakrileg wäre, das Sonntagsessen ausfallen zu lassen, als den Gottesdienst zu schwänzen. Wenn er zu ihrer Familie gehören würde, könnte sie diesem Mann natürlich alles verzeihen.

Neil wusste, dass er wirklich seine Familie aufsuchen sollte, aber er wollte Nora nicht verlassen. Nicht, dass er wegen Edelmut hier war oder so, er hatte wirklich Spaß. Zumindest hatte er schon früh den gesunden Menschenverstand gehabt, sich zu entschuldigen und die Frau seines Cousins aufzusuchen. Abbie war die einzige Person im Lokal, die wusste, dass er nicht das Date war, auf das Nora gewartet hatte, und es wäre ihm lieber, wenn es dabei bliebe.

„Hey, kleiner Bruder." Ryan trat an den Tisch und klopfte ihm auf die Schulter. „Wir fahren zurück zur Ranch. Ich will nicht, dass Tante Eileen auf uns warten muss."

„Tut mir leid, ich hätte dir sagen sollen, dass ich mich mit Nora zum Abendessen treffe."

„Kein Problem." Er konnte sehen, wie sein Bruder beiläufig in Noras Richtung blickte. „Schön dich wieder zu sehen."

Neil blinzelte. Wieso kannte sein Bruder sie und er nicht?

„Ebenfalls. Werden du und deine Brüder bei diesem Besuch länger bleiben?" Nora lächelte Ryan höflich an, und Neil war beeindruckt von der Art und Weise, wie ihre Augen funkelten. Er hätte während des

Handelszentrum-Projekts wahrscheinlich mehr Zeit in Tuckers Bluff verbringen sollen.

„Ich bin mir noch nicht sicher", Ryan zuckte mit den Schultern, „aber es sieht so aus."

„Kommst du oder hast du vor, zum Nachtisch bei ihnen zu bleiben?" Paxton trat neben Ryan.

„Wenn du gehen musst ..." Nora nahm ihre Serviette von ihrem Schoß und legte sie neben ihren leeren Teller.

„Nein." Er warf seinen Brüdern einen *Lasst-uns-alleine*-Blick zu. „Es besteht keine Eile."

„Nein, Ma'am. Überhaupt keine", sagte Ryan, während er einen Schritt zurücktrat und seinen Bruder mit dem Ellbogen anstieß. „Bis später, Neil."

Ein paar Sekunden später und einige Meter entfernt fingen seine Brüder an, sich wieder wie Teenager zu benehmen. Sie stießen, schubsten und drängten sich gegenseitig aus der Kneipentür hinaus.

„Du musst wirklich nicht bleiben. Du hast deine gute Tat für diesen Tag getan. Wir können gehen, wenn du los musst."

„Gute Tat klingt so unangenehm. Ich habe die Gesellschaft sehr genossen. Danke sehr."

„Gern geschehen zu sagen, klingt falsch, wenn ich diejenige bin, die gerettet werden musste."

Er wollte sie unbedingt fragen, wovor er sie gerettet hatte, aber die Angst, sie in Verlegenheit zu bringen, half ihm zu schweigen.

Sie rührte mit ihrem Strohhalm ein fast leeres Glas Limonade um und blickte ihn über den Rand hinweg an. „Willst du nicht fragen?"

Es hatte keinen Sinn, so zu tun, als hätte er die Frage nicht verstanden. „Gut. Ich bin ein bisschen neugierig, welcher Idiot dich hier allein gelassen hat."

„Okay", grinste sie, „das ist die netteste Art, zu umschreiben, dass ich versetzt wurde, die ich je gehört habe."

„Also, wer ist der Idiot?"

Sie zuckte mit den Schultern. „Niemand Besonderes. Ich habe ihn online kennengelernt und wir wollten uns heute Abend zum ersten Mal treffen."

„Sieht aus, als wärst du gerade nochmal davongekommen."

Ihre Augen verengten sich vor Verwirrung.

„Wenn er zu unhöflich ist, um dir mitzuteilen, dass er es nicht schafft, ist er nicht nur ein Idiot, sondern auch nicht gut genug für dich. Daher bist du gerade nochmal davongekommen."

„Dann bin ich sogar zweimal gerade nochmal davongekommen."

„Zweimal?"

„Das erste Mal, wie du so freundlich betont haben, als ich vermeiden konnte, mich auf einen Idioten einzulassen. Und das zweite Mal, als ich dank dir vermeiden konnte, im Mittelpunkt der Gerüchteküche zu stehen, weil ich versetzt wurde. Was noch schlimmer gewesen wäre, sobald herausgekommen wäre, dass ich den Idioten online kennengelernt habe." Während sie weiter rührte, senkte sie die Augen auf ihr Getränk und blickte dann wieder auf. „Vielleicht kann ich so noch Zeit schinden, bis ich den Leuten erzählen muss, dass ich auf Online-Dating zurückgegriffen habe."

„Viele Leute machen das."

„Zeit schinden?" Sie lächelte ihn an.

„Online-Dating. Diese Apps, um mit Menschen in deiner Nähe, die dir auf eine oder andere Weise ähnlich sind, in Kontakt zu treten, sind ebenso beliebt wie soziale Medien und Streaming-Services. Nicht, dass Streaming-Services irgendetwas mit Dating zu tun hätte, aber du verstehst, was ich meine."

„Ich weiß, aber das altmodische Mädchen in mir fühlt sich noch nicht wohl dabei, das preiszugeben."

Wenn man bedachte, dass die Vorstellung, jemanden auf so distanzierte und unpersönliche Weise näher und persönlicher kennenzulernen, für ihn ebenfalls ein unangenehmes Konzept darstellte, konnte er es ihr nicht verübeln, dass sie diese Informationen nicht in die Öffentlichkeit tragen wollte. Wenn er ehrlich zu sich selbst war, war sie mutiger als er, weil sie es überhaupt versuchte.

„Wirst du es noch einmal versuchen?"

„Laus mich der … Es stimmt also" Eine große, gertenschlanke Blondine, die wahrscheinlich mit einem Buch auf dem Kopf laufen konnte, blieb neben ihrem Tisch stehen.

„Hallo Emily." Die Art und Weise, wie sich Noras Rücken versteifte, ließ ihn vermuten, dass sie nicht besonders glücklich war, Emily zu sehen. „Das ist eine Überraschung."

„Da es Samstagabend ist, haben wir beschlossen, nach dem Abendessen im Café vorbeizuschauen, um ein wenig zu tanzen. Ich habe gehört, dass du heute Abend ein Date hast. Ich dachte, der alte Burt aus dem Baumarkt muss sich irren." Ihr Blick wanderte zu Neil und dann zurück. „Freut mich, dich kennenzulernen …"

Ihre Stimme verstummte einen langen Moment, bis ihm klar wurde, dass sie auf seinen Namen wartete. „Neil."

„Du bist ein Farraday, nicht wahr?" Ihr Ton ließ nicht erkennen, ob die Worte als Kompliment oder als Vorwurf gemeint waren.

„Ja, Ma'am." Was sollte er noch darauf sagen.

Der Mann, mit dem Emily hereingekommen war, stieß sie am Ellbogen an. „Wir schnappen uns besser den letzten Tisch da drüben, es sei denn, du willst die ganze Nacht stehen."

Emily wandte ihre Aufmerksamkeit wieder Nora

zu. „Den hier solltest du dir besser nicht durch die Lappen gehen lassen. Schließlich wirst du nicht jünger.“

Und als wäre dieser fiese Seitenhieb nicht schon genug gewesen, verriet ihm das steife Lächeln auf Noras Gesicht alles, was er über diese Lady wissen musste. Er wartete, bis Emily außer Hörweite war. „Wenn alles sich so schnell in der Stadt herumspricht, verstehe ich, warum du dich nicht mit der Gerüchteküche herumschlagen willst.“

„Wenn es darum geht, Klatsch über die Unzulänglichkeiten von irgendjemandem zu verbreiten, ist Emily Taub ganz vorne mit dabei. Sie ernährt sich vom Unglück anderer. Ganz besonders dann, wenn es auch noch ein kleines bisschen peinlich ist.“

„Warum fällt es mir nicht schwer, das zu glauben?“ Allerdings war er jetzt neugierig, was Emily mit dieser letzten Anspielung gemeint hatte. Und er machte sich Sorgen darüber, wie sie das, was sie heute Abend gesehen hatte, weiterspinnen würde. „Würde ich die Wette gewinnen, wenn ich vermute, dass sie nur allzu froh darüber sein würde, wenn sie den Klatsch verbreiten kann, dass du dir *den hier* hast durch die Lappen gehen lassen?“

Nora verdrehte die Augen und lachte wenig amüsiert. „Emily war in ihrem letzten High-School-Jahr mit Adam zusammen. Sie war der Auslöser dafür, dass die Farraday-Männer den Grundsatz aufstellten, nie etwas mit Frauen aus der Nähe anzufangen. Manche Leute sagen, dass sie es nie verkraftet hat, dass ihr ein Farraday durch die Lappen gegangen ist. Aber sie mag es, den Titel zu tragen, dass sie abgesehen von Becky, die einzige Frau in der Stadt ist, die einem Farraday auch nur annähernd nahegekommen war. Zu viele Menschen in dieser Stadt leben für alles, worüber sie tratschen können. Das wird sich nie ändern. Deshalb wollte ich mein Privatleben privat halten."

„Vor Emily?"

Widerwillig bewegte sie den Kopf auf und ab. „Emily war eines der beliebtesten Mädchen. Sie hatte immer einen Mann an ihrer Seite und blickte schon immer auf diejenigen herab, die keinen hatten."

„Und du warst ...?"

„Eine, die keinen hatte. In meinem ersten Jahr freundete ich mich mit einem der beliebten Jungs an. Wir unterhielten uns immer an den Schließfächern, aßen gelegentlich zusammen zu Mittag und dergleichen. Es war sehr schmeichelnd, dass ein Schüler aus der Oberstufe nett zu mir war. Ich dachte sogar, er würde mich vielleicht zum Abschlussball einladen."

„Aber ..."

„Emily. Sie war immer sehr kontaktfreudig und flirtete gerne und schaffte es spielend, meinem Freund den Kopf zu verdrehen. Schließlich ließ sie ihn wegen Adam fallen. Es ist viele Jahre her, aber sie und alle anderen in der Stadt wissen, dass mein Dating-Leben eine sehr lange Durststrecke hinter sich hat. Man könnte sagen, dass ich genau ins Schema passe: Glück beim Kartenspiel, Pech in der Liebe."

Das würde den Seitenhieb erklären, dass sie nicht jünger werden würde. In jeder Schule in jeder Stadt gab es die Beliebten, die weniger Beliebten, die Sportskanonen, die Nerds, die Streber und natürlich die gemeinen Mädchen. Er ärgerte sich jetzt schon über Emilys Schadenfreude. „Ich habe eine Idee."

Ihre Hand, mit der sie das Getränk rührte, blieb stehen und ihre Brauen wanderten hoch auf ihre Stirn.

„Sieh mich nicht so an. Es ist keine schlechte Idee. Was wäre, wenn wir – nur um diesem kleinen Dinner-Date etwas mehr Biss zu verleihen – das noch ein oder zwei Mal wiederholen? Und dann kannst du mich abschießen."

Nora starrte ihn lange an und presste ihre Lippen fest zu einem Lächeln zusammen. „Das würde ihr definitiv Gesprächsstoff geben."

„Was sagst du?"

„Aber das musst du nicht tun. Sie wird mein Date vergessen, sobald irgendeine arme Seele etwas Dummes sagt oder tut, das sie in der Stadt verbreiten kann."

„Da hast du wahrscheinlich recht. Und du hast absolut recht damit, dass ich diese kleine Farce nicht weiterführen muss." Er ließ seine Worte sacken.

Die Art und Weise, wie sie darüber nachzudenken schien, verriet ihm, dass sie mindestens einen Grund hatte, Emily Taub eins auszuwischen.

„Es liegt an dir", fuhr er fort. „Wir können heute Abend auseinandergehen und du kannst deinen Freunden erzählen, dass du es wirklich nicht ertragen kannst, wie ich ein Sandwich esse." Er lächelte und hoffte, dass sie das beruhigte.

Noras Blick richtete sich auf die Vordertür und ihr Kiefer verkrampfte sich kurz bevor sie herausplatzte: „Oh mein Gott! Haben sie es der ganzen Stadt erzählt?"

Er tat sein Bestes, um lässig über die Schulter auf eine Gruppe von Frauen zu blicken, die an der Tür zusammenstanden, in ihre Richtung blickten und tuschelten. Er hatte keine Ahnung, wer sie waren, aber Nora wusste es offensichtlich, weswegen sie nicht glücklich darüber war.

Mit fest zusammengepressten Lippen nickte sie knapp. „Abgemacht."

„Was?" Er hatte fast vergessen, worüber sie gerade sprachen. Fast.

„Noch ein oder zwei Dates. Das sollte reichen."

Er hob sein Glas und grinste. „Abgemacht."

KAPITEL DREI

Ob in Tuckers Bluff oder zu Hause, der Besuch des Sonntaggottesdiensts war schon ein Teil von Neils Leben, solange er denken konnte. Um ehrlich zu sein, an manchen Sonntagen war er aufmerksamer als an anderen. Die meisten Predigten hatte er in seinen Teenagerjahren nur verschwommen wahrgenommen. Seine Gedanken waren normalerweise bei Mädchen oder Autos gewesen, oder dabei, wie er sein Spiel verbessern konnte, egal wie die Saison lief. Heute hätte er genauso gut wieder ein Teenager sein können. Seine Gedanken wanderten zwischen Nora, die auf der anderen Seite des Mittelgangs saß, dem Schlackern seines Lenkrads auf der Fahrt in die Stadt heute Morgen und natürlich dem Geisterstadtprojekt hin und her.

„Bist du noch bei uns, Alter?" Morgan balancierte auf seinen Krücken neben ihm.

„Entschuldigung. Ich denke nur nach."

„Über das Gehöft, hoffe ich."

„Was sonst?" Er hoffte wirklich, dass Morgan keine Vermutungen darüber anstellen würde, was ihm wirklich durch den Kopf ging, denn die Antwort darauf könnte sich als etwas peinlich erweisen.

„Ist dir etwas Gutes eingefallen?"

„Gönn dem Kerl eine Pause?" Owen ging auf ihn zu und klopfte ihm auf die Schulter. „Es ist noch nicht einmal vierundzwanzig Stunden her, seit wir ihm das aufgehalst haben."

„Ich weiß, aber der Stadtrat will unsere Zahlen."

Ihr Onkel nickte. „Das mag wahr sein, aber das ist angemessen. Bei diesem Projekt handelt es sich nicht um die Erneuerung unseres Gästebades. Sie werden darauf warten, dass ihr eure Matheaufgaben erledigt, und zwar fair für alle."

Weitere seiner Farraday-Cousins und deren Frauen schlenderten vorbei. Declan und Brooks blieben zusammen mit ein paar Gemeindemitgliedern, die Neil nicht kannte, an den Kirchentüren stehen. Nicht, dass das eine Überraschung gewesen wäre. Er hatte genug Zeit in der Stadt verbracht, um einige Leute kennenzulernen. Aber nicht annähernd genug, um die meisten Einheimischen zu erkennen. Bis auf eine. Nora lachte über etwas, was eine der drei Frauen, bei denen sie stand, gesagt hatte, tätschelte dann sanft den Arm ihrer Freundin und drehte sich um, um in seine Richtung zu gehen.

Sobald Nora in Hörweite kam, winkte Tante Eileen sie näher heran. „Wirst du heute zum Abendessen zu uns kommen? Ich habe meinen Cola-Schmorbraten im Ofen."

„Das ist unfair", neckte Nora. „Ich habe eine lange Liste mit Hausarbeiten, die ich erledigen muss, und du weißt, wie sehr ich deinen Schmorbraten liebe."

Tante Eileen rollte sich auf den Fersen zurück und grinste fröhlich. „Ja. Das weiß ich nur zu gut."

„Wegen des Abendessens", unterbrach Neil. „Denkst du, ich habe vorher noch Zeit, zu dem Gehöft zu fahren? Ich muss es mir genauer ansehen, ein paar Messungen vornehmen und ein paar Bilder machen. Je früher ich das tue, desto eher werde ich Antworten für meine ungeduldigen Brüder und den Stadtrat haben."

„Klar, solange du zurück bist, bevor die Sonne untergeht."

Er drehte sich zu Nora um. Sie wollten der Stadt eine Show bieten, und da sie alte Häuser mochte, schien jetzt ein guter Zeitpunkt zu sein, damit anzufangen. Obwohl dies wahrscheinlich nicht als echtes Date gelten würde, aber man musste ja nicht überpenibel sein. „Möchtest du mitkommen?"

„Zum Gehöft?" Ihre Augen strahlten. „Sehr gerne."

„Dann ist das abgemacht." Tante Eileen nickte Nora zu. „Du kannst dein Auto zuhause stehenlassen. Einer der Jungs kann dich nach dem Abendessen nach Hause bringen, wenn sie in die Stadt zurückfahren."

„Ich möchte keine Umstände machen."

„Unsinn." Tante Eileen winkte den Einwand mit einem Lächeln beiseite.

„Wie immer hat Tante Eileen recht." Adam stand am nächsten, um das Gespräch zu hören. „Jeder von uns wird dich liebend gerne mitnehmen, wenn wir nach dem Essen nach Hause fahren."

Nora nickte und Neil wollte sagen, dass seine Cousins sich hier nicht einmischen müssten. Wenn er sie zum Abendessen mitbrachte, konnte er sie auch nach Hause bringen. Glücklicherweise hatte er im Laufe der Jahre eines gelernt: nicht mit seiner Tante zu streiten. Sie würden es auf ihre Art machen – vorerst.

Nach der Kirche entschuldigte sich Nora und fuhr nach Hause, um ihr Auto zu parken. Neil beeilte sich, der familiären Dynamik zu entfliehen, und folgte ihr. Kaum hatte er vor ihrer Wohnung im Obergeschoss der Tierklinik angehalten, kam sie, ihr Sonntagskleid durch Jeans und Stiefel ersetzt, mit je einer Flasche Wasser in den Händen die Treppe heruntergehüpft.

„Das war schnell."

„Wenn man sich ein Studentenwohnheim mit fünfzehn Mädchen und nur drei Badezimmern teilt, lernt man, sich die Haare und das Make-up schnell zu machen. Oder in meinem Fall überhaupt nicht." Nora zuckte mit den Schultern und warf ihm eine Flasche zu. „Zu dieser Jahreszeit wird es nachmittags ziemlich warm."

„Danke." Wenn er heute Morgen konzentrierter gewesen wäre, hätte er daran gedacht, für den Fall, dass seine erste Besichtigung länger dauern würde, Getränke und Snacks einzupacken.

„Ich habe auch einige von Tonis glasierten Donuts in meiner Tasche."

„Wann hast du Zeit gefunden, die zu holen?"

„Einfach. Was zum Frühstückskaffee nicht gegessen wird, dürfen die Gemeindemitglieder mitnehmen. Ich picke mir immer Tonis Sachen heraus."

„Intelligente Frau." Er schlug die Autotür zu und ging auf die Fahrerseite.

„Das Schwierigste ist, der Versuchung zu widerstehen, während der Predigt zu naschen."

„Ich habe Tonis Desserts gegessen. Wenn ihre Donuts auch so gut sind, dann bist du stärker als ich. Ich hätte alles aufgegessen, Predigt hin oder her."

Sie warf den Kopf zurück und lachte. „Das weiß ich nicht. Du siehst nicht so aus, als hättest du ein Problem, wenn es um Willensstärke geht."

„Sei dir da nicht so sicher." Nur dachte er nicht an Donuts.

Das Gehöft lag eine ziemlich lange Autofahrt außerhalb der Stadt. So lange, dass es ihm schwerfiel, zu verstehen, warum die Stadt oder die Bauträger so viel Geld investieren wollten, um die alte Geisterstadt nicht nur als Touristenattraktion wiederzubeleben, sondern sie auch in eine realisierbare Option für Vollzeitbewohner umzuwandeln.

„Ich bin wirklich froh, dass du mich eingeladen hast." Sie schraubte den Verschluss ihrer Wasserflasche ab. „Ich liebe es, Häuser anzusehen. Hier werden nicht oft Immobilien verkauft, aber wann immer es einen Besichtigungstag gibt, nehme ich mir die Zeit dafür. Und wie ich gestern Abend schon erwähnt habe, liebe ich alle Renovierungssendungen im Fernsehen, nicht nur die über alte Häuser."

„Viele Leute scheinen Renovierungsshows zu lieben."

„Was kann man daran nicht lieben? Man betritt ein gewöhnliches Haus, genau wie das, in dem wir Normalsterblichen leben, und wenn sie fertig sind, schlendert man durch die Seiten eines Magazinshootings. Der ganze Nervenkitzel, ohne das eigene Bankkonto zu leeren."

„Nun, das könnte erklären, warum die Sender wegen dieser neuen Show, in die wir uns verwickeln ließen, so aus dem Häuschen ist."

„Du sagst das, als wäre es etwas Schlechtes."

„Das ist nichts Schlechtes. Es hat tatsächlich das Potenzial, für uns ziemlich profitabel zu sein. Gleich nachdem die Pilotfolge ausgestrahlt wurde, liefen bei uns zu Hause die Telefone heiß."

„Ich habe gehört, dass auch großes Interesse von Leuten aus dieser Gegend kam."

Er nickte. „Ich bin mir nicht sicher, ob wir mit noch mehr Interesse umgehen können. Vor allem, wenn wir wollen, dass dies ein kleiner Familienbetrieb bleibt."

Sie drehte sich auf dem Sitz zur Seite, um ihn besser ansehen zu können. Ihre Augen waren fast so stark geweitet, dass er es als Beunruhigung bezeichnen würde. „Aber ihr alle werdet Sadieville doch wieder zum Leben zu erwecken?"

„Absolut. Valerie gehört jetzt zur Familie."

„Und Farradays kümmern sich immer um die Familie."

Er lächelte sie an. „Das beschreibt uns gut."

„Oh", sie setzte sich aufrechter, „da ist es. Ich war

nicht mehr in Sadieville, seit ihr das Handelszentrum restauriert habt.“

„Aber wir haben heute Nachmittag keine Zeit für einen Besuch.“ Nachdem er auf sein Navi geblickt hatte, bog er auf der nächsten unbefestigten Straße rechts ab. Die Zeit hatte ihren Tribut von dem Weg zu den wenigen verbliebenen Gehöften gefordert. „Laut Morgan haben er und Paxton das solideste Haus für das Projekt gewählt.“

Noras Blick verengte sich, als sie sich auf eine Unschärfe in der Ferne konzentrierte. Eine Struktur aus grauen Holzschindeln, die wenig dazu beitrug, Optimismus zu erwecken. „Oh weh.“ Bevor der Wagen ganz stand, hatte sie bereits den Sicherheitsgurt gelöst und war aus dem Auto gesprungen, bevor er ihre Tür erreichen konnte. „Ihr werdet daraus etwas Magazinwürdiges machen?“

„Das ist der Plan.“ Aktuell war er bereit zuzugeben, dass dieses alte Zuhause nichts mit Liebe auf den ersten Blick gleich hatte. Andererseits war diese von all den Arbeiten, die er jemals gemacht hatte, bei weitem die interessanteste Herausforderung. Wenn das Haus vorher nicht über ihnen zusammenbrach.

Als sie das alte Haus aus der Nähe sah, war sie sich nicht mehr sicher, ob sie die Veranda betreten oder gar hineingehen wollte. Das Haus neigte sich definitiv nach links und sie war sich ziemlich sicher, dass mehr Schindeln auf dem Boden lagen als auf dem Dach. „Deine Brüder sind sicher, dass das das Beste von allen ist?“

„Das haben sie gesagt, und mein Bruder Paxton ist einer der besten Bauingenieure, die ich kenne.“ Sein

Blick wanderte die Hausfront entlang von einer Seite zur anderen, und sie fragte sich, ob er vielleicht die Fähigkeiten seines Bruders noch einmal überdenken sollte.

„Ich nehme nicht an, dass du in deinem Truck irgendwelche Schutzhelme hast? Wir könnten welche brauchen."

„Ich fürchte nicht. Du lässt mich am besten zuerst hineingehen."

„Wie die Polizei bei einer Razzia. Um sicherzugehen, dass sich kein Bösewicht im Schrank versteckt."

Er lachte leise. „So ähnlich."

Sie trat einen Schritt zurück. „Ich werde darauf warten, dass du Entwarnung gibst. Brauchst du eine Waffe?" Sie ließ ein zahniges Grinsen aufblitzen und tätschelte ihren Bauch. „Ich habe eine, falls du sie brauchst."

Eine Augenbraue hob sich und sein Blick fiel auf ihre Körpermitte.

„Du musst mich nicht so ansehen. Ich wollte kein Risiko eingehen. Ich lebe nicht nur seit meiner Geburt in West-Texas, ich habe auch alle Geschichten über Joanna und die Schlangen in dieser Stadt gehört."

„Verstanden. Dennoch wäre es mir lieber, wenn du deine Waffe stecken lassen würdest, es sei denn, wir hören ein sehr lautes Rasseln."

„Okay." Sie trat einen Meter zurück und sah ihm zu, wie er vor jedem Schritt sorgfältig die Bretter der Veranda abtastete.

Er war erst ein paar Minuten drinnen, als er sie rief. „Alles klar!"

„Ich weiß, dass du Architekt bist." Sie testete vorsichtig die erste und dann die zweite Stufe der Treppe zur Veranda. „Aber qualifiziert dich das?" Drinnen war nichts von ihm zu sehen. Sie ließ sich Zeit, durch das Zimmer zu schlendern, von dem sie vermutete, dass es sich um ein Wohnzimmer handelte. Einen Moment lang blickte sie hinauf zu dem natürlichen Sonnenlicht – auch bekannt als Loch in der Decke – und umging ein kleineres Loch im Boden. Zweifellos dort, wo Morgan sich den Knöchel gebrochen hatte. Sie war weniger als beeindruckt. „Hallo?"

„Ich bin in der Küche." Neil hielt einen kleinen quadratischen Apparat gegen die Wand und schrieb dann etwas auf einen kleinen Block. „Ich messe nur die Räume aus."

„Selbst die Maßbänder sind jetzt aus Star Trek." Mit jedem Tag, der verging, war sie mehr davon überzeugt, dass sie wahrscheinlich lange genug leben würde, um eines Tages auf ein Raumschiff gebeamt zu werden.

Neil steckte das Sci-Fi-Messgerät ein, holte sein Handy hervor und machte ein paar Fotos. Danach gingen sie in einen kleinen quadratischen Raum, bei dem es sich vermutlich um die Küche – minus Elektrogeräte – handeln musste. Eine Reihe schiefer Schränke, deren Türen teils nur noch an einer Angel hingen, zierten eine Wand, während an den anderen die abgenutzte Wandvertäfelung zu sehen war.

„Ich hatte irgendwie gehofft, einen alten originalen Ofen vorzufinden. Je nachdem, wann der Ort verlassen wurde, vielleicht sogar eine altmodische Kühlbox."

„Oh." Ihre Gedanken wanderten zu der alten Küche ihrer Großmutter. „Weißt du was noch? Eines dieser alten Spülbecken aus Gusseisen, die auf beiden Seiten Rillen zum Trocknen des Geschirrs haben, damit es zurück in die Spüle abfließen kann."

„Genau. Eine wirklich originale Bauernspüle. Alt kann in der richtigen Umgebung wirklich cool aussehen."

Das schöne Waschbecken ihrer Großmutter vor

Augen, konnte sie in diesem Raum nicht viel Cooles erkennen. Er war mit der Vermessung des Zimmers fertig und ging weiter in den nächsten, sie dicht auf seinen Fersen. Ab und zu blieb er stehen, verschränkte die Arme und blickte aufmerksam hin und her, bevor er nickte, ein paar Fotos machte und weiterging.

Sie hatten sich durch mehrere Bereiche geschlängelt, als ihr auffiel, dass etwas fehlte. „Wo ist das Badezimmer?"

Neil blieb wie angewurzelt stehen, als wäre ihm dieser Gedanke nicht gekommen. Dann ging er den schmalen Flur entlang und steckte seinen Kopf in einen kleinen Wandschrank. „Da du es erwähnst, es gab in älteren Häusern keine großen Wandschränke. Ich wette, das ist das Badezimmer."

Ihr Blick hüpfte von Ecke zu Ecke. Nichts an diesem Raum sah so aus, als hätte es hier jemals auch nur annähernd fließendes Wasser gegeben. „Ich weiß nicht."

„Mit Badezimmer meine ich, dort wo der Badezuber stand. Ich habe das Gefühl, dass die Toilette irgendwo hinter dem Haus stand und dass Waschschüsseln im Schlafzimmer immer noch die Norm waren. Obwohl das Gebäude elektrisch verkabelt ist." Er zuckte mit den Schultern. „Wer weiß. Wenn ich hier fertig bin, schaue ich mich im Hof um, ob ich Anzeichen für ein altes Plumpsklo finde."

Der Gedanke ließ sie tatsächlich erschaudern. „Ich kann mir nicht einmal annähernd vorstellen, im eiskalten Winter mitten in der Nacht nach draußen zu stapfen, um das Plumpsklo zu benutzen."

„Die meisten Leute hatten wahrscheinlich eine Pfanne unter dem Bett und benutzten nur tagsüber das Plumpsklo."

„Okay, das macht das Ganze nicht besser."

Ein leises, grollendes Gelächter brach aus ihm

heraus. „Ich kann dich verstehen.“

Sie machte einen größeren Schritt, um sich umzudrehen und das vermeintliche Badezimmer zu verlassen, als ein knarzendes Geräusch unter ihr ertönte und Neil seine Arme um sie schlang, als das Dielenbrett unter ihr nachgab.

„Vorsicht. Geht es dir gut?“

Mit einem Fuß in einem Loch im Boden und einem auf den Dielen konnte sie das nicht mit Sicherheit sagen. „Ich glaube nicht, dass ich mir etwas gebrochen habe. Kannst du mir aufhelfen?“

Seine Hände um ihre Taille gelegt, hob er sie vorsichtig aus dem Loch heraus und stützte sie. „Ich denke, wir haben für einen Tag genug ausgemessen und erkundet.“

„Mm.“ Ihr Kopf war für einen Moment leer. Obwohl Neil sie nur festgehalten hatte, um zu verhindern, dass sie sich wie sein Bruder den Knöchel oder schlimmer noch den Hals brach, war es schon lange her, dass sie die starken Hände eines Mannes auf ihrem Körper gespürt hatte. Was ihren Ritter in strahlender Rüstung anging, leistete Neil Farraday bisher großartige Arbeit, sie, nun schon zum zweiten Mal, zu retten. Das gefiel ihr irgendwie. Fast so sehr, dass sie darüber nachdachte, noch irgendwo anders im Haus durch den Boden zu brechen. Andererseits sollte sie vielleicht einfach abwarten, wie ihr Ritter in strahlender Rüstung sie sonst noch auffangen würde.

KAPITEL VIER

„Heb ab." Eileen Farraday reichte den Kartenstapel nach links an Ruth Ann weiter.

„Ich weiß. Ich sage nur, es ist ein bisschen seltsam, dass man Patrick und seine Familie all die Jahre hier nicht gesehen hat, und jetzt sind all seine Jungs öfter hier in der Stadt als zu Hause in Oklahoma."

Dorothy nahm ihre erste Karte. „Klingt für mich nicht verdächtig. Das liegt an dieser Fernsehsendung."

„Sie hat recht." Sally May winkte Dorothy mit dem Daumen zu. „Wer hätte nicht gerne eine eigene TV-Show?"

Drei Hände schossen nach oben und Sally May ließ ihre Karten auf den Tisch fallen. „Ihr macht Witze?"

Eileen wandte ihre Aufmerksamkeit von den Karten in ihren Händen ab. „Warum irgendjemand will, dass ihn ständig Kameras und Mikrofone verfolgen, ist mir ein Rätsel."

„Ganz zu schweigen", Ruth Ann schob ihre Karten zusammen, „von all den Leuten, die mit den Kameras und Mikrofonen zu tun haben."

„Keine Minute Privatsphäre." Dorothy warf einen Chip in den Pot.

„Aber hier ist es anders." Sally May nahm ihre Karten wieder in die Hand. „Es wird nur ihr Arbeitsplatz gefilmt, nicht ihr Privatleben. Ein ganz normaler

Arbeitstag von neun bis fünf und voilà, sie sind berühmt."

„Und wer will schon berühmt sein?" Jeder, der Eileen von früher kannte, wäre mehr als schockiert gewesen, diese Worte aus ihrem Mund zu hören. Das war einst genau das gewesen, wovon sie immer geträumt hatte. Jetzt würde sie ihr Leben nicht gegen allen Ruhm und Reichtum der Welt eintauschen.

„Huhu." Ruth Ann schnippte mit den Fingern. „Bist du dabei?"

„Oh." Eileen warf einen Chip in den Pot. „Ich habe gerade nachgedacht."

„Über Patrick und seinen Bruder?" Der hoffnungsvolle Ausdruck in Ruth Anns Augen brachte Eileen fast zum Lachen.

Sie hatte wirklich keine Ahnung, was zu der Kluft zwischen den Texas- und den Oklahoma-Farradays geführt hatte. Sie wusste nur, dass sie an einem Tag noch eine große, glückliche Familie waren und am nächsten nicht mehr.

Ruth Ann legte zwei Karten auf den Tisch. „Ich nehme zwei. Wenn ihr mich fragt, ist es irgendwie schön, noch mehr Farraday-Augenschmaus in der Nähe zu haben."

„Da stimme ich dir zu." Sally May ordnete die Karten in ihrer Hand neu. „Wenn ich nicht zu alt wäre und –"

„Zu verheiratet", wiederholten drei Stimmen.

„Also." Sally May schnaubte. „Das ist wahr."

Dorothy grinste. „Nora ist noch nicht zu alt."

„Und schon gar nicht zu verheiratet", fügte Ruth Ann hinzu.

Dorothy steckte ihre Karten um. „Sie sehen wirklich süß zusammen aus. Ich war heute Morgen zum Spitzenschneiden im Cut'N'Curl und Polly erzählte mir, dass sie am Samstagabend im Pub ziemlich intim gewirkt haben."

Ruth Ann drückte ihre Karten an ihre Brust und lehnte sich über den Tisch. „Ich habe gehört, dass sie schon eine Weile zusammen sind und es geheim halten."

„Die Gerüchteküche sagt, er bereitet sich darauf vor, ihr einen Heiratsantrag zu machen." Sally May nickte. „Angeblich lassen sie sich deshalb in der Öffentlichkeit sehen."

„Braucht schon jemand einen Refill?" Abbie stand mit der Kaffeekanne in der Hand an Eileens Seite. „Und wer bereitet sich auf einen Heiratsantrag vor?"

„Neil", antwortete Sally May.

Abbies Kiefer sprang auf. „Wem?"

Ein dreistimmiger Chor antwortete: „Nora."

Sally May fuhr fort: „Ich habe aus zuverlässiger Quelle erfahren, dass es seit den Dreharbeiten zur Pilotfolge zwischen ihnen heißhergeht und sie jetzt damit herauskommen."

„Oh." Abbies Kopf drehte sich zu Eileen.

In Gedanken ging sie die gestrigen Ereignisse auf dem Kirchhof und dann beim Abendessen durch. Adam und Meg hatten Nora mit nach Hause genommen. Wenn da mehr zwischen ihnen wäre, hätte Neil sicherlich darauf bestanden, sie selbst zu fahren. Andererseits schienen die beiden eine Art Verbindung zu haben, aber *heißhergehen* war nicht das Wort, das ihr dabei in den Sinn kam. „Das glaube ich nicht."

„Was glaubst du nicht?" Ruth Ann blickte auf. „Dass er sich darauf vorbereitet, ihr einen Antrag zu machen?"

„Genau." Eileen faltete ihre Karten in der Hand zusammen. „Das glaube ich nicht. Er wirkt ein wenig verknallt, aber ich denke, dass die Gerüchteküche in diesem Fall vielleicht ein wenig vorschnell ist."

„Da stimme ich zu." Abbie nickte und brachte ein schwaches Lächeln zustande. „Ich denke, dies könnte ein weiterer Fall einer Überreaktion der Gerüchteküche sein."

„Wenn man vom Teufel spricht." Sally Mays Lächeln eroberte ihr Gesicht.

Neil stand an der Tür des Cafés und blickte sich um, bevor er auf sie zuging. „Hallo, Ladies. Tante Eileen." Er beugte sich vor und küsste sie auf die Wange.

„Machst du eine Pause?", fragte sie ihren Neffen.

„Ja. Ich habe früh angefangen." Er stand Abbie gegenüber. „Stört es dich, wenn ich das auf einem der Ecktische parke? Ich habe meinen eigenen Kaffee langsam satt."

„Nur zu. Such dir einen aus, aber die Tische an der Hintertür werden immer als letztes belegt."

„Hört sich gut an. Ich habe den Großteil der Pläne oben im Büro fertiggestellt, aber ich denke, wir brauchen eine neue Kaffeemaschine."

Abbie lächelte. „Hast du schon etwas gegessen?"

Neils Augen weiteten sich und dann kicherte er. „Jetzt, wo du es erwähnst, ich habe das Frühstück ausgelassen."

„Und wessen Schuld ist das?" Eileen starrte ihren Neffen böse an. Er hatte es eilig gehabt, zur Wohnung über dem Café zu gelangen. Die Cousins nutzten sie als Büro, da sie neben dem Geisterstadtprojekt noch eine Menge anderer Arbeit in Tuckers Bluff angenommen hatten.

„Meine." Er hielt eine Rolle Skizzen hoch, von der Eileen vermutete, dass es sich dabei um die Pläne für das Gehöft handelte. „Ich mache mich besser wieder an die Arbeit. Bis später."

Ja. Und sobald sie nicht mehr vom Ladies Club umgeben war, würde sie ein paar Fragen an ihn haben.

An manchen Morgen wünschte sich Nora, sie könnte ihr Koffein einfach intravenös konsumieren. Heute war einer dieser Morgen. Von dem Moment an, als sie, noch lange vor den Sprechstunden, durch die Eingangstür trat, klingelten ununterbrochen die Telefone, und Patienten kamen ohne Termin vorbei. Es war auch nicht förderlich, dass Brooks durch einen Notfall im Krankenhaus aufgehalten worden war. Sie hatte so viele Termine wie möglich verschoben, und hatte sich, als Brooks endlich die Praxis betrat, von einer Empfangsdame der Extraklasse in eine Krankenschwester erster Güte verwandelt. Sie hatte Blutdruck und Temperatur gemessen, Verbände gewechselt und alles gegeben, sodass sie um zwei Uhr den Rückstand fast eingeholt hatten. Natürlich hatte das Auslassen des Mittagessens wahrscheinlich einen großen Teil dazu beigetragen. Aber sie würde sich nicht beschweren. Sie bevorzugte hektische Tage wie diesen mit seinen chaotischen Zeitplänen aber einfachen Fällen. Es waren die Tage, an denen aus kritischeren Gründen die Hölle losbrach und sie und Brooks, egal wie sehr sie sich auch bemühten, entweder einen Patienten verloren oder eine miserable Diagnose stellten, die an ihrer Seele nagten.

Sie klopfte an den Türrahmen seines Büros. „Ich denke, Franks überbackene Fleischbällchen auf warmem Brot wären gerade genau das Richtige.“

„Oh, das hört sich gut an. Ich glaube, ich habe den Joghurt, den du mir vor etwa zwei Stunden gegeben hast, bereits verbrannt.“

„Super, denn ich habe die Bestellung bereits aufgegeben.“

Brooks lachte tief aus seinem Bauch heraus. „Was

würde ich nur ohne dich machen?"

„Bist du nicht froh, dass ich nicht vorhabe, dich das herausfinden zu lassen?"

„Das ist nicht, was ich gehört habe." Brooks lehnte sich in seinem Stuhl zurück und verschränkte die Arme. „Mrs. Martin verbrachte jede Minute ihres Termins, mir zu erzählen, dass du und mein Cousin Neil jetzt jederzeit durchbrennen könnten."

„Ach wirklich?" Sie grinste ihn an. Nur jemand, der Brooks so lange kannte wie sie, würde das Funkeln in seinen Augen erkennen, das den strengen Ausdruck in seinem Gesicht widerlegte. Meg, Adams Frau, war einer der heutigen Morgenanrufe gewesen, denn sie hatte wissen wollen, ob sie etwas verpasst hatte, das diesen ganzen Klatsch entfacht hatte. Nora hatte, abgesehen davon, die Wahrheit zu sagen, alles getan, um eine ihrer liebsten Freundinnen davon zu überzeugen, dass das zwischen ihr und dem Farraday-Cousin vorerst nichts weiter als ein kleiner, beiläufiger Flirt war. Sie war froh, mit Brooks einfach über die Gerüchte scherzen zu können. „Ich schaue besser in meinem Kalender nach. Nicht dass ich da etwas übersehen habe."

Brooks beugte sich erneut vor und lächelte. „Ich habe Frau Martin und allen anderen, die das Thema angesprochen haben, versichert, dass ich es sie auf jeden Fall wissen lasse, wenn an den Gerüchten etwas Wahres ist."

„Allen anderen?"

„Nun ja." Sein Grinsen wurde breiter.

Wer hätte gedacht, dass ein kleiner Besuch im Pub und ein Familienessen so viele Gerüchte in die Welt rufen könnten. Was sagte sie da? Sie hatte ihr ganzes Leben hier in Tuckers Bluff verbracht. Natürlich wusste sie, dass es seit Generationen nicht mehr als ein Lächeln brauchte, um Gerüchte zu schüren. „Ich gehe besser und besorge uns etwas zu essen, bevor dein nächster Termin kommt. Durch die reine Gnade Gottes gab es zwei aufeinanderfolgende Absagen und keine Neuankömmlinge mehr. Ich laufe schnell rüber und hole die Bestellung ab. Du machst eine Pause."

„Danke."

Das Gute am Leben in einer Kleinstadt war, dass die Bewohner fast alles zu Fuß erreichen konnten. Dazu gehörte auch der fünfminütige Fußweg von Brooks' Praxis zum Café. An schönen Tagen wie heute war der Spaziergang eine willkommene Abwechslung.

„Deine Bestellung ist fast fertig", rief Abbie ihr von der Kasse aus zu, sobald sie die Schwelle überschritten hatte. „Wir haben vor einiger Zeit eine Busladung voller Touristen bekommen und es ist etwas drunter und drüber gegangen. Tante Eileen musste wieder mithelfen."

„Keine Eile. Danke." Als sie sich umsah, entdeckte sie sofort die Ladies, die Karten spielten. Obwohl sie alle alt genug waren, um ihre Mütter zu sein, und in Dorothys Fall fast alt genug, um ihre Großmutter zu sein, genoss sie es immer, am Samstagmorgen mit ihnen Poker zu spielen, wenn es die Zeit erlaubte. Trotz des Altersunterschieds machte es immer viel Spaß. Manchmal waren die Ladies etwas verrückt, aber immer lustig.

Nach zwei Schritten in Richtung der Ladies bemerkte sie, dass Abbie leicht zuckte und mit dem Kopf zur anderen Seite des Cafés deutete. Neil saß in einer Ecke an zwei zusammengeschobenen Tischen und war in den Papierkram vor ihm vertieft. Sie warf einen zweiten Blick auf die kartenspielenden Frauen, drehte sich um und ging zu Neil. Schließlich lief die Gerüchteküche bereits auf Hochtouren, etwas mehr Sprit würde da nicht viel ändern.

Als sie fast bei ihm war, blickte Neil auf und

lächelte sie an. „Das ist eine schöne Überraschung."

„Das kann ich nur zurückgeben. Es war ein verrückter Tag im Büro und das ist unsere erste Gelegenheit, eine Mittagspause einzulegen."

Neil ließ seinen Bleistift auf die auf dem Tisch ausgebreiteten Papiere fallen.

„Entwürfe für das Haus von gestern?" Sie kam näher und blickte über seine Schulter.

„Ja." Sein Gesicht leuchtete auf. „Ich musste einige Zeit darüber nachdenken, aber jetzt geht es gut voran."

Sie tat ihr Bestes, um die Räume zu erkennen, hatte aber keinen großen Erfolg. „Bist du sicher, dass wir das gleiche Haus meinen?"

„Bin ich." Er lachte leise. „Wir verschieben einige Wände. Der Trick besteht darin, modern zu wirken und gleichzeitig den Craftsman-Charme zu bewahren."

„Das alte Haus ist im Craftsman-Stil?"

„Hauptsächlich." Er nickte. „Sobald es vollständig wiederhergestellt ist, wird es deutlicher sichtbar sein."

„Das Mittagessen ist fertig", rief Abbie von der Theke aus.

„Danke."

„Hör zu, ich muss zu einem Baumarkt in der Nähe von Butler Springs. Nachsehen, was sie auf Lager haben. Denn alle haben es eilig, weiterzumachen. Willst du mitkommen?"

Wie dumm war er? Welcher Mensch bei klarem Verstand lud eine hübsche Frau ein, in einem Baumarkt nach Material zu stöbern? „Vergiss es, das ist dir wahrscheinlich zu langweilig."

„Je nachdem, wann du gehst, klingt das nach Spaß." Ihr Gesichtsausdruck spiegelte Aufrichtigkeit wider, keine höfliche Antwort. „Ich habe nur morgen Zeit. Dienstag ist der Tag, an dem Brooks Hausbesuche für Leute anbietet, die es nicht in die Stadt schaffen."

„Hausbesuche? Und er wurde noch nicht vom Ärzteverband ausgeschlossen?"

Sie kicherte. „Schh."

Er lächelte sie an. Hausbesuche waren nur eine weitere Erinnerung daran, wie altmodisch Tuckers Bluff wirklich war. Selbst in seinem verschlafenen Teil von Oklahoma kümmerten sich die Ärzte außerhalb ihrer Praxis oder eines Krankenhauses einfach nicht um Patienten. Andererseits war er sich nicht sicher, ob es abgesehen von Farraday-Country irgendwo in Texas noch einen Ort gab, wo Ärzte Hausbesuche machten. „Morgen ist perfekt. Ist neun zu früh?"

„Wenn man bedenkt, dass unsere ersten Patienten normalerweise um acht Uhr eintreffen, ist neun Uhr wie Ausschlafen an einem Samstag."

„Huhu", rief Abbie erneut. „Soll ich das unter den Wärmer stellen?"

„Nein. Ich komme." Sie drehte sich zu ihm um. „Bis morgen."

Er nickte und behielt sie im Auge, während sie ihre Bestellung bezahlte und zur Tür hinauseilte. Er hatte seine Aufmerksamkeit kaum wieder auf die Arbeit vor ihm gerichtet, als das Geräusch näherkommender Stiefelabsätze ihn aufblicken ließ. Nicht, dass er nicht bereits wusste, um wen es sich handelte. „Hey, Tante Eileen."

„Stört es dich, wenn ich mich kurz setze?"

„Natürlich nicht." Es machte ihm wirklich nichts aus. Er liebte seine Tante, aber er wusste auch, dass sie nicht nachgegeben hätte, selbst wenn er nein gesagt hätte. „Was läuft so?"

„Komisch, das wollte ich dich fragen."

Einen Moment lang dachte er daran, sich dumm zu

stellen, aber er wusste, was sie und der Großteil der Stadt wissen wollten. „Nicht viel. Die Crew für das neue Projekt trifft in ein paar Tagen ein und ich sollte die Pläne bis dahin fertig haben."

„Das war nicht das, was ich meinte."

„Ich weiß. Zu dem Teil wollte ich gerade kommen. Nora begleitet mich morgen, um Material zu besorgen."

Seine Tante lehnte sich lächelnd in ihrem Stuhl zurück. „Wie vielen dieser Gerüchte sollte ich Gehör schenken?"

Er schüttelte den Kopf. „Keinen. Wir lernen uns gerade erst kennen."

„Verstehe." Seine Tante stieß sich vom Tisch ab, beugte sich zu ihm, küsste ihn auf die Wange und flüsterte ihm ins Ohr: „Sie ist ein liebes Mädchen."

Das wusste er bereits.

KAPITEL FÜNF

Neun Uhr war schneller da, als Nora erwartet hatte. Sie hatte noch nie Probleme mit dem Schlafen gehabt, aber letzte Nacht hatte sie zwischen dem Hin- und Herwälzen und auf die Uhr Starren immer wieder von Hunden und Wölfen geträumt, die auf einem großen Feld mit vielen Welpen herumtollten. Irgendwann gegen sechs war sie dann in einen tiefen Schlaf mit verrückten Träumen verfallen, nur um sich dann morgens aus dem Bett zu quälen, um rechtzeitig fertig zu sein.

Sie hatte kaum einen English Muffin mit Frischkäse hinuntergewürgt, als Schritte vor ihrer Tür zu hören waren und es kurz darauf klopfte. „Es ist offen."

Die Tür öffnete sich ein Stück und Neil steckte seinen Kopf herein. Ein Stirnrunzeln zierte sein Gesicht, während er die Tür vollständig öffnete und eintrat. „Bittest du die Leute immer herein, ohne zuerst zu fragen, wer sie sind?"

„Jede einzelne Person." Seine Augen weiteten sich und sie kicherte. „Ganze drei in all den Jahren. Du heute Morgen. Becky, als ihnen vor", sie blickte mit zusammengekniffenen Augen kurz nach oben und rechnete, „etwa einem Jahr einmal der Zucker ausgegangen ist, und der städtische Gebäudeinspekteur eine Weile davor."

„Ich bin mir nicht sicher, ob du Witze machst oder nicht." Sein Stirnrunzeln blieb bestehen.

„Bezüglich der drei Leute? Nicht wirklich. Wenn man im Obergeschoss einer Tierklinik wohnt, bekommt man nicht viele unerwartete Besucher. Alle Lieferungen werden in der Klinik abgegeben. Wenn also jemand, wie du gerade, klopft, dann deshalb, weil ich denjenigen erwarte. Und wie ich neulich Abend schon erwähnte, habe ich nicht viele Dates. Außerdem, verschließt ihr die Türen auf der Ranch?"

„Nein, aber das ist etwas anderes. Nicht viele kriminelle Elemente lungern mitten im Nirgendwo herum, um Ärger zu machen."

„Vermutlich nicht, aber die kriminellen Elemente in Tuckers Bluff beschränken sich normalerweise auf Küheschubsen und gelegentliche Strafzettel wegen Geschwindigkeitsüberschreitung. Ich kann mich nicht erinnern, dass hier etwas wirklich Gefährliches passiert ist, seit Meg damals im Futtermittelladen als Geisel genommen wurde."

„Was?" Sein Kopf drehte sich um und er blickte zu ihrer Tür.

„Das ist eine lange Geschichte. Ich erzähle sie dir auf der Fahrt."

Er konzentrierte sich auf die Tür und nickte. „Hat jemand jemals gesagt, du sollst dir einen Türriegel für dieses Ding zulegen?"

Neils zunehmender Beschützerinstinkt ihr gegenüber reichte aus, um dieses Mädchen eine Woche lang zum Grinsen zu bringen. „Ich bin sicher, wenn D.J. Becky hier ohne Türriegel wohnen ließ, dann ist es auch für mich völlig ungefährlich."

Mit fest zusammengepressten Lippen warf er noch einmal einen Blick zur Tür, bevor er einen langen Seufzer ausstieß, auf seine Uhr blickte und seine Stirn entspannte. „Wir haben noch viel vor uns und sollten wahrscheinlich los."

Sie nahm einen letzten Schluck Kaffee und nickte. „Bereit."

Die erste Station des Morgens war ein Fliesengeschäft am äußersten Rand von Butler Springs. Eine Ausstellungswand war schöner als die andere. Während Neil mit einem Verkäufer sprach, schlenderte sie durch die verschiedenen Ausstellungsbereiche.

„Laut dem Verkäufer ist alles mit einem roten Punkt auf Lager, blaue Punkte sind im Angebot, ohne Punkte muss es bestellt werden. Die Lieferzeit kann zwischen einer Woche und sechs Monaten liegen."

„Sechs Monate? Für Fliesen?"

Er zuckte mit den Schultern. „Könnte mit einem Containerschiff aus China kommen oder in Mexiko handgefertigt werden. Es gibt viele Gründe für Verzögerungen, aber da die Crew in ein paar Tagen eintrifft, beschränken wir uns auf die roten Punkte, und falls uns etwas mit blauen gefällt, umso besser."

Sie verließen den Laden mit fünf verschiedenen Mustern, die für Badezimmer und Küche geeignet waren. Auf dem Weg zu ihrem nächsten Stopp spielte sie mit einer hellblauen rechteckigen Fliese. „Mir gefielen diese U-Bahn-Fliesen schon immer. Sogar schon bevor sie beliebt wurden."

„Manche Dinge sind zeitlos. Wie weiße Küchengeräte. Sie sind vielleicht nicht immer angesagt, aber sie wirken auch nie altmodisch."

„Das stimmt. Jedes Mal, wenn ich meine Tante Hazel besuche und in ihre Küche gehe und das avocadogrüne Kochfeld sehe, das einfach nicht sterben will, werde ich daran erinnert, dass sie diese Küche seit neunzehnhundertachtundsechzig nicht mehr renoviert hat."

„Der Herd funktioniert noch?"

Sie nickte. „Und der Ofen auch. Tante Hazel sagt, dass sie hergestellt wurden, bevor das eingebaute Verfallsdatum wichtiger wurde als der Stolz auf sein Produkt."

„Leider hat sie da größtenteils recht." Er bog um die Ecke und fuhr auf einen riesigen Parkplatz vor einem Gebäude, das in einem ebenso schlechten Zustand zu sein schien wie das Gehöft, das sie wiederbeleben wollten. „Mal sehen, was wir finden."

Der erste Gedanke, der ihr in den Sinn kam, war ein gebrochener Knöchel, gefolgt von Tetanus. Doch sie setzte ein Lächeln auf und hoffte, dass sie schnell finden würden, wonach er suchte. In dem Moment, als sie die Schwelle überschritten, stand sie in einer Flut hellen Lichts. Die gut acht Meter hohe Decke war mit Kronleuchtern aller erdenklichen Größen und Formen vollgestopft. Der Gedanke, durch ein weiteres morsches Dielenbrett zu brechen, wich der Faszination und Ehrfurcht vor all den prächtigen Schmuckstücken, die den Raum füllten.

„Ich bin Neil Farraday. Wir haben gestern Nachmittag telefoniert."

Ein schlanker Mann, der älter als Moses sein könnte, schüttelte Neils Hand. „Sie sind also Teil des Teams, das Sadieville wiederaufbaut?"

Neil nickte. „Bin ich."

„Ich kann Ihnen gar nicht sagen, wie sehr ich mich darauf freue, zu sehen, was Sie mit diesem Ort machen. Ich war vermutlich kaum älter als fünf oder sechs, als mein Großvater uns samstags zum Eisessen nach Sadieville mitnahm. Renoviert ihr die alte Eisdiele?"

„Die ganze Stadt."

Das Gesicht des alten Mannes leuchtete auf. „Ich freue mich auf jeden Fall darauf, die Stadt wiederzusehen. Ich hoffe, jemand hat das Eisrezept aufgeschrieben."

Vom Smalltalk über die alte Stadt ging das Gespräch zu dem über, was Neil suchte. Eine halbe Stunde später fand sie sich dann in einem offenen Hof wieder und durchstöberte an Neils Seite eine

Aneinanderreihung alter Türen. Sie hatte den Auftrag erhalten, bei der Suche nach einer Haustür mit einem Oberlichtfenster zu helfen. Als sie das Ende der Reihe erreichte, blickte sie einen schmalen Gang zwischen den Türen hinunter. „Meine Güte."

„Was?" Neil hörte auf, die Türen durchzusehen und drehte sich zu ihr um.

„Da sind noch mehr. Zuerst dachte ich, das ist nur ein Notausgang."

Neil nickte, stellte sich neben sie und stieß wegen der Entdeckung einen durchdringenden Pfiff aus. „Ich dachte auch, es handelt sich um den Ausgang."

„Es lohnt sich, neugierig zu sein." Sie hob ihr Kinn und grinste ihn an.

Lächelnd nickte er zurück. „Eine bewundernswerte Eigenschaft."

„Dieser Ort ist ein verdammtes Labyrinth."

Neil stand in einem Bereich, in dem Kaminverkleidungen jeder Größe ausgestellt wurden, und blickte in ihre Richtung. „Noch mehr Türen?"

„Ein Holzlager." Sie winkte ihn herüber.

Als er sie erreichte, klappte seine Kinnlade herunter und seine Augen traten hervor. „Heiliges Eichenholz." Bevor sie reagieren konnte, drehte er sich mit einem breiten Grinsen im Gesicht um und zog sie in eine feste Umarmung. „Volltreffer."

Als sie so fassungslos dastand, wünschte sich ein kleiner Teil von ihr, sie könnte auf diesem Schrottplatz noch mehr finden, das ihn glücklich machte. Sie blinzelte und erkannte, dass er vor einem der vielen Stapel alten Holzes stand, die fast so hoch waren wie er. „Planst du, ein komplett neues Haus zu bauen?" Denn warum sonst, sollte sich jemand so über diese Menge Holz freuen?

Er hob ein kleines Holzbrett von einem der Stapel hoch und sein Grinsen wurde noch breiter. „Kein neues

Haus. Einen alten Boden."

Sie schaute genauer hin, als er das ergrauende Holz umdrehte, und eine goldgelbe Maserung mit verblasstem Glanz kam zum Vorschein. „Das ist ein Boden?"

„Das alles, ja. Das ist Weißeiche. Genug, um bei Bedarf die alten Kiefernböden in der halben Stadt zu ersetzen."

„Und das ist gut?" Sie verstand nicht ganz, warum er sich so über einen alten Boden freute. Ständig wurden neue Böden verlegt.

„Wenn du schon einmal Latten oder Balken gekauft hast, wirst du wissen, dass das Holz nicht viel wiegt. Wenn du sie dir aber von einer Baustelle holst, wo altes Holz herausgerissen wurde, sind sie viel schwerer. Vor einem Jahrhundert wurden noch alte Bäume gefällt, um Bauholz herzustellen. Mittlerweile werden Bäume gezielt zur Schnittholzgewinnung gezüchtet und viel früher gefällt. Die Ringe sind nicht so eng und das Holz nicht so dicht. Das hier", er schwenkte das kleine Brett in die Luft, „ist eine Goldmine für Restaurierungen."

„Freut mich, dass ich helfen konnte."

„Ich wäre einfach an dem Durchgang vorbeigegangen. Du bist ein Schrottplatz-Naturtalent."

Er ging weiter, umkreiste und begutachtete alle Haufen, und sie fragte sich, ob ein Schrottplatz-Naturtalent etwas Gutes oder Schlechtes war.

Neil zerknüllte das Verpackungspapier ihrer Burger, warf es in die leere Tüte und trank den letzten Schluck seiner Cola, bevor er den Gang einlegte und vom Parkplatz fuhr. „Wir haben noch einen Stopp." Noch nie in all den Jahren, in denen er schon Material für seine Pläne beschaffte, hatte Neil so viel Spaß gehabt. Er liebte es, in alten Schrottplätzen nach antiken Stücken zu stöbern, die vor der Zerstörung gerettet worden waren, besonders wenn er genau die richtigen Gegenstände für das Projekt fand. Ohne den geringsten Zweifel war Nora eine weitaus bessere Begleitung als alle seiner Brüder zusammen.

Nora hielt das *Monthly Garden Homes Magazine* in der Hand, blätterte eine Seite um und winkte ihm zu. „Das sieht aus wie die blauen Fliesen, die du ausgewählt hast. Wunderschön."

Er nickte. „Ich habe darüber nachgedacht, dass wir sie vielleicht im Hauptbad verwenden könnten."

„Was ist mit dem anderen?"

„Ich tendiere eher zu etwas Traditionellem. Etwas Funktionales, das in die damalige Zeit passt."

„Das kann ich verstehen." Ihr Kopf bewegte sich auf und ab, als sie das Magazin schloss. „Also, wo ist der nächste Halt?"

„Eine Restaurierungswerkstatt."

„Restaurierung?"

„Ja. Dieser Typ vom Schrottplatz erzählte mir, dass eine ortsansässige Restaurierungswerkstatt all seine freistehenden Badewannen gekauft hat."

Ihre Augen wurden rund. „Du meinst solche mit diesen Klauenfüßen?"

„Genau die. Wenn wir eine, die bereits restauriert ist, zu einem vernünftigen Preis ergattern können, hilft das unserem Zeitplan."

„Das wäre perfekt."

„Genau."

„Eines verstehe ich nicht."

„Schieß los."

„Ich hätte nicht gedacht, dass Architekten Dinge wie Fliesen, Lampen und andere Dinge aussuchen."

„Das tun nicht viele." Er bog um die Ecke und fuhr auf den Parkplatz der Werkstatt im Industriegebiet der Stadt. „Persönliche Dinge wie Farben, Tapeten und Möbel sind in der Regel Sache des Kunden oder seines Innenarchitekten. Als wir anfingen, historische Restaurierungen durchzuführen, übernahmen wir mehr Verantwortung und machten uns mit unserer Arbeit einen Namen. Wir waren uns bei diesem Projekt aufgrund des Umfangs und des engen Zeitplans einig, dass ich die Leitung übernehmen soll."

„Dem nach zu urteilen, was ich bisher gesehen habe, wird das großartig."

Sobald er geparkt hatte, sprang er aus dem Wagen und eilte um die Motorhaube herum. „Ich weiß deine Hilfe wirklich zu schätzen."

„Ich habe eigentlich nichts gemacht." Nora stieg aus dem Auto, und er ergriff beinahe ihre Hand. Doch stattdessen steckte er seine Hände in die Taschen.

„Unterschätze deinen Beitrag nicht. Ohne deine Hilfe hätte ich diese Bodendielen nie gefunden. Sie werden viel besser aussehen als die breiteren modernen."

„Gibt es heutzutage keine schmaleren Dielen aus Hartholz mehr?"

„Wahrscheinlich schon, aber nicht ohne sie anfertigen zu lassen und …"

„Für Sonderbestellungen bleibt keine Zeit."

Sie schlenderten durch ein offenes Garagentor in das Gebäude.

„Ich hätte nicht gedacht, dass ich das sagen würde, aber dieser Ort lässt den Schrottplatz ziemlich edel aussehen."

Er musste lachen. „Ich habe das Gefühl, dass nicht viele Kunden hierherkommen."

Der Laden hatte tatsächlich nicht nur eine, sondern mehrere Badewannen.

„Die ist definitiv das Richtige." Nora blickte zu ihm auf. „Sie passt perfekt. Steig hinein und probier sie aus."

Nora war in jede Wanne geklettert und hatte sich zurückgelehnt. Als sie in diese hineingeklettert war, hatte sie ihren Kopf zurückgelegt und ihre Augen geschlossen. Er war sich sicher, dass sie sich gerade vorstellte, in ein heißes, entspannendes Schaumbad abgetaucht zu sein. Das Problem war, dass er sein ganzes Quäntchen Willenskraft brauchte, um nicht dasselbe zu tun. „Danke, aber ich denke, ich verlasse mich auf dein Wort."

„Feigling." Sie streckte ihren Arm aus, damit er ihre Hand ergreifen und ihr heraushelfen konnte.

Gerade als er sie sanft hochziehen wollte, riss sie kräftig an ihm, sodass er in die Wanne fiel.

„Siehst du?", kicherte sie. „Groß genug für zwei."

Er war nicht ganz überzeugt. Vor allem, weil er viel zu viel von ihr spüren konnte, und das auch viel zu nah. Er tat sein Bestes, um sie nicht unter seinem Gewicht zu zerquetschen, und kletterte vorsichtig wieder heraus. „Ich denke, die werden wir reservieren. Die Wanne wäre also abgehakt."

Er holte tief Luft und stellte fest, dass es jedoch einige Dinge gab, die er noch in den Griff bekommen musste, und keines davon hatte etwas mit der Restaurierung eines Craftsman-Hauses des letzten Jahrhunderts zu tun.

KAPITEL SECHS

Wie die Hälfte der Bevölkerung des Landes liebte Nora es, Renovierungs-Fernsehsendungen anzusehen. Ob im Norden, im Süden, bei warmem oder kaltem Wetter gedreht, sie liebte sie alle. Jahrelang hatte sie eine Akte mit all den Dingen geführt, die sie gerne in ihrem perfekten Zuhause hätte. Irgendwann einmal. Obwohl es so aussah, als würde sich dieser Tag immer weiter entfernen.

Positiv zu vermerken war, dass sie sich durch die Mietwohnung über Adams Tierklinik ein Vermögen gespart hatte, was bedeutete, dass ihre Ersparnisse gewachsen waren. Am Tag ihres College-Abschlusses hatte sie sich geschworen, an ihrem fünfunddreißigsten Geburtstag ein Haus zu kaufen, wenn sie bis dahin nicht bereits eines besaß, auch wenn das bedeutete, dass sie es alleine kaufen müsste.

„Einen Penny für deine Gedanken." Neil warf einen kurzen Blick in ihre Richtung.

Sie hatten Butler Springs vor fast einer halben Stunde verlassen und die ganze Zeit fast ununterbrochen geredet. Jetzt hatte sich eine entspannte Stille über sie gelegt, und, anstatt das Bedürfnis zu verspüren, die Stille zu füllen, waren ihre Gedanken abgeschweift. „So viel sind die nicht wert."

„Warum überlässt du mir nicht die Entscheidung darüber?"

„Ich denke daran, ein eigenes Haus zu kaufen."

Sein Blick blieb auf die Straße vor ihnen gerichtet. Auf ihren letzten Fahrten hatte sie viel über ihn erfahren. Sie wusste, dass er allein lebte und nicht wie einige seiner Brüder auf der Familienranch, aber sie hatte keine Ahnung, ob zur Miete oder in einem Eigenheim. Nicht, dass das wichtig wäre. „Manchmal fühle ich mich wie in der Geschichte über die Schuhmacherkinder, die ohne Schuhe herumliefen."

„Verzeihung?"

„Ich repariere Häuser für so viele Menschen, aber nicht mein eigenes."

„Du besitzt also dein eigenes Haus?"

Er schüttelte den Kopf. „Ich miete eine Wohnung in der Innenstadt. Eigentlich ein Loft. Schöne hohe Decken. Wenige Wände."

„Ich denke, das macht das Dekorieren einfacher. Weniger vertikaler Platz zu füllen."

Ein leises Lachen drang an die Oberfläche. „Ich nehme an, es gibt immer einen Silberstreif am Horizont. Schließlich kann man von einem Menschen nicht erwarten, dass er Bilder oder Gemälde aufhängt, wenn es keine Wände gibt."

„Siehst du!" Diese wenigen Worte zeichneten in ihren Gedanken eine typische Junggesellenwohnung auf. Große, sperrige Ledermöbel mit klobigen Tischen aus dunklem Holz und nichts an den Wänden außer einem riesigen Fernseher. „Kochst du?"

Sein Blick wanderte von der kargen und staubigen Straße ab. „Ich finde mich in einer Küche zurecht."

Der Gedanke an eine leere Küche mit bestenfalls zwei oder drei Töpfen und Pfannen und dem alten Geschirr aus dem Studentenwohnheim vervollständigte ihre Vision von seinem Zuhause.

„Kochst du?"

Ein Grinsen zog über ihre Wangen. „Ich finde mich

in einer Küche zurecht."

Diesmal brach er in Gelächter aus. „Touché."

Die Wahrheit war, dass sie eine verdammt gute Köchin war. Es machte nur meistens keinen Spaß, für sich alleine zu kochen. „Wenn noch Zeit ist, bevor das Filmteam anfängt, kannst du vielleicht vorbeikommen und ich kann uns ein Abendessen zubereiten."

Sein Lächeln erblühte breit und strahlend. „Das würde mir gefallen."

„Hast du ein Lieblingsessen?"

„Du meinst mehrere Lieblingsessen. Meine Mutter bereitete genug Essen zu, um die halbe Stadt zu ernähren, und während wir es verspeisten, beteuerte sie immer, dass der Weg zu unser aller Herzen definitiv durch den Magen ginge. Aber um deine Frage zu beantworten: Ich liebte Moms Stroganoff und Lasagne. Früher dachte ich, ihr Schmorbraten sei der beste auf dem Planeten, aber Tante Eileens Cola-Braten übertrifft ihn um Welten. Sag ihr aber bloß nicht, dass ich das gesagt habe."

„Dein Geheimnis ist bei mir sicher."

Ein lauter Knall, wie bei einem Schuss, hallte im Truck wider, während der Wagen gleichzeitig nach links ausbrach, dann schwankte und nach rechts zog. Neil drehte scharf am Lenkrad, und das Fahrzeug kippte in die entgegengesetzte Richtung. Das Fahrzeug war schon fast außer Kontrolle geraten, als Neil noch einmal am Lenkrad zog. Der Truck schwankte fast so lange hin und her, dass Nora mehrere Gebete dafür sprechen konnte, dass der Wagen aufrecht blieb, bevor sie schließlich zum Stehen kamen. Sie legte die Hände auf das Armaturenbrett vor sich, richtete sich in ihrem Sitz auf, löste den festgezogenen Sicherheitsgurt und holte tief Luft.

Neil streckte die Hand aus, um ihren Arm zu berühren, während seine Stimme leise und tief wurde.

„Geht es dir gut?"

Das Beste, was sie tun konnte, war zu nicken. Als seine Finger sich um ihre Hand legten, dachte sie, dass es sich vielleicht doch gelohnt hatte, dass sie die Kontrolle über das Fahrzeug verloren und sie sich halb zu Tode erschreckt hatte.

„Hört sich an, als wäre ein Reifen geplatzt. Ich werde einen Blick darauf werfen."

Wieder nickte sie, atmete dann tief ein und sprang aus dem Truck, um sich zu Neil am Heck des Trucks zu gesellen. „Das sieht nicht gut aus."

„Es wird noch schlimmer."

Sie wusste nicht, wie eine Metallfelge, die fast den Boden berührte, weil ein großes Stück Gummi aus dem sehr platten Reifen gerissen worden war, noch schlimmer werden konnte. „Wie das? Oder sollte ich nicht fragen?"

„Der Ersatzreifen ist weg."

„Weg?"

Er nickte. „Ich habe eventuell vergessen, den alten Reifen, nach meinem letzten Zusammenstoß mit ein paar Trümmern auf einer Baustelle und dem dadurch entstandenen Platten, zum Flicken zu bringen, weil es eigentlich Zeit für neue Reifen war."

„Und was nun?" Soweit sie es beurteilen konnte, befanden sie sich auf halbem Weg zwischen Tuckers Bluff und Butler Springs, und die Wartezeit auf den Pannendienst war mitten in West-Texas alles andere als berechenbar.

Er hielt das Telefon bereits an sein Ohr und drehte sich kurz weg, um zu sagen: „Ich brauche Verstärkung." Kurz darauf, ging er neben dem Lastwagen auf und ab. „Hey, Finn. Ich habe hier ein Problem."

Da Neil ihr den Rücken zuwandte, konnte Nora nicht hören, was Finn antwortete.

Neil gab seinem Cousin eine kurze Zusammenfassung gefolgt von: „Großartig. Danke dir vielmals."

Sie behielt sein Handy im Auge, während er es in die Tasche steckte, und wartete darauf, dass er ihr alles erzählte. Ein langer Moment verging. Geduld gehörte nicht zu ihren Tugenden. „Was hat er gesagt?"

„Er wird kommen, um uns zu helfen, aber zuerst muss er einen Reifen besorgen."

„Und wie lange wird das dauern?" Ihr gefiel die Richtung nicht, in die dieses Gespräch und die Rettung gingen.

„Keine Ahnung, aber wahrscheinlich nicht lange. Farradays neigen dazu, einfallsreich zu sein. Ich bin mir sicher, dass er auf der Ranch etwas finden wird. In ein paar Stunden sollten wir zu Hause sein."

„Ich nehme an, wenn man schon irgendwo gestrandet sein muss, dann ist dieser Ort mitten im Nirgendwo mit einer Decke aus Sternen sicherlich nicht der schlechteste, an dem ich je gewesen bin." Allerdings hätte ich nichts gegen eine echte Decke. Es fängt an, ein wenig kühl zu werden."

„Ja." Sein Blick hob sich nach oben. „Wenn die Sonne ganz untergegangen ist, wird es hier deutlich unangenehmer als nur ein wenig kühl sein."

Es gab vieles, was Neil unglücklich machte. Dass ihm auf einer Landstraße in West-Texas, umgeben von viel Nichts, ein Reifen platzte, war eines davon. Keinen Ersatzreifen zu haben, war ein weiteres. Aber hier mit einer lustigen, schönen Frau gestrandet zu sein und darauf zu warten, dass sein Cousin ihm zu Hilfe kam, machte beide Nachteile auf seiner Liste wieder wett.

Da die kalte Nachtluft über sie hereinbrach, war der beste Ort, um warm zu bleiben, die Kabine des Trucks.

Nora legte ihre Hände um sich und rieb sich zügig über die Arme, was seine Einschätzung stillschweigend bestätigte. „Lass uns wieder in den warmen Truck steigen.“

„Du hast wahrscheinlich recht.“ Ihr Blick richtete sich gen Himmel. „Was denkst du, wie lange es noch dauert, bis die Sterne zum Vorschein kommen?“

Er folgte ihrem Blick, schaute nach oben und dann über den Horizont und zurück. „Wahrscheinlich nicht, bevor Finn hier ist.“ Zumindest hoffte er das. Wenn man sich zu dieser Jahreszeit auf etwas verlassen konnte, dann, dass die sonnigen, warmen Tage im Handumdrehen zu kalten Nächten wurden.

„Hmm.“ Ihr Blick schweifte in die Ferne. „Ich weiß, dass man in Tuckers Bluff jede Menge Sterne sieht, aber ich liebe die Lichtshow, die der Himmel einem bietet, wenn man weit genug von der Stadt entfernt ist.“

Er nickte. Orte ohne Lichtverschmutzung machten das Beobachten der Sterne immer zu etwas Besonderem. Noch einmal rieb sie sich die Arme und er wurde daran erinnert, wie schnell die Temperaturen in diesem Teil des Landes sinken konnten. „Wir sollten besser in den Truck steigen.“

„Nur noch ein paar Minuten.“ Sie lächelte ihn an. Wenn sie ihn in diesem Moment um die Sonne und den Mond gebeten hätte, hätte er nach einer Möglichkeit gesucht, sie ihr zu geben.

Er öffnete die Tür, griff auf den Rücksitz und schnappte sich seine Jacke. „Zieh wenigstens die an.“ Er streifte ihr die Jacke über die Schultern.

Funkelnde Augen blickten in seine. „Danke.“

Sie standen noch ein paar Minuten da, sagten nichts und nahmen einfach die Erhabenheit der einfachen Welt um sie herum in sich auf. „Weißt du, ich habe zwischen hier und Oklahoma schon viel gesehen. Es gibt Orte, wie diesen, an denen es so gut wie nichts gibt. Keine Bäume, keine Kühe, keine Pferde, keine Häuser und schon gar keine Menschen. Aber leider muss ich zugeben, dass meine Gedanken immer bei meinem nächsten Ziel und meinen nächsten Plänen sind. Ich sollte mir wirklich mehr Zeit nehmen, innezuhalten und die Welt, in der wir leben, wertzuschätzen."

Mit verschränkten Armen lehnte sie sich gegen den Truck. „Es gibt einen Grund, warum Klischees über Generationen hinweg weiterleben. *Halte inne und rieche an den Rosen* gilt trotz seiner begrenzten Vegetation auch für West-Texas. Allerdings wäre es wahrscheinlich besser zu sagen: *Halte inne und rieche die frische Luft.*"

„Halte inne und sieh dir die Sterne an." Er lächelte sie an und war zufriedener als er sein sollte, als sie ihn anblickte und sein Lächeln erwiderte. Noras Gewicht verlagerte sich von einem Fuß auf den anderen und ihm wurde klar, wie lange sie schon dastanden und warteten. „Bist du schon bereit, dich in den Wagen zu setzen?"

Sie schüttelte den Kopf.

Wenn sie an der frischen Luft sein und den Sonnenuntergang beobachten wollte – und je nachdem, wie lange Finn brauchte, vielleicht sogar die Sterne –, dann könnte er es ihnen auch so angenehm wie möglich machen. Wer so oft wie er durch karges Land fuhr, hatte immer etwas für den Notfall dabei. Auf dem Rücksitz waren ein paar Decken sowie Wasser, Taschenlampen und andere Gegenstände, um eine Panne bei schlechtem Wetter zu überstehen. Im Moment wünschte er, dass ein paar Kissen ebenfalls zu seinen Notvorräten zählten.

„Was ist das?"

„Wir können es uns genauso gut bequem machen,

während wir warten." Er ordnete einige Gegenstände auf der Ladefläche neu, faltete die dickere Decke ein paarmal zu einer Polsterung zusammen und half ihr auf den Truck. „Nicht gerade eine Fünf-Sterne-Unterkunft, aber das Beste, was ich kurzfristig bewerkstelligen konnte."

„Perfekt."

„Ich habe noch eine, wenn es zu kalt wird." Er legte die zusätzliche Decke neben sie.

„Danke." Sie zog ihre Knie dicht an ihre Brust, schlang die Arme um ihre Beine und neigte ihren Kopf, um ihn anzusehen. „Wenn dieser Umbau ein großer Erfolg wird, werdet ihr dann auch die anderen Gehöfte renovieren?"

Er schüttelte den Kopf. „Das glaube ich nicht. Das nächste geplante Projekt ist das Hotel. Die Fernsehproduzenten und der Stadtrat wollen, dass die Renovierung der Geisterstadt voranschreitet."

„Aber es wäre eine tolle Idee."

„Das stimmt. Aber ich weiß nicht, ob es ausreichen wird, um die Entwickler davon zu überzeugen, die Infrastruktur für ein Wohnviertel zu schaffen, das zu einer Touristenattraktion passt."

„Bei Walt hat es funktioniert."

„Walt?"

„Du weißt schon, Disney."

Im Großen und Ganzen hielt sich Neil für einen ziemlich klugen Kerl, aber er konnte ihrem Gedankengang gerade überhaupt nicht folgen.

Ihre Augen verdrehten sich gen Himmel. „Neben dem beliebtesten Vergnügungspark der Welt hatte er auch eine Vision für die perfekte Stadt. Ich habe den Namen vergessen, aber dort leben seit den Neunzigern Menschen."

„Ich glaube nicht, dass wir Sadieville oder West-Texas mit dem berühmtesten Urlaubsort der Welt vergleichen können, aber die Idee, eine funktionierende Stadt, anstatt einer bloßen Touristenattraktion zu bauen, klingt sehr verlockend."

„Wirklich?" Sie sah ihn weiter an.

„Es macht mir immer Spaß, die Vision von jemandem zu verwirklichen, aber ich muss zugeben, heute für dieses Projekt auf die Jagd zu gehen, hat besonders viel Spaß gemacht." Obwohl er sich ziemlich sicher war, dass die Begleitung dabei genauso viel mit seiner guten Laune zu tun hatte wie der Umfang des Projekts.

„An manchen Tagen wünschte ich, ich wäre kreativer." Sie richtete ihre Aufmerksamkeit wieder auf die fast untergegangene Sonne. „Ich habe eigentlich keine handwerklichen Fähigkeiten. Ich kann nicht stricken oder nähen oder malen oder zeichnen. Aber dann bin ich dabei, wenn Brooks ein Baby zur Welt bringt oder eine Person rettet, die einen Herzstillstand erleidet, oder ich helfe einfach einer nervösen Erstgebärenden oder Kindern mit einer Erkältung, und mein Mangel an Talent stört mich nicht mehr so sehr."

„Die Kirschen in Nachbars Garten …" Er lehnte sich gegen die Fahrerkabine. „Als Teenager habe ich beschlossen, Klavierunterricht zu nehmen."

„Ich würde gerne Klavier spielen können, aber da ist wieder dieser Mangel an Talent."

„Ja, das könnte ich auch gerne. Kreativität mit Kugelschreiber und Bleistift bedeutet nicht, das man auch das Elfenbein kitzeln kann. Ich musste letztendlich aufgeben. Obwohl ich *Heart and Soul* ziemlich gut draufhabe."

„Ich denke, es liegt in der Natur des Menschen, das zu wollen, was wir nicht haben."

Er nickte. „In den meisten Fällen hast du wahrscheinlich recht. Wenn du in diesem Moment alles haben könntest, was wäre es?"

„Du meinst außer einem mittelgroßen Rib Eye mit

sautierten Pilzen und Zwiebeln?" Ihr Lächeln war ansteckend.

„Mach mich nicht hungrig. Und ja, außer einem Steak."

Sie kniff die Augen zusammen und es dauerte so lange, dass er für einen Moment dachte, sie würde nicht antworten. „Mein eigenes Zuhause."

„Brooks' alte Wohnung reicht nicht?"

„Ja und nein. Ich liebe es, dort zu leben. Ich kann zu Fuß zur Arbeit gehen. Meine Nachbarn sind ruhig."

„Keine bellenden Hunde?"

Sie schüttelte den Kopf. „Die meisten Übernachtungsgäste erholen sich von irgendeiner Behandlung und sind daher nicht besonders lautstark. Hin und wieder haben sie einen Hund, der darauf besteht, genug Lärm zu machen, um in New Jersey gehört zu werden, aber das ist nicht die Norm."

„Erzähl mir von deinem Traumhaus."

Sofort erstrahlten ihre Augen in neuem Glanz. „Nichts zu groß. Groß genug, dass alle Platz haben, aber klein genug, damit es gemütlich ist."

„Alle?"

Sie hob eine Schulter zu einem Achselzucken. „Ich nehme an, eine Familie, ansonsten Freunde."

„Natürlich." Allein in einem großen, alten, weitläufigen Haus zu leben, hatte keinen besonderen Reiz für ihn. Warum sollte es also ihr gefallen?

„Es sollte viel Licht geben. Ich hasse dunkle Häuser. Das ist eine Sache an meiner Wohnung, die ich gerne anders hätte. Da es im Wohn- und Küchenbereich nur eine Fensterfront gibt, ist der natürliche Lichteinfall begrenzt."

Memo – viel natürliches Licht. „Was wünscht du dir sonst noch in deinem eigenen Zuhause?"

„Ich denke du willst nicht, dass ich dich mit Tagträumen langweile."

„Doch. Ich möchte es hören." Das tat er wirklich.

„Ich mag Marmorarbeitsplatten. Ich weiß, dass sie empfindlicher sind, aber sie sehen gut aus. Erinnert mich an die Küche meiner Großmutter. Es gab eine Stelle auf der Arbeitsplatte, die durch das jahrelange Kneten und Ausrollen von Teig eingedellt war."

„Schöne Erinnerung."

„Ich denke, wenn sie in diesem Teil des Staates gelebt hätte, hätte meine Mutter das Haus behalten. Wie auch immer, ich möchte viele Wandschränke. Damit sind die älteren, günstigeren Häuser in Tuckers Bluff aus dem Rennen.

„Du hast dich informiert."

Sie rümpfte die Nase zu einem süßen Grinsen. „Ich mag es, online herumzuschnüffeln. Ich denke, wenn ich den Markt kenne und zum Kauf bereit bin, erkenne ich ein gutes Angebot."

„Schlau. Das ist es, was auch wir tun. Wenn Owen sich für ein Viertel entscheidet, in das es sich zu investieren lohnt, beobachtet er es monatelang und erkennt oft ein gutes Geschäft vor der Konkurrenz."

„Ihr alle mögt wirklich, was ihr macht."

Er nickte. „Ja. Mein Onkel Phil, mütterlicherseits, fragte mich einmal, was ich als Erwachsener tun wollte. Ich antwortete, dass ich vielleicht Anwalt werden möchte. Dann sah er mir sehr ernst in die Augen und sagte: *Ich habe nicht gefragt, was du werden willst, sondern was du tun willst. Finde etwas, das du gerne tust, und du wirst keinen Tag in deinem Leben arbeiten.* Daran habe ich mich immer erinnert. Als sich herausstellte, dass all die Dinge, die meine Brüder und ich gerne taten, irgendwie mit dem Bauen zu tun hatten, war der Rest Geschichte."

„Ich glaube, ich verstehe. Es hat mir viel Spaß gemacht, Meg dabei zu helfen, gemeinsam mit der Familie das Bed-and-Breakfast einzurichten, als sie es damals kaufte. Natürlich macht es besonders viel Spaß, wenn man nicht sein eigenes Geld ausgibt."

„Das stimmt." Er lächelte. Als sie so redeten, gingen ihm Ideen durch den Kopf und er verspürte das absurd jungenhafte Bedürfnis, ihre Hand zu halten. Wie sie so auf der Decke saß, die Hände an ihren Seiten, waren ihre langen, dünnen Finger nur Zentimeter von seinen entfernt. Es wäre so einfach, seine Hand einfach das kurze Stück zu bewegen, um die Lücke zu schließen und ihre Hand in seine zu schmiegen. Aber da niemand hier war, der sie händchenhaltend sehen würde, gab es kein Vorwand. Hier und jetzt waren sie lediglich Freunde. Nur Freunde. Und warum hatte das Wort *Freunde* plötzlich einen so fahlen Beigeschmack?

KAPITEL SIEBEN

„Wir müssen alle Ersatzreifen an den Ranch-Trucks und Autos überprüfen. Wir gehen einfach davon aus, dass unterwegs nichts passieren wird." Neils Tante Eileen stellte einen heißen Topf Beef-Stew auf den Küchentisch.

„Du weißt, dass wir alle Fahrzeuge regelmäßig überprüfen. Und wir verlassen die Ranch nicht ohne einen intakten Ersatzreifen." Sean Farraday warf seinem Neffen einen kurzen Blick zu. Es war nicht nötig, mehr zu sagen. Neil verstand die Botschaft klar und deutlich.

Es war komisch, aber Neil wusste, dass sein Vater ihm das nächste Mal genau dasselbe sagen würde, und zwar im exakt gleichen Tonfall. Außerdem wusste er, dass Patrick Faraday jetzt, wo sein Vater und sein Onkel wieder miteinander sprachen, bei ihrer nächsten Unterhaltung alles darüber wissen würde, dass sein Sohn mitten in West-Texas ohne Ersatzreifen liegengeblieben war.

„Es war sehr nett von dir, uns zum Abendessen einzuladen." Nora griff nach einem selbstgemachten Brötchen. „Ich habe erst gemerkt, wie hungrig ich bin, als ich deinen Eintopf gerochen habe."

Seine Tante winkte ab. „Ihr hättet sowieso direkt an der Ranch vorbeifahren müssen, um zurück in die Stadt zu kommen, und ihr wisst, dass es in diesem Haus immer genug gibt."

Die Haustür öffnete sich knarrend und schlug dann schnell zu. „Rieche ich da etwa Beef-Stew?" D.J. hängte seinen Hut in der Eingangshalle an einen Haken, reckte die Nase in die Luft und machte sich auf den Weg in die Küche.

Der Familienpatriarch gab seinem Sohn ein Zeichen, Platz zu nehmen. „Wenn du hungrig bist, es gibt genug."

„Wenn es um Tante Eileens Beef-Stew geht, habe ich immer ein bisschen Hunger."

Tante Eileen stieß sich vom Tisch ab und wandte sich dem Schrank zu, um ein zusätzliches Gedeck zu holen. „Bist du noch im Dienst?"

„Nicht offiziell." Auf seinem Nasenrücken bildete sich eine tiefe Falte. „Es gibt ein kleines Problem, das auf die umliegenden Counties übergreift."

„Wie klein?" Onkel Sean hob den Blick von seinem Teller.

An der Art und Weise, wie D.J.s Kiefer zuckte, konnte Neil erkennen, dass, was auch immer das Problem war, überhaupt nicht klein war. „Bevor ich nach Hause fahre, wollte ich noch im Pub anhalten, um Jamie zu informieren. Ich kann also genauso gut hier anfangen."

Die Gabel auf halbem Weg zum Mund geführt, erstarrte Finn. „Im Pub?"

„Es scheint, als treibt in Butler Springs ein Date-Vergewaltiger sein Unwesen."

„Es scheint?", wiederholte Onkel Sean.

Der finstere Blick, den D.J. seinem Vater zuwarf, überraschte Neil. Er konnte sich nicht erinnern, dass seine Cousins ihrem Vater gegenüber jemals so respektlos gewesen waren.

„In letzter Zeit häufen sich Berichte über Vergewaltigungen. Der Polizeichef von Butler Springs glaubte zunächst nicht, dass es einen Zusammenhang zwischen den Fällen gab, doch die Häufigkeit der Vorfälle nahm weiter zu und es zeichnete sich ein Muster ab. Zunächst einmal", er blickte von Nora zu Joanna, „keine Mädelsabende mehr im Boots'N'Scoots. Zumindest nicht für eine Weile."

Mit großen Augen nickten beide Frauen wortlos.

„Die Vorfälle schienen sich zunächst auf das Boots'N'Scoots zu begrenzen."

„Aber nicht mehr?" Neil legte seine Gabel beiseite, da sein Appetit plötzlich verschwunden war.

„Wie gesagt, die Meldungen häufen sich, und auch die Orte, an denen diesen Frauen K.O.-Tropfen in die Getränke getan wurden, nehmen zu."

Tante Eileen schüttelte den Kopf. „Ich hasse den Gedanken, dass etwas so Hässliches sich in unserem kleinen Teil der Welt breitmacht."

„Und ich tue mein Bestes, um es aus Tuckers Bluff und Butler County herauszuhalten, aber neulich Nacht wurde eine Frau in Poplar Creek von einer aufmerksamen Freundin gerettet. Sie tanzte gerade mit jemandem, als sie bemerkte, dass ein Mann am Tisch ihrer Freundin stand und diese sich komisch bewegte. Als sie sah, dass der Mann ihrer Freundin aufhalf und zur Tür ging, eilte sie ihnen hinterher. Der Mann ruderte sofort zurück, behauptete, er wollte mit ihr nach draußen gehen, damit sie etwas frische Luft schnappen konnte, und bot ihr dann an, zu helfen, ihre Freundin zum Auto zu bringen. Zuerst dachte sie sich nichts dabei, aber ihre Freundin war völlig weg. Als sie schon fast zu Hause waren, war ihre Freundin so weggetreten, dass sie sie stattdessen in die Notaufnahme brachte."

„Sie wurde unter Drogen gesetzt." Die Worte seiner Tante waren keine Frage.

D.J. nickte. „Ketamin."

„Konnte die Frau ihn identifizieren?"

„Sie haben ein Phantombild, aber beide hatten ein

paar Drinks. Die Freundin ärgert sich immer noch über sich, weil sie nicht besser aufgepasst hat, aber ..."

Jeder am Tisch hatte verstanden. Jeder mit jemandem aus der Strafverfolgung in der Familie wusste, dass die Identifizierung durch Augenzeugen die unzuverlässigste verfügbare Informationsquelle war. Dass zwei Zeugen völlig einer Meinung darüber waren, was sie gesehen hatten, war ungefähr so wahrscheinlich wie ein Lottogewinn.

„Und was nun?", fragte Neil.

D.J. stieß einen kurzen Seufzer aus. „Die Strafverfolgungsbehörden der drei Counties werden ihre Arbeit tun und den Hurensohn fassen. Hoffentlich früher als später. In der Zwischenzeit müssen wir unsere Augen und Ohren offenhalten."

Bilder von Nora, die allein im O'Fearadaigh's saß und ihren Drink zu sich nahm, gingen Neil durch den Kopf. Die Möglichkeit, dass irgendein Idiot vorbeikam und sie ausnutzte, weckte in ihm den Wunsch, einen altmodischen Lynchmob zu bilden, um den Kerl zu finden und ihn wie das Tier, das er war, aufzuhängen. Einen Moment lang dachte er an die Geisterstadt. Vielleicht war es gar keine so schlechte Idee, in eine einfachere Zeit und an einen einfacheren Ort zurückzukehren.

Das Abendessen mit den Farradays war eine von Noras Lieblingsbeschäftigungen. Bei nur wenigen Familien herrschte eine Atmosphäre wie bei den Farradays. Egal, was in ihrer Welt vor sich ging, Freunde waren immer willkommen, und jeder konnte sich darauf verlassen, dass die Farradays ihm den Rücken stärkten. Es schadete auch nicht, dass Tante Eileen eine wirklich gute Köchin war und Brooks eine sensationelle Bäckerin geheiratet hatte.

Doch das Gesprächsthema, das den größten Teil des Abendessens in Anspruch genommen hatte und nun auf der Heimfahrt fortgesetzt wurde, war nicht sehr berauschend. Die Vorstellung, dass ein Serienvergewaltiger in Bars herumlief und Frauen unter Drogen setzte, weckte in ihr den Wunsch, sich zu übergeben oder sich für den Rest ihres Lebens in ihrer Wohnung einzuschließen. „Ich hoffe, dass D.J. und die anderen Polizisten diesen Kerl bald fangen."

„Ich setze mein Geld auf die Guten." Ein Lächeln, das zweifellos beruhigend wirken sollte, breitete sich auf Neils Gesicht aus.

Auch sie vertraute auf die Guten. Sie wusste, dass hier in im Pub und in der Stadt niemand in Gefahr sein würde. Dieser nervige Teil an einer Kleinstadt, dass jeder Nachbar sich in all deine Angelegenheiten einmischte, hatte auch eine gute Seite. Denn wenn jeder sich in all deinen Angelegenheiten einmischte, war immer jemand für dich da, wenn du etwas brauchtest. Vor allem, wenn der Nachname des Nachbarn Farraday war. So sicher sie wusste, dass der Himmel blau war, wusste sie auch, dass unter Jamies wachsamen Augen niemandem etwas passieren würde. Es würde sie überhaupt nicht überraschen, wenn am Wochenende noch ein paar zusätzliche Farradays im Pub wären. Nur für den Fall der Fälle.

„Trägst du deine Waffe?"

Nora schüttelte den Kopf. „Normalerweise bewahre ich sie im Nachttisch neben dem Bett auf. Ich hatte sie neulich wirklich nur wegen der Schlangen dabei."

„Im Ernstfall ist eine Schublade selten nah genug. Hältst du sie wenigstens geladen?"

„Keine gebürtige Texanerin mit einem Waffenschein wäre ihr Geld wert, wenn ihre Waffe nicht geladen wäre."

Er nickte. „Liege ich richtig, wenn ich annehme, dass diese gebürtige Texanerin mit einem Waffenschein auch trifft, auf was sie zielt?"

„Mit dieser Annahme triffst du ins Schwarze." Es gab ein paar Dinge im Leben – in ihrem Leben – die sich nie ändern würden. Sie liebte die Krankenpflege und war sehr gut darin. Eines Tages würde ihr Herz stehen bleiben, genau wie bei jedem anderen Menschen auf diesem Planeten. Die Steuern würden stetig steigen. Und, aus zehn Metern Entfernung konnte sie einem Mann eine Kugel ins Herz jagen, ohne sich auch nur anstrengen zu müssen.

„Jetzt fühle ich mich ein bisschen besser. Nicht viel, aber ein wenig."

„Ich weiß, dass die Sache, die D.J. angesprochen hat, beunruhigend ist." Sie wollte nicht zugeben, dass es sie regelrecht panisch machte. „Aber solange ich nicht versuche, Männer in einer Bar oder einem Nachtclub aufzureißen, sollte ich auf der sicheren Seite sein."

Sie würde eine Menge Geld bezahlen, um genau zu wissen, was in seinem Farraday-Kopf vor sich ging. Alle Farradays hatten eine ritterliche Ader, die so groß war wie der Rio Grande. Wenn dieser Abschaum in Butler Springs wüsste, was gut für ihn war, würde er sich von Tuckers Bluff fernhalten. „Muss ich dich daran erinnern, dass es hier in unserer Stadt keine Berichte über Vorkommnisse gibt? Außerdem weißt du, dass wir alle aufeinander aufpassen werden, bis dieser Verrückte gefasst ist. Es wird wahrscheinlich etwas sehr Langweiliges wie beim *Son of Sam* sein."

„Sohn von wem?"

„Son of Sam. Hast du noch nie True-Crime-Dokus gesehen?"

„Nein."

„Und da zerstörst du meine Illusionen vom typischen Mann. Ich dachte, Action- und Splatter-Filme seien Teil der männlichen DNS."

„Nun ja, in Filmen. Aber du sprichst von wahrem Verbrechen."

„Du hast also noch nie einen Bonnie und Clyde-Film gesehen?"

„Natürlich habe ich das. Sie waren berühmt und kamen aus Texas."

„Beweisführung abgeschlossen. Geballer und viel Blut."

Neil lachte. Ein tiefes Grollen, das ihre Zehen kribbeln ließ. „Okay, vielleicht doch, aber nein, ich habe keine Ahnung, wer der Son of Sam ist."

„Vor Jahrzehnten verübte er in New York Morde an Paaren in geparkten Autos. Es gab eine Großfahndung nach ihm. Am Ende erwischten sie ihn bei einer Verkehrskontrolle. Ziemlich enttäuschend. Und ich vermute, dass dieser Widerling wahrscheinlich wegen etwas ebenso Harmlosem gefunden wird."

„Es ist mir egal, wie sie ihn erwischen, solange sie es schnell tun."

Auf der Straße vor ihnen waren die Lichter der Stadt zu sehen. Normalerweise zog sich die Fahrt von den benachbarten Ranches in die Stadt, aber im Moment wünschte sie, der Weg wäre noch länger. „Also, was passiert jetzt? Mit der Show meine ich."

„Morgen werde ich meine Reifen zu Ned bringen und ersetzen lassen. Dann werde ich einige der Pläne optimieren, um einige der Teile, die wir heute gefunden haben, besser unterzubringen, und dann können wir den Produzenten alles zur endgültigen Genehmigung vorlegen. Danach beginnen wir mit der eigentlichen Arbeit. Und dem Filmen."

„Wann wird das Produktionsteam eintreffen?"

„Wenn alles wie erwartet verläuft, wird die gesamte Crew bis Montag vor Ort und drehbereit sein." Neil parkte vor der Klinik.

„Ich wette, du freust dich darauf, endlich anzufangen."

Die Hand an der Türklinke hielt er inne und blickte sie an. „Anfangs nicht. Ich wollte meine Brüder wirklich erdrosseln, weil sie diesem wahnsinnigen Umbau zugestimmt haben, aber jetzt", ein Lächeln huschte über sein Gesicht, „jetzt freue ich mich mehr auf dieses Projekt als auf jedes andere seit langem."

Bevor sie ihren Sicherheitsgurt lösen konnte, schwang ihre Autotür auf und Neils ausgestreckte Hand wartete auf sie. „Danke." Sie wusste, dass es keinen Sinn hatte, ihm zu sagen, dass er sie nicht zu ihrer Tür begleiten musste. Ritterlichkeit war in diesem Teil des Staates tief verwurzelt, auch bei Männern, deren Nachname nicht Farraday war.

Leise folgte er ihr zur Seitentür und die Treppe hinauf zu ihrer Wohnung. „Adam sollte hier draußen mehr Lampen anbringen."

Mit den Schlüsseln in der Hand blickte sie über die Schulter zu Neil und dann zu der kleinen Lampe, die über der Tür hing. „Mehr Licht brauche ich nicht, um das Schlüsselloch zu finden."

Zwischen seinen Brauen bildete sich eine tiefe Falte, als er zusah, wie sie den Griff drehte. Als sie die Treppe hinaufging, steckte sie den Schlüssel in den Türknauf und stieß die Tür auf. „Nach dem heutigen Gespräch mit D.J. werde ich definitiv mit Adam über die Installation eines Riegels an dieser und der Tür unten sprechen. Jedes schlaue Kind mit einer Plastikkarte und etwas Entschlossenheit könnte sich Zutritt verschaffen."

„Ich weiß deine Besorgnis zu schätzen, aber ich bin mir ziemlich sicher, dass außer Megs verrücktem Ex noch nie jemand versucht hat, irgendwo in der Stadt einzubrechen. Ich denke, solange ich mich von verlogenen Verlobten fernhalte, sollte es keine Probleme geben."

Die Falte verharrte zwischen seinen Brauen. „Selbst in Tuckers Bluff ist ein ordentliches Schloss eine gute Idee."

Sie war kurz davor, mit ihm zu streiten, und kam genauso schnell zu dem Schluss, dass es eigentlich nett war, jemanden zu haben, der sich um sie sorgte. „Danke. Möchtest du vor der Rückfahrt noch auf eine Tasse Kaffee hereinkommen?"

Sein Blick blieb an ihrer Schulter hängen. Sie war sich nicht sicher, ob er über das Hereinkommen, den Kaffee, die Rückfahrt oder etwas anderes nachdachte. „Vielleicht ein andermal."

„Es ist eine lange Fahrt zurück."

Er nickte. „Und ich muss früh raus. Ich glaube, ich werde mich heute über dem Café einquartieren. So spare ich mir morgen früh eine Fahrt zurück in die Stadt."

„Oh, das macht Sinn."

Erneut warf er einen langen Blick über ihre Schulter in ihre Wohnung, bevor er seinen Blick auf sie richtete. „Ich sollte besser gehen. Stell sicher, dass du die Tür abschließt."

Sie nickte und lächelte. „Mache ich."

„Alles klar." Er holte tief Luft und trat einen Schritt zurück. „Ich sollte besser gehen."

„Das hast du bereits gesagt." Sie musste gegen den Drang ankämpfen, einen Schritt nach vorne zu machen. Stattdessen wich sie einen halben Schritt zurück und für den Bruchteil einer Sekunde glaubte sie, Enttäuschung in seinen Augen zu erkennen. Sie war verrückt zu denken, dass er mehr Interesse oder Gefühle für sie hegte als für jede andere Freundin oder sogar eine Fremde. „Lass mich unbedingt wissen, wie es morgen läuft."

„Werde ich." Er wandte sich der Treppe zu, setzte seinen Hut auf und lächelte sie an. „Schlaf gut."

„Du auch." Es dauerte einen Moment, bis ihr klar wurde, dass er die Treppe nicht hinuntergehen würde, bis sie die Tür abschloss. Farraday oder nicht, er war wirklich etwas Besonderes. „Gute Nacht." Sie schloss die Tür, sperrte ab und lauschte, wobei ihre Hand am kalten Holz der Tür lag, bis das letzte Klopfen seiner Stiefelabsätze auf den Stufen verklang.

Danach trat sie zurück, presste die Lippen fest aufeinander, warf einen Blick zum Wohnzimmerfenster und redete sich ein, dass sie ihm nicht beim Überqueren der Straße nachspionieren würde. Das würde sie nicht tun. Andererseits bedeutete die bloße Tatsache, dass sie bisher alles nur vorgetäuscht hatten, nicht, dass sie nicht nach einem Nachbarn Ausschau halten konnte. Sie durchquerte den Raum und bewegte gerade noch rechtzeitig die Kante ihrer Vorhänge, um ihn dabei zu erwischen, wie er auf den Bordstein auf der anderen Straßenseite trat und in der Dunkelheit verschwand, von der sie wusste, dass sie zur Hintertreppe des Cafés führte. Und war das nicht eine schöne Aussicht?

KAPITEL ACHT

D.J. ließ sich im Pub seines Cousins auf einen Hocker fallen. Obwohl das O'Fearadaigh's zum Mittagessen nicht für die Öffentlichkeit geöffnet hatte, wusste jedes Familienmitglied, dass es jederzeit willkommen war, wenn es Lust auf ein Corned-Beef-Sandwich verspürte.

„Also, was genau geht dir durch den Kopf?" Jamie schob seinem Cousin ein üppig belegtes Sandwich und eine Schale Pommes als Beilage hin.

„Das Gleiche, das jeden Polizisten von hier bis Oklahoma beschäftigt."

Jamie nickte und seufzte. „An manchen Tagen frage ich mich, ob die Welt tatsächlich so verdreht ist oder ob die modernen Kommunikationsmöglichkeiten es unmöglich gemacht haben, hinter einer rosaroten Brille zu leben."

„Wahrscheinlich ein bisschen von beidem."

Die Kneipentür öffnete sich quietschend und durchflutete den Raum für einen Moment mit Sonnenlicht. Sein Bruder Adam nahm seinen Hut ab und setzte sich neben ihn. „Was ist so wichtig, dass ich mir tatsächlich eine Mittagspause gönnen musste?"

„Gestern Abend kam es in Dr. Murphys Büro in Poplar Creek zu einem Einbruch."

Während er ein Glas mit Wasser füllte, schnellte Jamies Kopf nach rechts. „Geht es dem Arzt gut?"

D.J. nickte. Dr. Murphy hatte eine kleine Tierarztpraxis im Nachbarbezirk. Nichts so Großes wie Adams Klinik, aber groß genug, um die Aufmerksamkeit des Täters zu erregen, den sie suchten. Poplar Creek war wie Tuckers Bluff eine wachsende Gemeinde mit einem aufblühenden Nachtleben.

„Ich glaube, ich könnte ein Glas Wasser gebrauchen." Adam drehte sich zu seinem Bruder um. „Diebe oder Vandalen?"

„Diebe."

„Was haben sie mitgenommen?"

„Ketamin."

Jamie stellte Adam ein Glas Wasser hin, wandte sich aber an D.J.. „Was ist das?"

Adam hatte sich gerade eine Pommes aus der Schüssel seines Bruders gestohlen. „Die meisten Tierärzte verwenden es zur Narkose bei Katzen."

D.J. nickte. „Es ist auch eine beliebte Vergewaltigungsdroge. Das bedeutet, dass ihr in der Klinik einige zusätzliche Vorsichtsmaßnahmen treffen müsst, um eure Medikamente unter Verschluss zu halten."

„Verstanden." Adam nickte.

„Glaubst du, dass dieser Raub mit den Vorfällen in Butler Springs zusammenhängt?" Jamie schenkte sich einen Drink ein.

Im Moment wünschte sich D.J., er wäre nicht im Dienst und könnte etwas Stärkeres als Wasser trinken. Es gefiel ihm nicht, wie sich diese Situation auf Counties ausbreitete, die zu nahe an seinem Wohnort lagen. „Wenn nicht, ist das ein furchtbar großer Zufall."

„Wer hat eine Party organisiert und mir nichts davon erzählt?" Quietschend schloss ich die Tür hinter Tante Eileen.

„Ich muss die Scharniere unbedingt ölen." Jamie presste seine Lippen fest aufeinander.

„Ich sehe Adams Truck nicht oft mitten am Tag in

der Stadt." Tante Eileen warf einen ersten Blick in den leeren Raum und setzte sich an D.J.s freie Seite. „Ich dachte, ich würde die Kleinen hier finden."

„Nicht heute." Jamie bekam das gleiche blöde Grinsen wie jedes Mal, wenn jemand über seine Frau oder seinen Sohn sprach. „Brendan ist bei Meg. Sie sind dort alle zum Spielen verabredet."

„Also." Der Tonfall seiner Tante wurde ernster. „Wer will mir sagen, was los ist?"

Die Tür öffnete sich erneut lautstark, und alle drehten sich um, als Owen, Neil und Paxton hereinschlenderten.

Neil hob mit einer Hand ein langes Papprohr in die Luft und grinste alle an. „Ich dachte, mit all den Autos vor der Tür würden wir einige von euch hier finden. Der Stadtrat und die Bauträger haben die Pläne und das Budget genehmigt. Es sieht so aus, als würde Sadieville passieren."

Alle drei Brüder verlangsamten ihre Schritte und musterten die Gesichter an der Bar. Owen runzelte die Stirn. „Wer ist gestorben?"

„Sorry." D.J. winkte ihnen zu. „Glückwunsch. Das wird eine schöne Bereicherung für die Steuereinnahmen. Die meine Behörde im Moment gut gebrauchen könnte."

„Oh, oh." Owen zog einen Hocker in der Nähe heran. „Was ist los?"

„Dieser verdammte Vergewaltiger bereitet mir Kopfzerbrechen."

„Eine weitere Frau?" Neils Brauen hoben sich und bildeten tiefe, besorgte Falten auf seiner Stirn.

„Nein." D.J. schüttelte den Kopf. „Aber das wird wahrscheinlich bald passieren."

Adam kniff die Augen fest zusammen, bevor er seufzte und den Kopf schüttelte. „Anscheinend wurde in eine Tierarztpraxis eingebrochen, um Medikamente zu stehlen.“

„Die Art, die eine Frau auf eine nicht gute Art umwirft?“, fragte Owen mit etwas heiserer Stimme.

D.J. nickte. „Wir müssen diesen Mistkerl fangen, und zwar bald.“

„Was können wir tun?“, fragte Neil, worauf der Rest der Männer an seiner Seite nickte.

„Behaltet das Treiben in dieser Stadt und dieser Bar im Auge.“

„Das ist einfach.“ Tante Eileen lächelte. „Wir haben eine Menge alter Schnüffler, die die CIA in den Schatten stellen könnten. Wenn irgendein Fremder auch nur in der Nähe einer unserer Frauen herumlungert, wird er den Tag seiner Geburt bereuen.“

Alle im Raum nickten zustimmend. D.J. wusste genauso gut wie alle anderen, dass die Hölle losbrechen würde, sollte einer von ihnen einen Mann dabei erwischen, wie er eine Frau – irgendeine Frau, hier oder irgendwo anders – ausnutzte.

„Vielleicht sollte ich einen Türsteher engagieren. Jemand, der dafür sorgt, dass jede Frau, die hereinkommt, auch auf eigenen Beinen wieder geht.“

„Kommen viele Fremde hierher?“, fragte Paxton.

Jamie zuckte mit den Schultern. „Nicht viele. Dies ist eine Kleinstadt, in der sich jeder kennt, aber die Geisterstadt hat uns einen Anstieg der Touristenzahlen beschert. Es könnte also jederzeit passieren.“

„Du weißt, dass wir alle helfen werden?“ Tante Eileen fummelte an einem Untersetzer herum. „Wir wollen die Leute nicht in Panik versetzen. Vielleicht lasst ihr einfach noch ein paar Leute wissen, worüber wir uns Sorgen machen.“

„Es wird nicht lange dauern, bis sich die Nachricht über den Einbruch verbreitet. Wir können versuchen, es einzudämmen, aber …“

Jeder wusste, was D.J. sagen wollte, er musste den

Satz nicht beenden. Und er wusste, dass er auf die Hilfe all seiner Cousins zählen konnte. Doch sie waren keine Polizisten und die Situation war ein übles Schlamassel. Er hasste alles daran.

Neil stellte seinen Truck auf einem leeren Parkplatz vor Brooks' Büro ab. Nachdem Adam wieder in die Arbeit gegangen war, hatte der Rest der Familie weiter über D.J.s Bedenken hinsichtlich der jüngsten Einbrüche und deren Folgen diskutiert. Kein Ort war perfekt. Nicht einmal Tuckers Bluff. Denn auch wenn der Widerling, der das County heimsuchte, nicht in die Nähe der Stadt gekommen war und hoffentlich auch nicht kommen würde, hing diese ganze hässliche Situation wie eine dunkle Wolke über D.J. und der Stadt.

Letztendlich hatte sich das Gespräch auf die Zustimmung des Rates zur Restaurierung des Gehöfts verlagert, wodurch sich die Stimmung im Raum geändert hatte. Nachdem sich alle auf den Weg nach Hause zur Ranch gemacht hatten, entschuldigte er sich mit dem Vorwand, noch einige Arbeiten an den Plänen erledigen zu müssen. Was er jedoch wirklich wollte, war, ein Versprechen einzulösen.

„Nun, ist das nicht eine schöne Überraschung?" Mit einem Stapel Akten in den Armen kam Nora hinter ihrem Schreibtisch hervor.

„Hier, lass mich helfen." Er griff nach den Akten.

„Danke. Wir sind gerade dabei alles in das neue System zu scannen. Ich schätze, ich habe auf dieser Tour ein paar zu viele mitgenommen."

„Wo willst du sie haben?"

Mit dem Kinn zeigte sie auf den Tisch an der Wand

hinter der Rezeption. „Der Scanner ist da drüben.“

Er legte die Akten neben den Scanner und drehte sich dann in ihre Richtung. „Die endgültigen Entwürfe wurden heute genehmigt. Ich bin ein wenig überrascht, wie einfach es war.“

„Ich nicht. Du bist sehr gut in dem, was du tust.“

„Und woher weißt du das?“

„Du meinst, abgesehen davon, dass ich deine Zeichnungen gesehen und einen Nachmittag mit dir beim Einkaufen von Einrichtungsgegenständen verbracht habe?“

„Das reicht sicherlich nicht aus, um festzustellen, ob ich in meinem Job gut bin oder nicht.“

„Nein. Aber in den Portfolio-Aufnahmen auf eurer Website herumzuschnüffeln hingegen schon. Einige der Projekte waren einfach umwerfend. Ich meine“, ihre Wangen wurden in einen blassen Rosaton getaucht, „nicht, dass sie nicht alle sehr gut waren. Das waren sie wirklich. Es ist nur –“

Er hob eine Hand und legte mit der anderen Hand einen Finger auf ihre Lippen. „Es ist okay. Ich weiß, was du meinst. Ich liebe auch nicht alles, was wir tun.“

Sie lächelte. „Also, was führt dich hierher?“

„Eine Feier. Ich hatte gehofft, dass du mit mir im Pub zu Abend essen würdest.“

„Oh.“ Überraschung zeichnete sich auf ihrem Gesicht ab. Er konnte nicht sagen, ob es eine angenehme Überraschung war oder eine Überraschung, bei der sie sich fragte, wie sie höflich aus diesem Schlamassel herauskommen könnte.

„Der Plan war, ein paar Mal auszugehen, bevor du mich sitzen lässt.“ Er ließ ein schwaches Lächeln aufblitzen. „Aber wenn du andere Pläne hast …“

„Nein. Meine einzigen Pläne für heute Abend waren ein eingefrorenes Abendessen und das Streamen eines noch festzulegenden Films.“

„Gut. Dann hole ich dich um sechs ab?"

Ein Lächeln breitete sich auf ihrem Gesicht aus. „Ich werde bereit sein."

Eine unerwartete Welle der Zufriedenheit überlagerte sein früheres Gefühl der Enttäuschung darüber, dass seine Einladung sie möglicherweise beunruhigt hatte. Aber unter diesen Umständen war es wahrscheinlich keine gute Sache, sich über ein Fake-Date zu freuen.

So wie dieser Schwarm Schmetterlinge in ihrem Bauch herumflatterte, könnte jeder denken, dass Aschenputtel vom Kronprinzen zum Ball eingeladen worden war. Nichts an einem spontanen Abendessen in Jamies Pub rechtfertigte, wie aufgeregt sie war. Ein Grund mehr, warum sie sich in all den Jahren mehr Mühe hätte geben sollen. Schon ein einfaches Abendessen mit einem netten Kerl – ein *vorgetäuschtes Date* mit einem netten Kerl – ließ sie so nervös herumflattern wie die Schmetterlinge in ihrem Bauch.

Drei Kleider lagen auf ihrem Bett. Sie musste sich schnell entscheiden, was sie anziehen sollte. Fast eine halbe Stunde hatte sie darüber nachgedacht, ob sie wie alle anderen einfach Jeans und Stiefel anziehen oder das Ganze wie ein Date behandeln und ein Kleid tragen sollte. Nachdem sie sich für Letzteres entschieden hatte, beschränkte sie ihre Auswahl auf drei legere Kleider. Neil würde jeden Moment hier sein, um sie abzuholen, und es war nicht empfehlenswert, ihn in Unterwäsche zu begrüßen. Unfähig, sich zu entscheiden, griff sie schließlich auf *ene, mene, meine, mu* zurück. Das dunkelblaue Strickkleid gewann. Und gerade noch rechtzeitig. So konnte sie noch schnell in ein Paar Slingback-Sandalen schlüpfen, als sie Schritte die Treppe hinaufkommen hörte.

Als ein leises Klopfen zu hören war, strich sie mit den Händen über ihre Seiten, glättete nicht vorhandene Falten, holte tief Luft und öffnete die Tür. Der Anblick von Neil Farraday, der mit einem Blumenstrauß in der Hand dastand, raubte ihr fast den Atem.

„Die sind für dich." Er streckte seinen Arm aus und wippte auf den Fersen nach hinten. „Es gibt einen neuen Blumenladen in der Stadt. Ich dachte, ich verschaffe ihnen einen kleinen Umsatzschub."

„Die sind wunderschön. Danke." Es gab kein Mädchen auf dieser Welt, das dem Duft wunderschöner Blüten widerstehen konnte. Und diese dufteten wunderbar. „Komm rein. Gib mir eine Minute, um sie ins Wasser zu stellen."

„An dem Band ist ein kleines Päckchen mit etwas befestigt, das man ins Wasser streuen kann. Das Mädchen im Laden sagte, dass sie so mindestens eine Woche halten."

„Okay." Nora eilte durch den Raum zum Spülbecken. Es war Ewigkeiten her, seit ihr jemand Blumen geschenkt hatte. Die Geste ließ sie bis über beide Ohren grinsen. Sie konnte nichts dagegen tun.

Neil folgte ihr in die Küche. „Ich habe Adam heute beim Mittagessen im Pub getroffen."

„Oh, das ist eine Überraschung. Adam und Brooks sind aus demselben Holz geschnitzt. Normalerweise verlässt keiner von ihnen das Büro, um zu Mittag zu essen. Wenn sie überhaupt essen, dann am Schreibtisch oder auf dem Weg von einem Behandlungszimmer zum nächsten."

„D.J. wollte mit ihm reden und ich bin zufällig vorbeigekommen."

„D.J.?"

„Ja. Diese Sache mit dem Date-Vergewaltiger geht

ihm wirklich unter die Haut."

Obwohl sie Neil kaum kannte, konnte sie dennoch erkennen, dass er ihr etwas verschwieg. „Was verheimlichst du mir?"

Schnell erläuterte er die Einbrüche in der Tierklinik und den Zusammenhang mit dem Fall in Butler Springs. „Ich habe mit Adam gesprochen und wir waren uns einig, dass jetzt ein guter Zeitpunkt wäre, Riegel an deinen Türen anzubringen."

Normalerweise fühlte sie sich hier mit den normalen Türschlössern absolut sicher, aber nachdem sie all die Geschichten gehört hatte, musste sie sich eingestehen, dass sie ein bisschen nervös war. Dennoch war sie nicht davon überzeugt, dass die Umwandlung ihres Zuhauses in Fort Knox die Lösung war.

„Wie passt es dir besser? Jetzt oder nach dem Abendessen?", hakte er nach.

„Ich vermute, morgen ist keine Option?"

Er schüttelte den Kopf. „Entweder heute oder ich schlafe auf deinem Sofa."

Das träge Grinsen, das sie von einer Seite seines Mundes aus neckte, veranlasste sie, ihr eigenes Grinsen zu unterdrücken. „Wenn das die Gerüchteküche nicht in Schwung bringt. Wie lange wird es dauern?"

„Etwa fünfzehn Minuten. Es dauert nur ein bis zwei Minuten, die Löcher zu bohren und dann das Schloss zu installieren."

„Lass es uns erledigen."

Getreu seinem Wort hatte sie dreißig Minuten später zwei neue Schlösser an ihren Türen und schlenderte Arm in Arm mit einem Farraday ins O'Fearadaigh's. Zum ersten Mal in ihrem Leben wurde sie wahrscheinlich von jeder Frau in der Stadt beneidet.

Um die Gerüchteküche anzufeuern, bat Neil um einen Tisch in einer hinteren Ecke. Die Lage war ideal für Leute, die Privatsphäre wollten – oder in ihrem Fall etwas zur Schau stellen wollten. Ihr Tisch war nahe genug an der Tanzfläche, um schnell dort zu sein, sollte ein Lied gespielt werden, dem sie nicht widerstehen konnten, aber weit genug, um nicht gegen die Musik ankämpfen zu müssen, um einander zu verstehen. Ihrer Meinung nach hatten sie den besten Platz im Haus.

„Mein Cousin ist ein Genie, weil er diesen Laden hier in Tuckers Bluff eröffnet hat."

„Ganz zu schweigen davon, dass er unser aller Leben so viel einfacher gemacht hat. Wenn jemand einen besonderen Anlass feiern wollte, mussten wir früher nach Butler Springs fahren. Nicht, dass es bei Abbie kein gutes Abendessen gab, aber das Café ist einfach nicht der ideale Ort für einen Date-Abend."

„Lass Abbie besser nicht hören, dass du das sagst."

„Machst du Witze? Das sagt sie selbst."

„Sie ist eine kluge Lady."

„Klug und nett." Nora trank einen Schluck Wein und erhaschte einen Blick auf Burt Larson, den Besitzer des Eisenwarenladens und Tratschtante Nummer eins. „Schau jetzt nicht hin, aber wir scheinen die Aufmerksamkeit einiger Leute auf uns gezogen zu haben."

„Nun, das war die Idee." Er stand auf und streckte seine Hand aus. „Sollen wir ihnen wirklich etwas zum Reden geben?"

Sie kicherte über seine Wortwahl. „Ich würde mich freuen."

Eine sanfte Melodie, die sie nicht kannte, erklang über ihnen, als sie sich in seine Arme schmiegte und mit ihm in einem einfachen Two-Step um die kleine Tanzfläche kreiste.

„Ich weiß nicht, wer die Musik auswählt, aber derjenige hat einen ausgezeichneten Geschmack."

Mit einem kurzen Nicken stimmte sie ihm zu und wollte nicht aufhören, sich zur Musik zu drehen. Die

Wahrheit war, dass sie wahrscheinlich nicht mehr viel Zeit mit Neil haben würde, weshalb sie heute Abend zumindest für eine Weile so tun wollte, als wäre alles in Ordnung auf der Welt und dass alles zwischen ihnen vielleicht ein ganz klein bisschen real war.

KAPITEL NEUN

Seit dem Abendessen mit Nora waren erst zwei Tage vergangen, aber trotzdem sehnte sich Neil nach einem Vorwand, sie wiederzusehen.

„Wie läuft es?" Tante Eileen stellte einen Teller Bacon vor ihm ab.

„Großartig." Owen stach auf einen Pfannkuchen ein. „Wir treffen uns heute vor Ort mit dem Filmteam."

Tante Eileen nahm neben ihren Neffen Platz. „Oh, ich wusste nicht, dass die Dreharbeiten bereits beginnen."

„Tun sie nicht." Neil schüttelte den Kopf. „Das ist für die Checkliste vor dem Shooting. Anscheinend planen sie die Standorte und Kameras und bereiten einige der spontanen Szenen vor."

„Sind vorbereiten und spontan nicht ein bisschen widersprüchlich?", fragte Onkel Sean.

„Anscheinend", Neil begegnete dem Blick seines Onkels, „ist Reality-TV eine etwas falsche Bezeichnung. Vieles läuft nach Drehbuch. Hoffentlich werden wir ihnen nicht zu langweilig, sonst heißt es noch mehr Drehbuch."

„Verstehe."

„Idealerweise", sagte Neil zu seiner Tante, „sind wir am Montag startklar."

Bis die Familie ihre Morgenmahlzeit beendet hatte und sich auf den Weg zur Arbeit auf der Ranch machte und seine Brüder seiner Tante und seinem Onkel die

Pläne für den Dreh dargelegt hatten, brannte die Sonne hell am Himmel, und Neil war bereit, sich auf den Weg zu machen. Er musste unterwegs einen Anruf tätigen und wollte endlich loslegen.

Während sein Truck auf dem Weg zur Hauptstraße Staub aufwirbelte, tippte Neil auf seinem Telefon und wartete auf den Klang einer inzwischen vertrauten Stimme.

„Hallo", der ruppige Tonfall war nicht das, was er erwartet hatte.

Laut der Uhr in seinem Armaturenbrett war es Viertel nach neun, also nicht zu früh für einen Anruf. Oder doch? „Habe ich dich geweckt?"

„Nein. Nur der morgendliche Frosch im Hals. Ich warte gerade, dass der Kaffee fertig aufgebrüht ist."

Mist. Ihm war nicht in den Sinn gekommen, dass Leute, die keine Viehzüchter oder Bauarbeiter waren, nicht mit den Hühnern aufstanden. „Es tut mir leid."

„Muss es nicht. Ich bin seit über einer Stunde wach, hatte aber bis vor ein paar Minuten keine Lust, mich aus dem warmen Bett zu quälen."

Eine Vision von ihr, wie sie sich, in Laken gehüllt, den Schlaf aus den Augen rieb, tauchte in seinem Kopf auf. Ein Bild, über das er definitiv nicht zu viel nachdenken sollte.

„Du hast doch nicht angerufen, um nachzusehen, ob ich noch schlafe, oder?"

Er richtete seine Gedanken auf die heutigen Pläne, schüttelte den Kopf und konzentrierte sich. „Nein, ich fahre zum Gehöft, um einige Leute des Produktionsteams zu treffen. Anschließend machen wir eine Begehung der Stadt, um den Drehplan für diese Staffel festzulegen. Ich bin mir nicht sicher, ob dein Interesse an Renovierungsshows auch darin besteht, hinter die Kulissen zu blicken, aber da wir ja zusammen gesehen werden sollten, habe ich mich gefragt, ob du vielleicht

Lust hast …“

„Ja!“, unterbrach sie ihn. „Ich kann in zehn Minuten angezogen sein. Wie weit bist du entfernt?“ Sie wartete den Bruchteil einer Sekunde. „Oder soll ich dich dort treffen?“ Bevor er ein weiteres Wort formen konnte, redete sie weiter. „Oder war ich vorschnell? Das war doch eine Einladung, oder?“ Sie seufzte schwer. „Ich sollte wirklich bis nach meinem Morgenkaffee warten, um zu reden.“

„Ja.“ Er kicherte. „Das war eine Einladung. Und ja, ich dachte, ich hole dich ab, da ich durch die Stadt fahren muss, um ein paar Unterlagen im Büro abzuholen. Ich wollte sie gestern Abend mit nach Hause nehmen, aber …“

„Du hast sie vergessen“, beendete sie seinen Satz für ihn.

Natürlich hatte sie keine Ahnung, dass er sie vergessen hatte, weil seine Gedanken bei ihrem Date von neulich Abend gewesen waren und er darüber nachgedacht hatte, ob es zu viel gewesen wäre, sie um ein weiteres zu bitten. Letztendlich hatte er sich ausgeredet, sie anzurufen. Als ihm einfiel, dass er die Pläne, die er brauchte, nicht mitgenommen hatte, war er aber schon auf halbem Weg zur Ranch gewesen. „Ich hatte viel im Kopf.“

„Das glaube ich. Dieses Projekt ist kein einfaches Unterfangen.“

„Ich bin in etwa dreißig Minuten bei dir.“

„Hast du schon gegessen?“

Die Familie war wie immer vor Sonnenaufgang aufgestanden und hatte bereits vor dem ersten Tageslicht ein Rancher-Frühstück zu sich genommen, das für einen harten Arbeitstag fit machte. Und auch er war nicht zu kurz gekommen. „Warst du schon einmal zum Frühstück bei den Farradays?“

Durch die Telefonleitung brach schallendes Gelächter. „Nur einmal. Blöde Frage. Ich werde bereit sein, wenn du ankommst."

Der Anruf wurde beendet. Mit einem Lächeln auf dem Gesicht fuhr er auf die Hauptstraße und freute sich auf alles, was der Tag vor ihm bereithielt. Aber zuerst musste er noch einen weiteren Stopp einlegen.

Es klingelte an der Tür und Noras Kopf schnellte hoch. Niemand klingelt bei ihr. Besorgnis packte sie, und ein Anflug von Panik lief ihr den Rücken hinunter, bis ihr der gesunde Menschenverstand zuschrie, dass Bösewichte nicht an der Tür klingeln. „Du musst dich wirklich zusammenreißen."

Sie schnappte sich ihre Handtasche und trabte die Stufen hinunter. Auf halbem Weg ins Erdgeschoss konnte sie durch die kleine Glasscheibe den Rand der Krempe eines braunen Huts sehen. Noch ein paar Schritte, und große blaue Augen trafen sich mit ihren und bestätigten ihre Vermutungen. Neil. Es dauerte nur ein oder zwei weitere Sekunden, bis sie daran erinnert wurde, dass sie nun die stolze Bewohnerin einer doppelt verschlossenen Wohnung war. Sie würde nun wegen jedem Besucher die Treppe hinunterlaufen und die Tür aufschließen müssen. Sie brauchte irgendeine Art von intelligentem Schloss, etwas, das sie bequem von ihrem Sofa und ihrem Telefon aus öffnen könnte.

„Bereit?" Neil grinste sie von der anderen Seite der Schwelle aus an.

„Bereit." Nachdem sie draußen war, zog sie die Tür zu und verriegelte das Schloss. „Ich bin wirklich froh, dass du mich gefragt hast, ob ich mitkommen möchte. Ich kann dieser alten Stadt einfach nicht widerstehen."

„Ich freue mich über die Gesellschaft. Ich liebe

meine Brüder, aber wenn sie sich etwas in den Kopf setzen, dann helfe Gott jedem, der anderer Meinung ist."

„Erwartest du Meinungsverschiedenheiten?"

Er lachte und hielt ihr die Autotür auf. „Wenn wir die nicht hätten, wären wir keine Brüder."

„Aber es geht ums Geschäft."

„Und Blut ist dicker als Wasser. Spielt keine Rolle." Er deutete mit dem Finger auf die Schachtel auf der Konsole zwischen ihnen. „Ich habe dir etwas mitgebracht. Nur für den Fall, dass du etwas hungrig bist."

Sie kannte die Schachtel aus dem Café. Ein kurzer Blick hinein und schon kitzelte der köstliche Duft frisch gebackener Croissants ihre Nase.

„Ich war mir nicht sicher, ob du salzig oder süß bevorzugst, also habe ich beides genommen. Croissants, weil mir gesagt wurde, dass die von Toni besser sind als die aus Paris. Und dann noch ihre Törtchen sowie ein paar Mini-Blaubeermuffins."

„Blaubeermuffins?" Sie riss sich ein Stück ab und warf den Happen in ihren Mund. Der Drang, vor Freude zu stöhnen, war fast zu groß, um ihn zu unterdrücken. „Ich liebe alles, was Toni backt, aber ich hatte keine Ahnung, dass sie jetzt Blaubeermuffins macht. Ich liebe Blaubeeren."

„Ich auch. Sie hatte auch Cranberrymuffins, aber die Blaubeeren haben meinen Namen gerufen."

Sie steckte sich das letzte Stück in ihren Mund und leckte sich dann die Finger ab. „Ich kann dir gar nicht sagen, wie froh ich bin, dass du die Blaubeermuffins gewählt hast. Sie sind einfach umwerfend. Was natürlich keine Überraschung ist. Möchtest du auch einen?"

„Danke, aber ich habe schon ein paar verschlungen, während ich darauf gewartet habe, dass Abbie den Rest der Bestellung einpackt."

„Schlauer Mann."

„Denk daran, das meinen Brüdern zu sagen, wenn ich etwas sage und sie anderer Meinung sind."

„Abgemacht."

Als sie das alte Gehöft erreichten, hatte sie einen weiteren Mini-Muffin und zwei Croissants gegessen. Die Törtchen wollte sie sich für die Heimfahrt aufheben.

„Sieht so aus, als wären fast alle hier." Vor dem alten Haus parkten mehrere Autos und Trucks und noch mehr Menschen standen herum. Neil schnappte sich seine Entwürfe vom Sitz hinter ihm und rannte um die Motorhaube herum.

Nora schlug ihre Tür zu, gerade als er ihre Seite des Autos erreichte. „Habe ich erwähnt, wie aufregend das ist? Aus erster Hand zu sehen, wie diese Shows gemacht werden?"

Er schüttelte den Kopf. „Hoffen wir, dass diese Aufregung nicht verflogen ist, wenn wir fertig sind."

Jemand hatte einen langen Klapptisch in der Küche aufgestellt. Im Herzstück des Hauses. Nora stand an der Seite, beobachtete und hörte zu, wie die Geschwister auf die Pläne zeigten, dann auf die Decke und die Wände und wieder zurück auf die Zeichnungen. Neil machte sich ein paar Notizen, während das Filmteam die Lichtverhältnisse testete und die Ausrüstung herbeischleppte. Als sie das letzte Mal hier gewesen waren, hatte sie nicht bemerkt, dass die Decken höher waren als die üblichen zweieinhalb Meter, was den Raum größer wirken ließ. Es war schade, dass irgendwann auf dem Weg durch die Jahrhunderte die durchschnittliche Deckenhöhe gesunken war. Allerdings schien das moderne Bauwesen ihr Möglichstes zu tun, um dies wieder auszugleichen. Viele neue Entwürfe hatten nicht nur höhere Decken von zweieinhalb bis drei Metern, sondern sogar zweistöckige Wohnzimmer, deren Heizung oder Kühlung bei dem oft extremen Wetter in Texas wahrscheinlich ein Vermögen kosten musste.

„Kommt schon", Neil fuhr mit dem Finger über den ausgebreiteten Plan, „das haben wir schon durch. Es wird großartig aussehen."

Ryan presste die Lippen aufeinander und starrte auf den Plan. „Wir wissen, dass es perfekt sein wird, aber es liegt außerhalb der ursprünglichen Rahmenbedingungen."

„Denen der Stadtrat problemlos zugestimmt hat."

„Ja." Owen fuhr sich mit den Fingern durchs Haar. „Aber ich habe den Investoren versprochen, dass wir ihre Wünsche innerhalb des Budgets erfüllen können. Und das zu erweitern würde über das Budget hinausgehen. Ursprüngliche Quadratmeterzahl war der Deal."

Nora konnte nicht widerstehen, näher heranzurücken, um zu sehen, worüber sie debattierten. Als sie neben Neil zum Stehen kam, starrte sie auf die Pläne, die für sie genauso gut ein Gemälde von Picasso hätten sein können. „Worum geht es bei der Diskussion?"

„Das." Neil hob die erste Zeichnung hoch, legte die darunterliegenden frei und zeigte darauf. „Eine angeschlossene Garage mit einer richtigen Waschküche."

„Das ursprüngliche Design ist richtig." Ryan starrte seinen Bruder böse an.

„Er hat aber nicht unrecht." Owen seufzte. „Po-Knaller-Waschküchen sind der Hauptgrund für Beschwerden."

„Po-Knaller?", fragte Nora.

Neil kicherte. „Dabei werden Waschmaschine und Trockner in einem Durchgangsflur von der Garage zu einem anderen Raum wie zum Beispiel der Küche aufgestellt. Wer vor den Maschinen steht und die Wäsche macht, dem knallt die Tür auf den Hintern, wenn eine andere Person vom Nebenraum hereinkommt."

„Oh ja." Nora nickte. „Shannon beschwert sich immer darüber, dass sie keinen Platz für ihr Bügelbrett oder das Katzenklo hat."

„Katzenklo?", wiederholten die Brüder.

Nora zuckte mit den Schultern. „Waschräume sind für die meisten Frauen ein Mehrzweckraum. Zusätzlicher Kühl- oder Gefrierschrank, Bügelraum. Ein Waschbecken ist immer gerngesehen, aber noch schöner ist ein Platz, an dem man Feinwäsche an der Luft trocknen kann."

Als sie den Blick von den Zeichnungen hob, stand Neil mit verschränkten Armen da und grinste seine Brüder triumphierend an.

Ryan war der Erste, der seufzte und nickte. „Ich schätze, wir bauen eine echte Waschküche ein."

„Und ich", seufzte Owen, „darf herausfinden, wie wir das bezahlen."

In diesem Moment sprang Paxton aus einer Einbuchtung im Flur. „Wenn wir eine Garage anbauen, warum bauen wir dann nicht auch eine echte Treppe ein?"

„Was?" Owens Augen weiteten sich zu perfekten Kreisen. „Versucht ihr, das Projekt in den Bankrott zu treiben oder unseren Ruf zu zerstören, oder beides?"

„Ich weiß, dass die Holzkosten gestiegen sind, aber wir reden hier nicht von einer großen Ausgabe." Paxton rieb seine Hände aneinander. „Dieser Dachboden ist hoch genug für ein zweites Stockwerk."

„Oh, erschießt mich einfach." Owen legte seine Stirn in seine Hände und schüttelte den Kopf. „Ihr bringt mich um."

„Ich sage nicht, dass man ein zweites Stockwerk

hinzufügen soll. Ich sage, dass dort oben Platz ist, wenn jemand eines Tages expandieren möchte, und der Einbau einer Treppe wäre sinnvoller und nicht viel teurer als eine herunterziehbare Leiter."

„Wie wäre es mit einer Schranktreppe?", fragte Nora.

Die vier Brüder drehten sich zu ihr um.

„Sorry?", fragte Neil.

„Ihr wisst schon. Wie oben im Norden." Die ausdruckslosen Blicke verrieten ihr, dass sie keine Ahnung hatten, wovon sie sprach. „Im Norden haben die meisten älteren Häuser mit ausgebauten Dachböden einen Wandschrank im Obergeschoss, der überhaupt kein Schrank ist, sondern eine Treppe."

Neil nickte. „Wie bei Dutch Colonials, Cape Cods und dergleichen. Dort sehen Standardpläne eine Treppe im Flur vor. Das könnten wir machen. Hier." Er zeigte auf eine Stelle auf einer anderen Seite.

Owen starrte auf den Finger seines Bruders. „Und über wie viel Mehrkosten sprechen wir?"

„Ein paar Balken, Platten, eine Tür und Stufen", sagte Ryan. „Wir müssen für die Dachbodenstufen kein Eichenholz verwenden. Geschliffenes Kiefernholz reicht aus. Ehrlich gesagt glaube ich nicht, dass wir trotz der jüngsten Preiserhöhungen mehr als ein paar Hundert über dem Budget liegen würden."

„Wenn es mehr ist", starrte Owen Ryan an, „kommt es aus deiner Tasche."

Diesmal lachte Ryan, und Nora hatte das Gefühl, dass diese kleine Meinungsverschiedenheit weder das erste noch das letzte Mal war, dass die Brüder sich duellierten. Genau das, was Neil erwartet hatte.

Nachdem dies geklärt war und während Owen sich ein paar Minuten Zeit nahm, um mit dem Produktionsteam zu plaudern, schlich Neil sich neben sie, beugte sich zu ihr und flüsterte ihr etwas ins Ohr. „Danke."

„Wofür?"

„Dafür, dass du meine Brüder daran erinnert hast, was für ein kluger Mann ich bin."

Sie konnte sich ihr Lächeln nicht verkneifen. Tatsächlich löste so ziemlich alles, was er sagte, bei ihr den Wunsch aus, wie eine Idiotin zu grinsen. Aber was zum Teufel sollte sie dagegen unternehmen?

KAPITEL ZEHN

„Warum dauert die Predigt an den Sonntagen, an denen wir Gäste zum Essen bekommen, immer so lange?" Eileen blickte zum x-ten Mal auf ihre Uhr, seit sie vom Parkplatz vor der Kirche gefahren waren.

„Wie viele Leute erwarten wir?" Sean Farraday stieg aus dem Truck und traf seine Frau an der Beifahrertür. „Es ist nicht so, dass wir nicht an jedem Sonntag ein volles Haus haben."

„Valerie hat das Produktionsteam zu uns eingeladen."

Das erregte Seans Aufmerksamkeit. „Wie viele sind das?"

„Valerie dachte, es wären vielleicht noch vier oder fünf. Ein Teil der Crew wird nicht sofort benötigt. Und ich denke, das Schnittteam bleibt in LA."

Hinter ihnen knallten Autotüren, als noch mehr Fahrzeige zum Stehen kamen.

„Ich habe das Brot mitgebracht." Toni trug in jeder Hand eine Einkaufstüte und hielt lächelnd die Arme zu Tante Eileen hoch. „Ohne mein Bostoner Rezept für italienisches Brot geht es einfach nicht. Meine Mutter hat es bei einem Bäcker in Little Italy eingetauscht."

Eileen griff nach einer der Taschen. „Was musste sie dafür hergeben?"

„Sie sagt ihre Seele, aber ich glaube, es war das

Rezept ihrer Großmutter für schwedische Fleischbällchen.“

„Ich wusste nicht, dass deine Urgroßmutter Schwedin ist.“

Toni lachte. „Das liegt daran, dass sie es auch nicht war. Aber als sie nach Boston kamen, arbeitete sie als Putzfrau. Meistens nachts, für eines der größeren Krankenhäuser. Sie und die anderen Putzfrauen tauschten Rezepte aus. Von diesen waren die schwedischen Fleischbällchen immer mein Favorit.“

„Hallo, Schönheit.“ Brooks trug ihre Tochter Helen auf seinen Schultern und schob sich neben seine Frau. „Wie viel Glück kann ein Mann haben? Ich durfte mit zwei wunderschönen Ladies nach Hause fahren.“

Helen kicherte und Toni lächelte ihren Mann an. Weitere Autotüren öffneten und schlossen sich. Nach und nach stiegen die kleinen Kinder aus den Autos ihrer Eltern. Einige liefen besser als andere, aber alle lachten und kicherten und rannten herum. Eileen konnte sich keinen schöneren Anblick vorstellen.

Neils Truck kam zum Stehen, und er und Nora stiegen aus.

„Was weißt du über die beiden?“ Toni hielt ihren Blick auf das Paar gerichtet, das in ihre Richtung schlenderte.

Eileen beobachtete die glückliche Körpersprache ihres Neffen und ihrer langjährigen Pokerfreundin. „Schwer zu sagen. Ich denke jedoch, dass sie verknallt bereits hinter sich haben und auf etwas Festes hinarbeiten.“ Was sie nicht sagte, war, dass sie sich bei der Beziehung viel besser fühlen würde, wenn ein grauer Hund um die beiden kreisen würde.

„Hast du je das Gefühl gehabt, dass alle Augen auf dich gerichtet sind?" Nora gewöhnte sich daran. Tief in ihrem Inneren wollte sie einen Freudentanz aufführen, da sich die Gerüchteküche dieses Mal darauf konzentrierte, was für einen Coup sie gelandet hatte, indem sie sich einen Farraday geschnappt hatte, anstatt darauf, dass sie immer nur Glück beim Kartenspielen und nie in der Liebe hatte.

„In letzter Zeit öfter."

Neil schien die Aufmerksamkeit, die sie erregt hatten, nicht zu stören. Das war von Vorteil. Von Nachteil war, dass sie dieser das Selbstbewusstsein fördernden Scharade bald ein Ende bereiten musste.

„Wartet." Als einzige Frau, die einen Rock und hohe Absätze trug, eilte Morgans Frau Valerie hinter ihnen her.

Neil legte seine Hand um Noras Rücken, um sie zum Stehen zu bringen. Ein erneuter Anflug von Freude überkam sie, als er sie dort ließ.

Valerie, die jetzt an ihrer Seite stand und ihre große dunkle Sonnenbrille auf den Kopf schob, sodass ihre funkelnden Augen zum Vorschein kamen, blickte zu Neil. „Einer aus meinem Kamerateam erzählte mir, dass ihr eine kleine Meinungsverschiedenheit darüber hattet, wie ihr mit der Inneneinrichtung weitermachen sollt."

„Das war nicht wirklich eine Meinungsverschiedenheit."

„Mark hat einiges davon auf Film festgehalten. Fantastisches Material. Möglicherweise müssen wir aber einiges davon neu drehen. Ich weiß, dass es beim Sonntagsessen nur um die Familie geht, aber es wäre keine schlechte Idee, Teile des Drehbuchs noch einmal durchzugehen."

„Drehbuch?", fragte Nora.

Valerie zuckte mit den Schultern. „Wir müssen die

Sache interessant halten."

Seine Augen wurden schmaler und eine tiefe Falte bildete sich zwischen Neils Brauen. „Als wir die Handelszentrum-Folge drehten, gab es kein Drehbuch."

„Das ist richtig. Aber letztes Mal hatten wir einen Geist. Die Tatsache, dass dieser sich als Gauner herausstellte, machte das Ganze nur noch interessanter."

„Wollt ihr den ganzen Tag da herumstehen und den Verkehr blockieren?" Morgan blieb neben seiner Frau stehen und gab ihr, die Hände weiter auf seinen Krücken, einen sanften Kuss auf die Schläfe. „Ich habe gehört, dass Tante Eileen den ganzen Tag Spaghettisoße nach dem Rezept von Tonis Mutter köcheln ließ."

„Ich fand ihre normale Soße ziemlich gut." Nora hatte im Laufe der Jahre oft genug mit den Farradays gegessen, um mindestens einmal alles probiert zu haben, was Eileen auf dem Speiseplan hatte, und nichts davon war jemals weniger als absolut köstlich gewesen.

„Ich bin mir sicher, egal welches Rezept sie verwendet, das Abendessen wird wunderbar." Morgan war nicht in der Lage, den Arm um seine Frau zu legen, wie er es normalerweise getan hätte, und zwinkerte ihr zu. „Wir sollten besser reingehen."

Als immer mehr Familienangehörige und Crewmitglieder eintrafen, verliefen die Gespräche in alle Richtungen. Irgendwie drehte sich die Diskussion, abgesehen von immer wieder auftretendem Schwärmen über das neue Rezept, hauptsächlich um die Frage, wie viel von der neuen Show nach Drehbuch ablaufen sollte.

„Das ist keine Sendung für das tägliche Nachmittagsprogramm." Morgan griff nach einer weiteren Scheibe Brot.

„Genau", stimmte Meg zu. „Ich schaue mir Heimwerkersendungen nicht wegen interner Machtkämpfe an."

„In der Tat." Catherine blickte zu Valerie. „Allzu oft wünschte ich, sie würden einfach die Shows laufen lassen, anstatt wegen irgendeiner Kleinigkeit einen Aufruhr zu veranstalten, als wäre es das Ende der Welt. Wir wissen verdammt gut, dass alles repariert werden kann und dass es immer eine Möglichkeit gibt, einen Kredit aufzunehmen, um solche Kleinigkeiten zu bezahlen. Wenn sie dann einem der Hausbesitzer noch eine unausstehliche Persönlichkeit verleihen, weckt das in mir nur den Wunsch, den Kanal zu wechseln."

„Stimmt." D.J.s Frau Becky nickte. „Es gibt da ein Paar, bei dem die Frau immer zu viel für das ausgibt, was sie sich einbildet, und den Hausbesitzern nie das gibt, was diese wirklich wollen. Bei jeder Show weiß man, was passieren wird. Es ist schlimmer als ein vorhersehbarer Roman."

„Okay." Valeries Brauen wanderten hoch auf ihre Stirn. „Zur Kenntnis genommen. Nicht, dass die hohen Tiere euch zustimmen würden, aber ich werde es im Hinterkopf behalten. Wer weiß, vielleicht taucht noch ein Geist auf."

Ein paar Leute lachten, ein paar weitere verdrehten die Augen und Tante Eileen schüttelte den Kopf. „Ich weiß nicht, ob wir mit noch mehr Geistern klarkommen. Ob fingiert oder nicht."

„Gut gesprochen." Ted, einer der Kameraleute, die die Pilotfolge gefilmt hatten, nickte. „Ich kann darauf verzichten, nachts noch gegen weitere Schemel zu stoßen."

„Ich kann nicht glauben, dass ich das alles vergessen habe." Nora war zu diesem Zeitpunkt noch nicht dort gewesen, aber während der tagelangen Dreharbeiten waren die Geister das Einzige, worüber die Stadt geredet hatte. Als sich herausgestellt hatte, dass es sich dabei lediglich um einen unbeholfenen Schmuggelring für gestohlene Hunde gehandelt hatte, war die Wahrheit für viele Leute, die auf eine echte Geisterstadt gehofft hatten, ziemlich enttäuschend gewesen.

„Ich werde das niemals vergessen." Valerie rieb ihre Hand über ihre Kehle, was Nora daran erinnerte, dass Morgans Frau von den Dieben entführt worden war. „Aber es hat wieder einmal bewiesen, dass die meisten Kriminellen einfach dumm sind."

Wieder lachten alle. Bis auf D.J.. Den ganzen Nachmittag schon schien er abwesend zu sein. Ein paarmal hatte Nora bemerkt, dass er auf sein Telefon oder seine Uhr schaute, und sich gefragt, ob dieser verdammte Mistkerl, der Frauen unter Drogen setzte, der Grund dafür war, dass er so ernst wirkte.

„Stimmt etwas nicht?" Neil lehnte sich an sie. „Du hast diesen besorgten Gesichtsausdruck."

„Ich habe einen besorgten Gesichtsausdruck?" Sie wandte ihren Blick von D.J. ab und sah Neil in die Augen. Eine Sanftheit, gespickt mit Besorgnis, begegnete ihr.

„Vielleicht ist besorgt das falsche Wort. Unangenehm nachdenklich. Du hattest den gleichen Gesichtsausdruck, als wir den hinteren Teil des Schrottplatzes betreten haben. Und, nun ja, an unserem ersten Abend im Pub."

„Ich gebe offen zu, dass ich mich auf dem Schrottplatz gefragt habe, worauf ich mich da eingelassen habe."

„Ehrlich gesagt, auf den ersten Blick hast du so ausgesehen, als hätte ich dich in eine Grube voller Klapperschlangen mitgenommen."

„Nun ja." Sie lachte. „Es fühlte sich so an. Vor allem, als wir anfingen, all diese staubigen Türen zu bewegen. Ich dachte ständig, dass etwas herausspringen und mich beißen würde."

„Also, was könnte dich jetzt beißen?"

„Nichts. Ich dachte an D.J.. Er sieht furchtbar ernst

aus, weshalb ich mich frage, ob wir uns nicht alle ein wenig Sorgen machen sollten." Natürlich reagierte sie wahrscheinlich über. Im County gab es sicher ständig kriminelle Machenschaften, von denen sie nichts wusste. Tatsächlich hatte D.J. denselben Gesichtsausdruck gezeigt, als sie damals herausgefunden hatten, dass Jake Thomas nicht mehr der liebe Junge war, mit dem sie aufgewachsen waren, sondern ein Mann, der seine Frau misshandelte.

„Ich bin mir sicher, dass er für das, was ihn beschäftigt, eine Lösung finden wird."

„Da bin ich mir auch sicher." Sie warf einen Blick auf alle Menschen im Raum, auf die Paare, die so glücklich zusammen aussahen, auf die Freunde, die sich neckten und Witze machten, und dann zurück zu Neil, der sich bereits mit seinem Bruder an seiner anderen Seite unterhielt. Er war wirklich ein netter Kerl, aber anders als bei den anderen war sein Interesse an ihr nur vorgetäuscht.

Offenbar hielt ihr Pech in der Liebe an. Da tauchte endlich ein toller Kerl in ihrem Leben auf, der fast ihre Gedanken lesen konnte, und dann war das alles nichts weiter als ein hilfsbereites Rollenspiel unter Freunden.

„Es ist interessant, dass Orte geografisch nicht weit auseinander liegen können und sich dennoch so weit entfernt anfühlen wie Sonne und Mond." Neil stand am Geländer der hinteren Veranda. Gerade hätte er nichts dagegen, sich einen Schlafsack zu schnappen und draußen auf der Weide unter den Sternen zu übernachten.

Neben ihm beugte sich sein Bruder Owen über dasselbe Geländer. „Als Kind habe ich die Sterne hier draußen geliebt. Ich habe mich immer gefragt, wie wir so weit weg und so nah an einer Stadt gelandet sind."

Mit einem Bier in der Hand ließ Adam sich in einen Schaukelstuhl fallen. „Hat einer von euch eine Ahnung, was die Kluft in unserer Familie verursacht hat?"

Neil drehte sich zu seinen Cousins um, die ebenfalls in dunkelgrünen Schaukelstühlen saßen. „Ich habe mich immer gefragt, was schiefgelaufen ist. Mom hatte es so klingen lassen, als wären wir hier nicht mehr willkommen."

„Ich erinnere mich, wie Onkel Brian uns erzählte, wie glücklich er war, dass seine Frau die Verbundenheit des Farraday-Clans zu schätzen weiß." Finn trank einen Schluck Bier. „Ich kann mir nicht vorstellen, was ich tun würde, wenn Joanna beschließen würde, hier wegzugehen und in einen anderen Staat zu ziehen."

„Geht mir genauso." Adam deutete mit dem Hals seiner Flasche in Richtung seines Bruders. „Sind wir sicher, dass Tante Mariah der Grund war und nicht Onkel Pat?"

Finn zuckte mit den Schultern. „Dad sagte, als er und Onkel Pat schließlich miteinander sprachen, um Chloe zu helfen, hatte er den Eindruck, dass Onkel Pat sich nur ungern an dieser Trennung beteiligt hatte."

Die Fliegengittertür schwang auf und D.J. gesellte sich zu den Männern.

„Du siehst aus, als hätte jemand deinen Welpen überfahren." Owen richtete sich auf und schlug die Knöchel übereinander. „Gibt es etwas, das wir wissen müssen?"

D.J stieß einen langen Seufzer aus und fuhr sich mit der Hand über den Nacken. „Es gab einen weiteren Vorfall in Spring Rock. Gleiches Szenario. Das Tox-Screening zeigte Ketamin im Blut des Opfers."

„Verdammt." Finn beugte sich vor. „Irgendwelche

Hinweise auf den Kerl?"

D.J. schüttelte den Kopf. „Das Schlimme ist, dass es für jede Frau, die sich meldet, noch mehr gibt, die sich nicht melden. Das ist größer, als es aussieht. Ich kann es in meinen Knochen spüren." Er wandte sich an Adam. „Du musst deine Medikamentenvorräte überprüfen. Wir haben jeden Tierarzt im Umkreis von hundert Meilen benachrichtigt. Es stellte sich heraus, dass in mindestens zwei Praxen Ketamin fehlte. Sie hatten nicht einmal bemerkt, dass bei ihnen eingebrochen wurde."

„Wie können sie nicht bemerken, dass eingebrochen wurde?" Neil verstand das nicht. Sicherlich hätte es Spuren gegeben.

D.J. zuckte mit den Schultern. „Billige alte Schlösser. Nicht geschlossene Fenster."

„Jetzt bin ich besonders froh, dass ich Noras Türen mit neuen Schlössern versehen habe." Neil warf einen Blick auf das Haus und die Frauen darin.

„Danke dafür. Es schien zuvor nie wichtig." Adam holte sein Handy heraus und tippte auf den Bildschirm. „Wir überwachen eine Deutsche Dogge auf eine mögliche Darmverdrehung. Ich habe einen Tierpfleger dort, der ihn über Nacht im Auge behält."

Alle ließen Adam nicht aus den Augen, während er dem Tierpfleger alles erklärte. Dann warteten sie alle schweigend, während der Tierpfleger die Vorräte mit der Inventurliste verglich.

„Danke, Jed." Adam beendete das Gespräch. „Es fehlt nichts."

„Ich weiß nicht, ob ich erleichtert sein soll, dass du nicht zur Zielscheibe geworden bist", Finn lehnte sich im Schaukelstuhl zurück, „oder ob ich mir Sorgen machen soll, dass du jetzt zur Zielscheibe werden könntest."

Derselbe Gedanke kam auch Neil in den Kopf.

Wenn dieser Kerl auf der Suche nach mehr Knockout-Saft war, gab es keine Garantie dafür, dass Adams Klinik nicht früher oder später auf der Einkaufsliste dieses Verbrechers stehen würde. Und es war nicht abzustreiten, dass er sich unwohl fühlte, weil Nora direkt darüber wohnte. Dieses Unbehagen ließ ihm zwei Möglichkeiten: Auf dem Sofa in ihrer Wohnung schlafen, was die Gerüchte durch die Decke gehen ließe, oder im Büro zu kampieren und ihre Wohnung wie ein Falke, der eine Maus im Visier hatte, zu beobachten. „Hat die Klinik eine Alarmanlage?"

„Nein. Die Wohnung oben auch nicht."

Sein Cousin wusste, was er dachte, ohne dass er es aussprechen musste.

„Ich kümmere mich morgen darum. Gleich als Erstes", beruhigte ihn Adam.

Er hatte das deutliche Gefühl, dass der Einbau einer Alarmanlage viel besser ankommen würde als er auf dem Sofa. Schade, er hätte sich besser gefühlt, wenn er gewusst hätte, dass er und Smith und Wesson diesen Job erledigen würden.

KAPITEL ELF

„Es ist schon schlimm genug, dass ich jetzt die Treppen rauf und runter rennen muss, um Freunde reinzulassen. Ich brauche nicht auch noch eine Alarmanlage." Nora stand mit einem Finger in einem und dem Telefon am anderen Ohr neben der Küchenspüle, während sie ihre langsam brühende Kaffeemaschine beobachtete.

Das summende Geräusch der Bohrer des Elektrikers, der ein neues Loch in die Decke bohrte, störte sie beim Nachdenken. Seit Adam ihr gestern Abend beim Abendessen von seinen Plänen erzählt hatte, hatte sie ihre Klage gegen ein Alarmsystem mehr als einmal kundgetan. Was sie nicht erwartet hatte, war, dass Adam den Golden Retriever des Besitzers der Sicherheitsfirma gerettet hatte, nachdem der Welpe von einem Auto angefahren worden war. Anstatt also Zeit zu haben, Adam von dem Plan abzubringen, hatte der dankbare Mann Adams Installationsanfrage ganz oben auf seinen Terminplan gesetzt.

„Alle sind sich einig, dass das wichtig ist." Brooks würde offensichtlich auch nicht dabei helfen, die Farradays davon zu überzeugen, dass sie ohne all die zusätzlichen Vorsichtsmaßnahmen vollkommen sicher war. „Bleib heute zuhause. Toni freut sich über einen Vorwand, um mir zu helfen, sobald sie Helen zu ihrem Spieldate abgesetzt hat. Stell einfach sicher, dass die Arbeit richtig erledigt wird."

Als hätte sie eine Ahnung, ob diese Leute eine Alarmanlage oder eine Stereoanlage installierten. Nachdem sie den Anruf beendet hatte, brauchte sie eine Minute, um nach unten zu rennen. Vielleicht gab es in der Klinik etwas mehr Ruhe – und bereits gebrühten Kaffee.

Ians Frau Kelly blickte mit dem Telefonhörer am Ohr von ihrem Schreibtisch auf und gab Nora mit einem Finger ein Zeichen, kurz zu warten. „Ja, Mrs. Peabody. Danke für Ihr Verständnis." Kelly nickte dem Telefon noch ein paar Mal zu und beendete nach mehrmaligem *Ja, Ma'am* schließlich den Anruf.

Das Surren der Bohrer hallte durch die Klinik. „Ich sehe, dass es hier unten auch nicht ruhiger ist."

„Nein." Kelly seufzte. „Ich kann mich selbst nicht einmal denken hören."

„Ich habe versucht, deinem Chef und jedem, der zuhören wollte, zu sagen, dass ich kein neues Alarmsystem brauche."

„Vielleicht nicht", Adam kam aus seinem Büro und zeigte auf ein Kabel, das aus einem neu gebohrten Loch in der Decke baumelte, „aber es war höchste Zeit, dass die Klinik ein modernes Alarmsystem erhält. Die Technologie hat sich im letzten Jahrzehnt drastisch verändert und wir arbeiten immer noch mit Schlössern und Schlüsseln."

Kelly zuckte Nora entschuldigend mit den Schultern zu, bevor sie sich an ihren Chef wandte. „Ich habe mehrere Termine verschoben und warte auf die Rückmeldung einiger weiterer." Kelly wischte etwas Steinstaub von ihrem Schreibtisch. Je mehr Löcher diese Leute für Drähte und Sensoren bohrten, desto mehr Staub sammelte sich. „Vielleicht sollten wir einfach ein *Sind beim Angeln*-Schild an die Tür hängen."

„Das ist eigentlich keine schlechte Idee." Adam

blickte in die Richtung, aus der die surrenden Bohrgeräusche kamen. „Lass uns alle anrufen und Bescheid geben, dass wir heute geschlossen haben. Und bei jedem, der mich unbedingt sehen muss, mache ich einen Hausbesuch."

„Klingt gut." Grinsend hob Kelly ihre Hand und zeigte Adam einen Daumen nach oben, dann setzte sie sich und nahm den Hörer wieder ab.

Adam drehte sich zu Nora um. „Es tut mir wirklich leid wegen des Lärms und der Unordnung, aber das musste erledigt werden und jetzt war der perfekte Zeitpunkt. Wenn du meinen Bruder überreden kannst, dir den Rest des Tages freizugeben, dann geh einkaufen oder mit einer Freundin zum Mittagessen. Geht auf mich."

„Vielleicht mache ich das." Die sich duellierenden Bohrer zermürbten ihren Verstand. Adam musste nicht bezahlen, aber die Produktionsfirma hatte einen Imbisswagen mitgebracht, der einem das Wasser im Mund zusammenlaufen ließ. Zum Mittagessen dorthin zu fahren, um den neuen Truck zu testen, war die perfekte Ausrede für einen kleinen Besuch bei einem Architekten, der sich nun als Tischler versuchte.

Zurück in ihrer Wohnung schenkte sie sich eine heiße Tasse Kaffee ein, wechselte von ihrer Uniform in Jeans und ihre Lieblingsstiefel und wartete darauf, dass das Geräusch von Männern, die wie hyperaktive Eichhörnchen durch ihren Dachboden huschten, zum Stillstand kam. Nach einem kurzen Tutorial, wie man das System bediente, das nicht nur eine Kameraansicht der Eingangstür, sondern auch der Tür oben an der Treppe, beinhaltete, installierten sie glücklicherweise auch eine intelligente App auf ihrem Handy, mit der sie die Tür ihrer Wohnung gemütlich von der Couch aus entriegeln konnte. Vielleicht war es gar keine so schlechte Idee, den Männern ihren Spaß mit neuen

Spielsachen zu gönnen.

Begeistert, einen guten Vorwand zu haben, um zum Drehort zu fahren, hüpfte sie die Treppe hinunter und zur Tür hinaus. Sie stellte ihr Radio auf eine Lautstärke, die einem Live-Auftritt einer Band würdig war, und sang den ganzen Weg bis in die Geisterstadt und weiter bis zum Gehöft. Das Treiben dort war größer, als sie erwartet hatte. Während sie näherkam, verlangsamte sie ihr Tempo, unterdrückte ihre Bedenken und parkte ihr Auto neben einem Kleintransporter auf einem provisorischen Parkplatz.

Sie stieß die Tür mit der Hüfte zu, marschierte über den staubigen Boden und überlegte, wie sie sich nähern könnte, ohne zu stören.

„Nora!" Valerie huschte über den Parkplatz und winkte ihr zu. Niemand sonst in der Stadt ließ Jeans, Stiefel und einen Cowboyhut so High-Fashion wirken. Dazu trug sie stets eine dunkle, interessante Sonnenbrille, die unabhängig von ihrer Garderobe einen Hauch von Raffinesse vermittelte.

„Ich hoffe, ich komme nicht zu einem schlechten Zeitpunkt."

„Gar nicht. Ich kann eine Abwechslung gebrauchen." Val legte einen Arm um Nora und führte sie über den Rest des Grundstücks, wobei sie sich durch Trucks und Ausrüstung schlängelte, bevor sie Neil mit einer Handkreissäge auf der Veranda fand.

Nora war der Meinung gewesen, dass die Jungs, die heute Morgen bei ihr Löcher gebohrt und Kabel verlegt hatten, laut gewesen waren, aber angesichts des Sägens, der Kompressoren und der Nagelpistolen auf dieser Baustelle klang die Arbeit in ihrer Wohnung jetzt wie ein Schlaflied.

Val brachte Nora zum Stehen und wartete darauf, dass Neil die Säge ablegte und nach einem frischen Stück Holz griff. „Schau, wen ich gefunden habe?"

„Überraschung." Sie winkte ihm zu und hoffte, dass ihr Gesicht kein schnulziges Grinsen zeigte.

Die Veränderung seines Ausdrucks von Konzentration zu etwas, das sie nur als Freude bezeichnen konnte, machte sie sehr glücklich darüber, dass ihr Tag nicht wie geplant verlaufen war. „Und noch dazu eine schöne Überraschung." Er legte das Holz, nach dem er gegriffen hatte, auf der Veranda ab und ging zu ihr hinüber.

„Wir haben einen tollen Start hingelegt." Val grinste breit.

Nora sah nicht viel. Das Haus sah immer noch so aus, als wäre es perfekt für einen Bulldozer geeignet.

Leise kichernd griff Neil nach ihrer Hand. „Komm rein und wir zeigen dir, was wir vorhaben. Wir haben in den letzten Tagen einiges geschafft. Zunächst einmal wurde das Fundament verstärkt. Die alten Pfeiler sind stabil, aber wir hatten ein paar rissige Stützbalken, die ersetzt werden mussten. Meine Aufgabe waren die Unterböden und jetzt die Veranda. Es muss nicht noch jemand durch die Dielen fallen und sich einen Knöchel brechen."

Da Nora sich törichterweise auf ihre Hand konzentrierte, die von seiner stärkeren Hand verschlungen wurde, war sie sich nicht ganz sicher, was er ihr sonst noch erzählt hatte.

Das Innere des alten Hauses war buchstäblich auf den Kopf gestellt worden. Überall lagen Holzbretter und Balken. Stromkabel schlängelten sich durch die Räume und Werkzeugkästen und Sägetische bildeten zusammen einen anspruchsvollen Hindernisparcours. Es dauerte ein paar Augenblicke, bis ihr klar wurde, dass die große Wand zwischen Wohnbereich und Küche verschwunden war. „Oh mein Gott."

„Sieht anders aus, nicht wahr?" Neil grinste wie ein kleines Kind und zeigte auf einen Stapel Zeitungen, der neben ihnen auf dem Boden lag. „Die fanden wir als Isolierung in den Wänden."

Ihr Blick wanderte über die Zeitungsstapel. „Gut, dass das Haus nie Feuer gefangen hat. Mit all dem in den Mauern wäre es gewesen, als hätte man ein Streichholz in Benzin geworfen."

„Du wirst erstaunt sein, wie viele alte Häuser Zeitungen in den Wänden haben." Er hielt immer noch ihre Hand, beugte sich vor und hob eine der Seiten hoch. „Ich bin mir nicht sicher, ob das das Jahr war, in dem das Haus gebaut wurde, oder ob die Hausbesitzer die Isolierung nachträglich eingebaut haben, aber alle diese Zeitungen sind aus dem Jahr neunzehnhundertfünf."

„Oh, wie spannend." Sie nahm die Seite entgegen, die er ihr reichte. Es schien nichts Besonderes darauf zu stehen, dennoch konnte man sich der Vorstellung einer mehr als hundertjährigen Geschichte nur schwer entziehen. Als sie die Seite wieder auf den Stapel legte, wusste sie, dass sie noch jedes einzelne Blatt Papier durchsehen würde.

„Ja. Nicht wahr?" Val sah ziemlich zufrieden mit sich aus. „Die Entdeckung sorgte während des Abrisses für interessante Aufnahmen. Ich werde sie durchgehen und sehen, ob wir nicht noch einen kleinen Clip drehen können, der für die Zuschauer interessant ist. Ich hoffe, ich stoße auf etwas Lustiges oder Pikantes."

Nora wettete, dass ihre Freundin eher auf etwas hoffte, das voller interessanter Gerüchte steckte.

Valerie schlug ihre Hände zusammen und rieb sie kräftig. „Ich weiß nicht, wie es euch geht, aber ich bin ausgehungert. Sollen wir zur Mittagspause rufen?"

Neil nickte und einer der Arbeiter rief, um wie viel Uhr sie weitermachen würden, bevor sich alle auf den Weg zum Imbisswagen machten. Was die Wände, Böden und Zeitungen betraf, konnte sie nicht viel mitreden, aber sie wusste, dass sich der heutige Tag bisher als großartig herausstellte.

Das Letzte, was Neil heute auf der Veranda erwartet hatte, war Nora. Als er vom Sägen der Ersatzbretter für die morschen Dielen aufblickte, musste er angestrengt blinzeln, um sich zu vergewissern, dass sie wirklich da war.

„Sag es Frank nicht, aber das ist der beste Brisket-Taco, den ich je gegessen habe." Nora wischte sich einen Tropfen Soße aus dem Mundwinkel. „Ich meine, wenn ich gewusst hätte, dass so etwas an Filmsets serviert wird, hätte ich mich vielleicht auf Hollywood anstatt auf die Krankenpflege konzentriert."

Valerie kicherte laut. „Dann hättest du die gleiche Idee wie ein paar hundert Kellnerinnen in Südkalifornien gehabt."

„Vermutlich." Sie nahm einen weiteren Bissen und streckte die Zunge heraus, um sich die Lippen abzulecken, bevor sie langsam kaute.

„Warte, bis du die Schokoladenkekse probiert hast." Valerie schob einen eingewickelten Keks über den Picknicktisch aus Kunstharz. „Die sind ein Traum."

„Ich halte mich an die Pekannuss-Shortbread-Kekse", sagte Neil. Dieser von der Produktionsfirma zur Verfügung gestellte Food-Truck war weit von den Baustellen-Imbisswagen entfernt, die er gewohnt war.

„Ich denke, ich werde noch einen nehmen." Nora legte ihre Hände flach auf den Tisch, um aufzustehen. „Oder vielleicht schaue ich mir die Speisekarte noch einmal an."

„Ich denke, ich werde mich dir anschließen." Neil

stand auf und ging die sechs Meter bis zu dem Truck, der neben mehreren Tischen geparkt war, an denen die Crew essen konnte. Im Gegensatz zu normalen Imbisswagen war dieser nicht nur mittags hier, sondern parkte hier den ganzen Tag, und Molly, die Besitzerin des Trucks, servierte ihre Köstlichkeiten vom späten Vormittag bis zum Ende der Dreharbeiten. Die Schlange war mehrere Personen lang. Wenn dieser Truck in einer Großstadt stände, würde die Schlange wohl nie enden.

„Was kann ich euch bringen, Leute?" Molly war ein zierliches Ding, das trotz der Arbeit in einem sehr heißen, geschlossenen Raum und ohne Hilfe strahlend lächelte.

Nachdem Nora während des Wartens die Speisekarte durchgesehen hatte, trat sie vor. „Frittierte Käsemakkaroni klingen wirklich verlockend, aber ich muss unbedingt das Philly Cheesesteak probieren."

„Ein Mädchen nach meinem Geschmack. Mit oder ohne Paprika?"

„Mit, bitte." Nora drehte sich um, um die handgeschriebene Speisekarte an der Tafel noch einmal zu prüfen. „Wenn du frische Limonade sagst, meinst du dann –"

„Hier im Truck gepresst." Jetzt strahlte die Frau wirklich.

Noras Lächeln wurde breiter und passte sich dem der Köchin am. „Dann nehme ich bitte auch eine Limonade."

„Mach zwei draus, und ich nehme die frittierten Käsemakkaroni." Neil hatte in den letzten Wochen viele Dinge an Nora lieben gelernt, aber das zusätzliche Funkeln in ihren Augen, wenn etwas ihre Fantasie oder ihr Interesse erregte, war nach ihrem Lächeln wahrscheinlich das Schönste. „Wenn du möchtest, könnten wir sie uns teilen?"

Ein Lächeln huschte über ihre Wangen, bevor sie

es unterdrückte und mit den Schultern zuckte. Ihre Augen funkelten jedoch immer noch. „Eine Kostprobe vielleicht."

Nachdem sie sich wieder an den Tisch gesetzt hatten, stach Neil mit der Gabel auf sein Essen ein und ließ es vor Noras Nase baumeln. „Erster Bissen."

Dieses Funkeln in ihren Augen erstrahlte wieder, und sie verzehrte voller Freude den Happen, bevor sie mit geschlossenen Augen stöhnte. „Oh, besser als auf dem Jahrmarkt. Ich frage mich, ob Molly wohl in die Stadt ziehen würde, wenn das vorbei ist."

„Ich weiß nicht, ob das Café die Konkurrenz braucht."

Nora winkte ab. „Es gibt viele Leute, die ein schnelles Mittagessen für unterwegs gebrauchen könnten, was den Betrieb des Cafés nicht beeinträchtigen würde. Schau nur, wie schnell die Stadt und ihre Außenbezirke wachsen. Es ist, als hätte sich jeder Großstädter östlich von Fort Worth entschieden, dass er sich ein einfacheres Leben wünscht."

„Vielleicht." Er stach ein weiteres Stück für sie ab. Als das Team schließlich anfing, die Teller abzuräumen und zurück zum Haus zu schlendern, hatte er genauso viel Cheesesteak gegessen wie sie Käsemakkaroni.

„Ich schätze, ich muss die Keksprobe auf später verschieben." Nora erhob sich von der Bank. „Glaubst du, es wäre in Ordnung, wenn ich noch eine Weile hierbleiben und zusehen würde?"

„Mehr als okay." Neil hatte keine Ahnung, was die anderen am Set über Außenstehende dachten, und es war ihm auch egal. „Besonders jetzt, wo wir das Fundament und die Unterböden verstärkt haben. Kein Risiko mehr, einzubrechen."

„Oh", Val stand mit ihrem leeren Teller in der Hand da, „wenn man vorsichtig war, war es nicht so schlimm."

„Ich werde trotzdem vorsichtig sein. Ich habe mir

beim Verlassen der Farraday-Veranda einmal den Knöchel verstaucht. Das möchte ich lieber nicht noch einmal durchmachen." Auf halber Höhe der Veranda blieb Nora stehen und zeigte auf die Decke des Wohnzimmers. „Ähm, ist dieses Bein ein neues Designelement?"

Neil huschte um sie herum und entdeckte das gestiefelte Bein, das durch die verputzte Decke ragte. „Wer zum …? Hey, was ist hier los?"

„Oh, diese alte Stadt hört nicht auf, mir Geschenke zu machen. Nicht bewegen!" Val machte auf dem Absatz kehrt, rannte die Stufen hinunter und rief laut: „Ted, komm schnell rein. Ich möchte keine Sekunde davon verpassen. Ich will, dass alles gefilmt wird!"

„Schön, dass ihr wieder zur Arbeit kommt." Owens gedämpfte Stimme drang durch die Decke.

Neil starrte nach oben, zögerte und wartete darauf, ob Owen sein Bein alleine aus dem Loch ziehen konnte oder ob er Hilfe brauchte. Als der Fuß keine Anstalten machte, sich zu bewegen, drehte sich Neil um und eilte zur Leiter unter dem Zugang zum Dachboden. Er konnte Val und den Kameramann hören, wie sie das Ereignis fröhlich aufzeichneten, und etwas darüber, dass sie Owen dazu bringen mussten, noch einmal vor laufender Kamera einzubrechen.

„Es ist nicht so schwer, Löcher in der Decke zu reparieren, oder?", folgte Vals Stimme ihm die Stufen hinauf. Nora war nur ein paar Schritte hinter ihm. Er konnte sich nicht vorstellen, was zum Teufel passiert war. Durch die Decke zu brechen war ein Anfängerfehler. Zwar gehörte Owen unter normalen Umständen nicht zur Handwerksmannschaft, aber er war kein Anfänger.

„Ihr habt ganz schön lange gebraucht, um mit dem Mittagessen fertigzuwerden", sagte Owen mit einem falschen Lächeln. „Ich traue mich nicht, mich zu bewegen.“

Neil balancierte auf den Bodenbalken und drehte sich zu Nora um. „Vorsichtig. Es reicht, wenn einer durch die Decke bricht.“

Sie nickte und verlangsamte ihre Schritte. Hinter ihr erschien ein weiterer Kameramann, gefolgt von Valerie. „Ich möchte, dass alles gefilmt wird.“

Bislang waren die Kameras für ihn kein wirkliches Problem gewesen. Er und seine Brüder waren einfach ihrer Arbeit nachgegangen und hatten sich nicht um die Kameras gekümmert. Im Moment jedoch war er nicht besonders erfreut, dass gefilmt wurde. Neil ging vorsichtig zu seinem Bruder hinüber. „Was hast du hier oben gemacht?“

„Überprüft, warum die Schlafzimmerdecke auf einer Seite durchhängt. Ich habe das entdeckt.“ Owen warf einen Daumen über seine Schulter. „Als ich es aus dem Weg zog, verlor ich das Gleichgewicht. Zum Glück ging nur ein Fuß durch die Decke, aber ich könnte etwas Hebelkraft gebrauchen.“

„Verstanden.“ Neil streckte seinen Arm aus, hielt sich mit der freien Hand an einem Stützbalken fest und half Owen, aus dem Loch herauszukommen.

Vals schadenfrohe Worte über den Vorfall hallten durch den höhlenartigen Raum. Owen stellte sich auf den nächsten Balken und strich sich über sein Bein.

„Bist du okay? Müssen wir einen kurzen Ausflug machen, um Brooks zu besuchen?“

„Nein.“ Owen schüttelte den Kopf. „Nur ein Kribbeln. Ihr habt euch beim Mittagessen Zeit gelassen.“

„Entschuldigung.“ Neil blickte durch den Raum. „Dieser Dachboden war leer, als wir hierherkamen. Wie konnten wir das übersehen?“

Owen zuckte mit den Schultern. „Uns ging es mehr um die Stützbalken. In den hintersten Ecken ist es sehr dunkel. Ich könnte eine stärkere Taschenlampe gebrauchen, aber ich denke, diese einsame Truhe ist alles, was hier ist. Es sieht nicht so aus, als wäre in der Ecke noch etwas, aber etwas mehr Licht würde helfen, herauszufinden, ob diese Truhe das einzige Souvenir ist."

„Truhe?" Noras Stimme erklang mit einem Anflug von Aufregung. „Lasst mich durch."

„Bitte sei vorsichtig", wiederholten Owen und Neil.

„Das ist nicht der erste oder letzte Dachboden in Texas, auf dem ich einen Balanceakt vollführen muss."

„Ich werde die Crew bitten, ein paar Lichter anzubringen." Valerie drehte sich erneut um, eilte wie eine trittsichere Katze über die Balken und rief dem ersten Kameramann unten zu: „Ted, hör nicht auf zu filmen. Ich will das alles."

Ein Teil des Dachbodens war in der Nähe der Öffnung mit Dielen versehen, aber dort hinten gab es nur Balken. Soweit Neil sehen konnte, balancierte die Truhe perfekt auf zwei von ihnen.

„Oh. Dieses alte Ding muss schon ewig hier sein." Nora wischte vorsichtig die zentimeterdicke Staubschicht ab. Dann blickte sie sich um und entdeckte in der Nähe ein loses Brett, das sie über die Balken schob und darauf auf die Knie ging.

„Vorsicht", wiederholte Neil. Er wollte nicht, dass sie stürzte.

„Ich möchte nur einen kurzen Blick darauf werfen." Ihre Augen tanzten vor Freude über diese jüngste Entdeckung. „Ich hoffe, sie ist nicht verschlossen."

Sowohl Neil als auch Owen standen über ihrer Schulter. Der zweite Kameramann blieb abseits. Eine einsame Truhe. Neil kam nicht umhin, sich zu fragen, warum derjenige, der hier gelebt hatte, diese eine Truhe hier zurückgelassen hatte?

KAPITEL ZWÖLF

Nora drückte gegen den Riegel und öffnete den Deckel des neu gefundenen Schatzes. „Oh wow. Sie ist bis zum Rand voll.“

„Es ist ziemlich dunkel hier oben.“ Neil hielt seine Handy-Taschenlampe über die neu entdeckte Truhe. „Was ist drin?“

Nora holte ehrfürchtig den ersten Gegenstand hervor. Vorsichtig hob sie den ordentlich gefalteten Gegenstand an den Ecken an. „Es ist in makellosem Zustand.“

„Oh.“ So schnell Valerie auf der Suche nach ihrer Crew vom Dachboden gestürmt war, so schnell war sie wieder zurück an Noras Seite. „Das ist ein erstaunlicher Fund. Wir müssen einen Clip davon drehen. Irgendwo anders als auf einem staubigen, dunklen Dachboden.“

„Wie wäre es mit dem Handelszentrum?“, schlug der Kameramann vor. „Es schadet nie, frühere Arbeiten wieder einzubinden.“

„Exzellente Idee!“ Valerie rieb ihre Hände aneinander und wandte sich der Truhe zu. „Sollen wir sie hinuntertragen?“

Nora blickte zu Neil. „Es ist ziemlich dreckig hier oben.“

„Einverstanden, aber dieses Ding über die Balken zu jonglieren, ist nicht die beste Idee. Gebt mir ein paar Minuten, um etwas Sperrholz anzubringen, dann schaffen wir die Truhe nach unten.“

Alle nickten. Valerie ging voran vom Dachboden, während Neil und die Jungs ein paar Holzplatten heraufbrachten, um provisorische Dielen zu verlegen. So konnten sie die alte Truhe spielend über den Dachboden tragen und waren schon auf halbem Weg die Treppe hinunter, als von der Vorderseite des Hauses leise „Huhu" erklang.

„Schmeißen wir eine Party?" Owen senkte seine Stimme, damit nur sein Bruder es hören konnte.

Neil legte den Kopf schief. „Es sieht irgendwie so aus."

Keiner der Brüder schien sonderlich begeistert darüber zu sein, dass noch mehr Menschen auf ihre Baustelle eindrangen. Nora hingegen war das egal. Sie war begierig darauf, diesen neuen Fund zu erkunden.

Im Wohnzimmer stand Sissy, die Hände in die Hüften gestemmt, neben ihrer Schwester. „Ich dachte, wir ersparen euch den Weg in den Laden und sehen und die gefundenen Zeitungen an. Und wenn wir schon hier sind, schauen wir uns auch gleich an, ob Mollys Imbisswagen so gut ist, wie in der Stadt behauptet wird."

„Ist er." Nora nickte. „Wirklich lecker."

„Was ist das?" Als sie auf die Truhe zeigte, weiteten sich Sisters Augen, bis sie zu ihrer Figur passten.

„Wir haben sie auf dem Dachboden gefunden." Owen deutete mit dem Kinn auf die Haustür. „Lasst sie uns hier raustragen, damit ihr auf Schatzjagd gehen könnt und der Rest von uns sich wieder an die Arbeit machen kann."

„Genau. Auf die Ladefläche meines Trucks?", fragte Neil.

Owen nickte. Alle Besucher eilten hinter den beiden Brüdern her, als wollten sie Geld von der Ladefläche des Pickups werfen.

„Gehört ganz euch." Owen rieb sich die Hände und

wandte sich ab. „Ich muss eine Decke reparieren."

„Und ich muss noch eine Veranda fertigstellen." Neil verlangsamte seinen Schritt neben Nora. „Heute Abend bereit zum Abendessen?"

Nora nickte.

„Gut. Geh nicht, ohne mir Bescheid zu sagen."

„Das werde ich nicht." Ihr Herz machte einen kleinen Satz. Dieses vorgetäuschte Ding fühlte sich etwas zu real und viel zu schön an.

Nachdem er mit der Einstellung der Videokamera, die nun auf die Truhe gerichtet war, fertig war, blickte der Kameramann nach oben. „Bereit, wenn ihr es seid."

„Das ist so aufregend", quietschte Sister. „Eine Zeitkapsel *und* im Fernsehen zu sein, was will ein Mädchen mehr? Aber sollte nicht einer der gutaussehenden Kerle hier sein?"

Val warf Nora einen Blick zu und seufzte. „Sie hat recht. Es sollte zumindest einer der Cousins hier draußen sein. So wird es ablaufen. Ihr zwei Ladies werdet so tun, als wären die Cousins mit dieser neuen Entdeckung zum Handelszentrum gefahren. Nora, da du mit einem der Cousinen anbandelst, bringt das eine persönlichere Note mit sich. Jeder liebt einen Hauch Romantik. Ich will dich immer in der Nähe haben. Natürlich müsst ihr alle eine Verzichtserklärung unterschreiben, aber das machen wir später. Im Moment rührt niemand etwas an, bis ich mit einem Cousin zurückkomme."

Alle Köpfe wippten auf und ab und Valerie eilte zwei Stufen auf einmal die Verandatreppe hinauf, blieb dort zuerst bei Neil stehen, der nickte, und rief dann ins Haus. Sie kam schnell zurück, während zwei gutaussehende Farradays ein paar Worte wechselten. Nora fragte sich, warum es so lange dauerte, und brach fast in schallendes Gelächter aus, als ihr klar wurde, dass die beiden Brüder *Stein, Schere, Papier* spielten, um herauszufinden, wer von der Arbeit abgezogen und zu einem Spaziergang durch die Geschichte eingeladen werden würde. Als Neil die Stufen hinuntertrottete, stellte sich nun die neue Frage, ob er gewonnen oder verloren hatte.

Vorsichtig öffnete Nora den Deckel erneut und strich über die alte Steppdecke. „Ich bin mir nicht sicher, ob ich jemals zuvor eine wirklich handgenähte Steppdecke gesehen habe. Die Nähte sind erstaunlich eng. Wie bei einer Nähmaschine."

Zunächst stand Neil ruhig an der Seite. Als Valerie sich laut räusperte, streckte er seine Arme aus, damit Nora ihm die alte Decke reichen konnte. „Dieses Haus steckt wirklich voller Überraschungen", murmelte er zu Gunsten der Kamera.

Sissy brauchte eine lange Minute, um die Decke vorsichtig zu untersuchen. „Quilten war damals nicht nur ein alltäglicher Zeitvertreib, es war eine Lebenseinstellung. Alte Kleidung recyceln und es nachts warm haben."

„Oh mein Gott." Sister beugte sich vor. „Schau dir die Servietten an. Sie sind handbestickt."

Sissy griff nach einer. „Meine Mutter hatte früher Platzdeckchen, die ihrer Großmutter gehörten, aber im Laufe der Generationen sind sie aufgrund der vielen Familienessen und Wäschen praktisch zerfallen. Diese sind wie neu." Sie legte die Servietten und die Deckchen auf den Stapel in Neils Armen.

„Glaubst du, das ist ein Hochzeitskleid?" Nora hielt ein elegantes, bodenlanges hellblaues Kleid hoch. Es war schlicht in Schnitt und Design, aber sie war sich ziemlich sicher, dass die Spitze, wie alles andere bisher, von Hand gefertigt worden war.

„Wenn ja", Sissy betrachtete das Kleid, „wäre es aus der Zeit vor Königin Victoria."

„Das stimmt." Sister nickte. „Weiß wurde erst nach

der königlichen Hochzeit populär."

„Wem auch immer es gehörte, ich frage mich, ob sie jemals etwas davon benutzt haben?"

„Da alles vollständig zu sein scheint und noch so schön und gepflegt aussieht", Sissy tastete die Truhe ab, „wahrscheinlich nicht."

Dieser Gedanke machte Nora traurig. Jemand hatte eine Truhe mit Hoffnungen und Träumen für die Zukunft gefüllt und diese nicht nur nicht nutzen können, sondern sie auch in eine entfernte Ecke eines vergessenen Dachbodens verbannt. „Glaubt ihr, es gibt eine Möglichkeit herauszufinden, wem dieses Haus gehört hat?"

Abseits des Blickfelds der Kamera und wahrscheinlich auch aller Mikrofone zuckte Valerie mit den Schultern. „Ich glaube nicht, dass es abgesehen vom Parlor House für eines der Grundstücke anspruchsberechtigte Nachkommen in der Gegend gibt."

„Das wäre eine Schande." Nora wünschte sich wirklich, dass es irgendwo ein Happy End für den Besitzer dieser alten Truhe gäbe. Andererseits war selbst in der heutigen modernen Welt der Bequemlichkeit und Kommunikation niemandem ein glückliches Leben bis ans Ende seiner Tage garantiert.

So sehr sich Neil auch über dieses ganze Geisterstadt-Fernsehprojekt und darüber, dass er bei der täglichen Arbeit für Morgan hatte einspringen müssen, beschwert hatte, so froh war er heute, dabei zu sein. Dass Nora unerwartet aufgetaucht war, war ein Lichtblick an diesem heißen Morgen in Texas gewesen. Zu sehen, wie ihr Gesicht vor Freude aufleuchtete, während sie die empfindlichen Gegenstände aus der alten Truhe holte, war der Höhepunkt seines Tages. Und das Beste daran war, dass dieser Tag noch nicht vorbei war.

Am Ende des Arbeitstages war er nach Hause geeilt, hatte in rekordverdächtiger Zeit eine Dusche genommen und zählte nun die Minuten, bis er bei Nora ankam. Er hatte keine Ahnung, wie lange sie noch bereit wäre, den Schein einer angehenden Beziehung aufrechtzuerhalten, aber bis dahin würde er sein Bestes versuchen, um einfach ihre Gesellschaft zu genießen. Er konnte sich nicht erinnern, wann es ihm das letzte Mal Spaß gemacht hatte, mit einem Mitglied des anderen Geschlechts ohne irgendwelche, ähm, Vorzüge Zeit zu verbringen. Allein die Tatsache, dass sie im selben Raum war, machte diesen Raum zu einem angenehmen Aufenthaltsort. Und klang er nicht geradezu lächerlich poetisch? Jeder, der ihn hören könnte, würde ihn für einen liebeskranken Teenager halten. Er musste sich wirklich zusammenreißen. Es war nur Abendessen.

Neil nahm sich eine zusätzliche Minute, um die Umgebung zu betrachten, und parkte auf einem Parkplatz vor Noras Gebäude. Die Stadt schien so friedlich. Er liebte diese Zeit des Abends. Nicht mehr Tag, noch nicht ganz Nacht, das Leben verlangsamte sich und jetzt Abendessen mit Nora.

Er knallte seine Tür zu und war etwa auf halbem Weg zu ihrer Eingangstür, als diese aufsprang und Nora heraustrat. „Ich habe gehört, wie du vorgefahren bist. Ich glaube, dein Truck braucht einen neuen Auspuff.“

„Er braucht eine Menge neuer Dinge.“ Er kicherte. Eines Tages würde er sich etwas Neues anschaffen müssen, aber im Moment funktionierte sein alter Truck noch einwandfrei.

„Café oder Pub?“ Sie rutschte auf den Vordersitz und er schloss die Tür hinter ihr.

„Franks Spezialität für heute Abend ist sein Hack-braten, und ich weiß aus sicherer Quelle, dass Jamie für heute Abend Corned Beef und Kohl zubereitet hat. Nach was gelüstet dich mehr?"

„Das ist unfair", sie grinste, „beides ist köstlich und das weißt du."

Er lächelte und legte den Kopf zur Seite. „Das stimmt, aber die Entscheidung liegt bei dir."

„Ich bin ein Fan von Jamies Corned Beef. Außer-dem", sie knabberte sanft an ihrem Mundwinkel, „hätte ich nichts dagegen, Emily noch einmal zu treffen."

„Es würde mir auch nichts ausmachen, ihr noch einmal zu begegnen."

„Oh." Ihr Gesichtsausdruck verriet ihm sehr schnell, dass sie seine Aussage falsch verstanden hatte.

„Es macht mir nichts aus, wenn sie in der Nähe ist, wenn ich mein umwerfendes Mädchen ausführe."

Nora lachte. „Ich schwöre, du könntest sogar eine wütende Klapperschlange um den kleinen Finger wickeln. Danke."

„Ich werde das als Kompliment auffassen."

„Mach das."

Kaum hatten sie die Schwelle des Pubs überschrit-ten, eilte die Bedienung auf sie zu. „Sucht euch irgendeinen Platz aus. Wir sind heute Abend etwas unterbesetzt. Ich sage Jamie immer wieder, wenn er sein Corned Beef zubereiten will, muss er zusätzliche Hilfe holen, selbst an einem Donnerstagabend."

„Das Geschäft scheint zu florieren." Nora blickte sich um.

Er fragte sich, ob sie wieder nach dem Ecktisch Ausschau hielt. Leider war ihnen jemand bei dem etwas privateren Platz zuvorgekommen. „Wie wäre es da drüben?"

Nora folgte der Richtung seines Fingers und nickte, woraufhin sie zu dem Tisch für zwei an der gegenüberliegenden Wand gingen. Normalerweise gab es bei Jamie nur freitags oder samstags, wenn der Andrang größer war und länger blieb, Live-Unterhaltung, aber heute Abend sah es so aus, als würde es eine Ausnahme geben. Ein junges Mädchen war gerade beim Aufbau und holte ihre Gitarre hervor, bevor sie das Mikrofon einstellte. Innerhalb weniger Minuten war das dumpfe Geplauder im Lokal leiser geworden und die Gäste lauschten dem jungen Mädchen.

„Sie ist wirklich gut." Neil hatte von einem so zierlichen Ding keine so kraftvolle Stimme erwartet. Auch ihr Repertoire an klassischen Melodien, die durch Popstars der Siebziger wie James Taylor und Cat Stevens populär gemacht wurden, war ebenso überraschend.

„Das ist Nicole Brady. Sie singt auf Kirchenfesten, seit sie kaum größer als ihre Gitarre ist. Ich wusste nicht, dass sie auch außerhalb der Kirche auftritt."

„Sie ist gut genug, um überall aufzutreten, wo sie will." Er konnte nicht anders, als im Takt mit den Fingern auf den Tisch zu klopfen. Bevor das Mädchen mit ihrem Auftritt fertig war, sangen Neil und Nora sowie die Hälfte des Publikums mit.

„Dreh dich nicht um, aber schau, wer gerade hereingekommen ist." Das zufriedene Lächeln auf Noras Gesicht verriet ihm alles, was er darüber wissen musste, wer gerade die Schwelle überschritten hatte.

Natürlich blieb Emily mit dem durchschnittlich aussehenden Mann, von dem Neil erfahren hatte, dass er Emilys Ehemann war, am Tisch stehen. Außer seiner Karriere als Banker war an ihm nichts Außergewöhnliches. Anscheinend rühmte sich Emily mit ihrem Namen und ihrem Schmuck in der Stadt wie eine Königin, die über ihre Untertanen herrschte.

„Wie ich sehe, seid ihr beide noch zusammen."

Irgendetwas an der Art, wie höhnisch Emily die

Worte aussprach, weckte in Neil den Wunsch, etwas zu sagen, um die Frau in ihre Schranken zu weisen. Stattdessen nutzte er die langsame Melodie und ergriff Noras Hand. „Wenn ihr uns entschuldigen würdet, das ist eines unserer Lieblingslieder und wir wollten gerade tanzen."

„Ah, natürlich." Emily trat mit verwundertem Gesichtsausdruck zurück. Vermutlich, weil jemand die Königin stehen ließ, während sie Hof hielt.

Auf der Tanzfläche drehte er Nora in seine Arme und hielt sie etwas fester, als er es unter normalen Umständen getan hätte. „Ist das okay? Halte ich dich zu fest?"

„Völlig okay", war alles, was sie sagte.

Anfangs konnte er spüren, wie sich Emilys Augen in seinen Rücken bohrten, aber mit jedem Takt des Liedes verblassten die Dinge um ihn herum mehr, und sie wiegten sich in einem Rhythmus, den nur sie erzeugen konnten. Das Lied ging zu Ende, ein anderes begann. Sie blieben an Ort und Stelle und bewegten sich langsam zu der sanften, gefühlvollen Melodie. Eine Hand auf ihrem Rücken, die andere an seiner Schulter um ihre gelegt, glitten sie so mühelos über die Tanzfläche, als hätten sie bereits ihr ganzes Leben lang zusammen getanzt. Als Nicole ankündigte, dass sie eine kurze Pause machen würde, wollte Neil die Tanzfläche nicht verlassen, nicht aufhören, sich zu bewegen, und, was am wichtigsten war, er wollte diese Frau nicht loslassen, die so perfekt in seine Arme passte. Er hatte keinen Zweifel daran, dass die Fortsetzung dieser kleinen Scharade für ihn wie ein Spiel mit dem Feuer in einem Heuschuppen war.

„Ich schätze, wir sollten uns jetzt hinsetzen?" Nora war einen halben Schritt zurückgetreten und blickte ihm in die Augen.

„Wahrscheinlich." Sein Blick wanderte auf die

andere Seite des Raumes, wo Emily mit ihrem Mann saß. Die Augen der Frau waren klar auf ihn und Nora gerichtet. Über ihnen begann die Musik aus dem Lautsprecher zu spielen. Eine beliebte Melodie, die er kannte, aber nicht benennen konnte. Ein Lied, perfekt für einen weiteren Tanz. Ohne zu fragen, zog er sie wieder an sich und begann erneut, sich in dem kleinen Bereich zu bewegen.

Die Tanzfläche wurde immer voller, als ein weiteres Lied erklang. Aus dem Augenwinkel sah er Emily, die ihren Mann hinauszerrte, um sich den anderen Tänzern anzuschließen. Als Emily und ihre bessere Hälfte sich nur Zentimeter von Neil und Nora entfernt aufstellten, löste seine linke Hand ihren Griff um die ihre und streichelte sanft die ihren Kiefer entlang. „Geben wir Emily etwas, worüber sie wirklich reden kann.“

Er wartete einen Augenblick, und als Nora eine leichte Kopfbewegung machte, senkte er seine Lippen, um ihren zu begegnen. Es war mehr als nur ein unschuldiger Kuss und wahrscheinlich mehr, als er hätte wagen sollen, aber er konnte sich nicht zurückhalten. Dennoch hatte er keine Wahl. Widerwillig zog er sich zurück, ergriff erneut ihre Hand und tanzte weiter mit ihr über die Tanzfläche. Wem machte er hier wirklich etwas vor? Emily Taub oder sich selbst?

KAPITEL DREIZEHN

Nicht zum ersten Mal an diesem Tag wanderten Noras Gedanken zu dem kribbelnden Kuss des gestrigen Abends. Sie hatte einen Stapel Akten eingeordnet, während sie in Gedanken erneut durchspielte, wie sie in Neils Armen tanzte. Als ihr Schreibtisch aufgeräumt war, wurde ihr klar, dass mindestens die Hälfte der Akten eigentlich noch nicht aktualisiert und zur Ablage bereit gewesen war. Während sie noch einmal durchlebte, wie perfekt sie an ihn zu passen schien, gab sie Neil Farraday geistesabwesend einen Termin für nächsten Donnerstag, anstatt den Termin im Kalender korrekt an Mrs. Thompson zu vergeben. Jetzt, wo sie sich eigentlich auf ihre Aufgaben konzentrieren sollte, verspürte sie den Wunsch, den Mädelsabend im Bed-and-Breakfast ausfallen zu lassen und wieder mit Neil tanzen zu gehen und, wenn sie Glück hatte, einen weiteren heißen Gute-Nacht-Kuss zu bekommen.

„Du scheinst etwas abgelenkt zu sein." Eine der Labortechnikerinnen blieb an ihrem Schreibtisch stehen. „Ich hoffe, es ist nichts Ernstes."

Nora schüttelte den Kopf. „Nur einer dieser Tage. Ich kann mich scheinbar nicht konzentrieren."

„Du brauchst wahrscheinlich mehr Schlaf. Ich habe angefangen, Melatonin-Kaugummis zu nehmen. Ich glaube, sie helfen mir, besser zu schlafen."

„Du glaubst?"

Die Labortechnikerin zuckte mit den Schultern und lächelte. „Das Urteil ist noch nicht endgültig gefällt."

„Verstanden." Nora lächelte sie an. „Aber ich schlafe ganz gut, danke." Zumindest hatte sie das bis letzte Nacht. Gestern hatte sie sich hin und her gewälzt, und ihr Verstand hatte Er-liebt-mich-er-liebt-mich-nicht-Spiele und Flaschendrehen gespielt, als wäre sie immer noch eine hormonell gesteuerte Teenagerin, die sich in ihren gutaussehenden Klassenkameraden verliebte.

„Hat der Doc heute Nachmittag noch weitere Termine?"

„Nein." Nora warf einen Blick auf die Uhr. Noch dreißig Minuten bis Feierabend. Sie freute sich darauf, Zeit mit ihren Freundinnen zu verbringen. Die Freitagabende mit den Mädels garantierten immer Spaß. Vielleicht würde ihr das helfen, nicht mehr an Neil zu denken. Der Mann hatte etwas an sich, das ihn nicht mehr aus ihren Gedanken und Träumen verschwinden ließ.

„Ich denke, wir können heute früher schließen." Brooks klopfte mit seinem Ring an den Türstock. „Wenn doch noch jemand kommt, kann ich das auch alleine erledigen."

Diese Idee klang wunderbar. Sie machte heute sowieso keine besonders gute Arbeit. Wenn sie noch länger hier wäre, müsste sie möglicherweise das gesamte Büro neu organisieren, sobald sie mit dem Tagträumen aufhörte. „Ich denke, das ist eine tolle Idee. Danke."

Sie öffnete ihre unterste Schreibtischschublade, holte ihre Handtasche heraus und stand auf.

„Wir sehen uns am Sonntag in der Kirche."

Sie nickte, winkte und eilte zur Tür hinaus. Mit der zusätzlichen Zeit könnte sie beim Supermarkt anhalten und ein paar Snacks besorgen. Sie war vor Kurzem auf ein scheinbar einfaches Rezept für einen Krabbendip gestoßen. Hoffentlich könnte sie sich auf die Aufgabe konzentrieren, damit sie das verdammte Ding nicht ruinierte.

Einen Krabbendip und frische Kleidung später war sie bereit für einen Abend voller alter Filme und guter Freundinnen. Sie überlegte kurz, zu Fuß zum Bed-and-Breakfast zu gehen, kam aber zu dem Schluss, dass die Nachtluft, so angenehm sie im Moment auch war, in ein paar Stunden vielleicht nicht mehr dieselbe sein würde.

Gemessen an der Menge der auf der Straße geparkten Autos musste das heutige Treffen gut besucht sein. Sie schnappte sich eine Parklücke und hüpfte die Stufen hinauf. „Schatz, ich bin zu Hause", rief sie neckend.

„Wir sind in der Küche", antwortete Meg.

Ihre Annahme war richtig gewesen. Die Küche war voll.

„Seht euch diesen Kerl an." Kate, eine Tierpflegerin aus der Klinik und neues Mitglied der Mädelsabend-Gruppe, hielt ihr Handy hoch, damit alle es sehen konnten. „Er sieht nicht nur komisch aus, auch sein Kommentar, dass es nichts Schöneres als den weiblichen Körper gibt, ist irgendwie gruselig."

Meg blickte über Kates Schulter und erschauderte. „Das ist mehr als gruselig."

„Versuchst du immer noch, online den perfekten Partner zu finden?" Becky nahm eine Schüssel Chips vom Tisch. „Ich habe eine Freundin vom College, die ihren Mann online kennengelernt hat. Jetzt lebt sie auf einer Schaffarm in Montana."

Kate hob den Blick von ihrem Telefon. „Ist sie glücklich?"

„Ich glaube", Becky kicherte, „ja. Aber es gab einige Trottel, bevor sie ihn fand."

„Ich weiß." Shannon füllte ihr Getränk nach. „Ich bin so froh, dass ich aus dem Dating raus bin. Wir haben diese neue junge Kellnerin im Restaurant, die praktisch süchtig nach diesen Dating-Apps ist. Sie ist immer am Handy. Chattet ständig mit fremden Typen und das Schlimmste ist, dass sie es immer mit dem Rest von uns, der versucht zu arbeiten, teilen muss."

„Erzähl das Abbie nicht." Tante Eileen steckte ihren Kopf in den Kühlschrank und holte ein Tablett mit Tonis Törtchen heraus. „Das Letzte, was sie braucht, ist eine abgelenkte Kellnerin."

„Sie weiß es bereits. Es ist seltsam, wie gut Zwanzigjährige ihre Telefone und gleichzeitig das echte Leben jonglieren können." Shannon seufzte. „Wenn Brad etwas zustoßen würde, glaube ich nicht, dass ich das Chaos auf dem Datingmarkt noch einmal ertragen könnte, weder online noch persönlich. Das fühlt sich so anstrengend an. Mir tun die Singles wirklich leid, die heutzutage jemanden finden müssen."

„Ich weiß, was du meinst." Grace schnappte sich eine Schüssel mit frisch gepopptem Popcorn und mischte ihre berühmte Knoblauchbutter-Parmesan-Mischung darunter. „Nicht jeder hat einen Hund, der ihn mit einem Großstadtflüchtling verkuppelt."

„Komikerin." Meg gab ihrer Schwägerin einen Klaps auf den Hintern. „Ich bin einfach nur froh, dass ich Adam gefunden habe, bevor ich überhaupt darüber nachdenken musste, wieder mit jemandem auszugehen. Nicht, dass ich vor Adam bei der Wahl meiner Männer, egal wie ich sie kennengelernt habe, ein gutes Händchen hatte."

Und dieses kleine Gespräch festigte Noras Entschlossenheit, ihre gescheiterten Online-Dating-Versuche vor ihren Freunden geheim zu halten. Sie war sich sicher, dass sie lieb und unterstützend sein würden. Denn so waren sie einfach. Aber sie war sich auch sicher, dass sie ihnen tief im Inneren leidtun würde, weil sie auf Online-Dating zurückgreifen musste.

„Wenn uns meine Dating-Geschichte etwas lehrt, dann, dass es für jeden jemanden gibt, auch wenn es manchmal länger dauern kann, als uns lieb ist. Also", Meg schlug die Hände zusammen und rieb sie begeistert, „das wird ein toller Abend mit Freundinnen. Wir haben so viel leckeres Junkfood, dass wir vermutlich bis nächsten Freitag bleiben und weiter essen können."

Das brachte Nora und eine Handvoll der anderen Mädels zum Lachen. „Ich hoffe, es gibt nicht zu viel zu essen. Ich habe Krabbendip mitgebracht, aber den müssen wir zuerst aufwärmen."

„Oh mein Gott." Grace starrte auf die große Schüssel, die Nora trug. „Ich liebe alles, was mit Krabben ist."

„Dann hast du Glück. Er ist verdammt gut geworden, wenn ich das so sagen darf."

„Hat jemand Krabben gesagt?" Becky kam mit einem leeren Glas in der Hand aus dem anderen Raum. „Der Film ist eingelegt und Tante Eileen bewacht das Popcorn. Wir fangen besser an."

Irgendwie fühlte sich Nora plötzlich unsicher, aber sie war fast hundertprozentig davon überzeugt, dass alle Köpfe im Raum sich ihr zuwandten, als sie das Wohnzimmer betrat.

„Es wurde auch Zeit, dass du kommst." Allison rutschte auf der Kante ihres Stuhls herum. „In der ganzen Stadt kursieren Gerüchte, und ich habe nicht genug Freizeit, um geduldig zu sein. Sag uns genau, was zwischen dir und Neil läuft?"

Wenn das keine heikle Frage war.

„Emily Taub hat Polly erzählt, dass ihr zwei gestern Abend im Pub furchtbar vertraut ausgesehen habt." Allison ließ ein Popcornkügelchen in ihren

Mund fallen und wartete, als wäre Nora die Abendunterhaltung.

„Da gibt es nicht viel zu erzählen."

„Das ist nicht, was ich gehört habe." Becky ließ sich auf einen Stuhl in der Nähe fallen. „Du kannst es genauso gut verraten, denn wenn wir nicht die Wahrheit erfahren, wird sich der Rest der Stadt etwas ausdenken."

„Ich scherze nicht. Wir waren ein paarmal zusammen aus. Er ist nett."

„Nett?" Meg kicherte. „Ist das wirklich alles, was du sagen kannst?"

„Er ist sehr nett?", versuchte sie es erneut.

„Denk daran", Tante Eileen lächelte, „wenn ein Farraday sich verliebt, dann endgültig."

„Ich glaube nicht, dass du dir deswegen Sorgen machen musst." Nora tat ihr Bestes, um ein entspanntes Lächeln aufzusetzen. Sie konnte auf keinen Fall jedem im Raum sagen, dass die ganze gemeinsame Zeit nichts weiter als eine dumme Idee war, um sie vor Leuten wie Emily Taub gutaussehen zu lassen und ihr die Peinlichkeit zu ersparen. Sie wusste, dass er damit rechnete, dass sie sich zurückziehen würde, sobald sie eine Zeit lang eine Show abgeliefert hatten, aber sie hatte es nicht eilig. Gemeinsame Zeit mit Neil zu verbringen, war alles andere als eine Mühsal. Und sie hätte bestimmt nichts gegen noch ein paar dieser prickelnden Küsse. Immer wenn sie bei ihm war, gab er ihr das Gefühl, etwas Besonderes zu sein. Ob beim Spaziergang durch die Stadt, beim Herumklettern auf dem Dachboden oder beim Tanzen nach dem Dinner. Vielleicht fühlte sie sich besonderes, weil er etwas Besonderes war.

„Erde an Nora." Meg wedelte mit der Hand vor Nora herum. „Ich erkenne diesen Blick. Ich habe ihn jeden Morgen im Spiegel gesehen. Dich hat das

Farraday-Liebesfieber erwischt."

Nora war bereit, kein Blatt vor den Mund zu nehmen und darauf zu beharren, dass Meg Unrecht hatte, aber ihr Mund schloss sich, als Toni sich auf ihrem Sitz umdrehte und Nora mit dem Arm zuwinkte. „Was haben die Hunde gesagt?"

„Die Hunde?", fragte Shannon. „Du machst Witze?"

„Nein." Toni schüttelte hartnäckig den Kopf. „Ich meine es todernst. Diese Hunde haben sich noch nie geirrt."

Meg nickte und winkte Toni mit dem spitzen Finger zu. „Ich stimme dir zu. Hat jemand gesehen, dass die Hunde sich um Nora oder Neil herumtrieben?"

Zwischen Tante Eileens Brauen bildete sich ein tiefes Stirnrunzeln, und Nora wusste, dass die Farraday-Matriarchin darüber nachdachte, ob eine Beziehung mit einem Farraday ohne die Zustimmung der Hunde möglich war. Tante Eileen glaubte genauso an die Kuppelkräfte der Hunde wie Meg, Toni und die halbe Stadt. Vielleicht sogar mehr.

„Hund hin oder her", Allison deutete mit dem Finger auf Nora, „jede einzelne Frau in der Stadt ist grün vor Neid."

War das nicht ein Kommentar zum Lachen? Sie war genauso eifersüchtig auf sich selbst wie alle anderen. Jeden Tag erinnerte sie sich daran, dass nichts davon real war. Außer gestern Abend auf der Tanzfläche. Die Scharade, die sie spielten, fühlte sich für sie so real an, dass sie in diesem Moment, ob es ihr gefiel oder nicht, diejenige war, die sich hals über Kopf in einen Farraday verliebte.

„Ich bin in Tuckers Bluff“, Neils Bruder Ryan schnippte vor Neils Gesicht mit den Fingern. „Aber wo bist du?“

„Was?“ Neil wusste, dass er während des gesamten Abendessens abwesend gewesen war, aber das war kein Grund für seinen Bruder, ihn jetzt vorzuführen.

„Du bist vielleicht im Esszimmer gesessen, aber deine Gedanken waren ganz sicher woanders. Ich weiß, dass du nie besonders gesprächig bist, aber trotzdem warst du heute furchtbar ruhig. Besonders nachdem Owen die Truhe angesprochen hat.“

„Eigentlich“, Neil kicherte und nahm einen kurzen Schluck von seinem Bier, „fand ich viel unterhaltsamer, dass Owen durch die Decke gebrochen ist.“

Morgan versuchte nicht, sein Lachen zu verbergen. „Ich hätte viel Geld dafür bezahlt, da zu sein und das zu sehen.“ Er legte eine Hand hinter seine Wade, um sein verletztes Bein zu massieren. „Es sieht ihm nicht ähnlich, so einen dummen Fehler zu machen. Irgendeine Idee, ob auch etwas an ihm nagt?“

„Auch?“

„Nun, es sieht dir nicht ähnlich, still zu sein. Wenn du heute Abend einen ganzen Satz gesagt hast, war das eine Menge. Ich kann mich nicht entscheiden, wer von euch abwesender ist.“

„Das ist bei mir keine große Sache. Mir geht viel im Kopf herum. Es macht keinen Spaß, ein Haus nach den Plänen eines Ausschusses zu entwerfen und zu sanieren.“

„Ausschuss?“

„Du weißt schon. Der Stadtrat, Drehbuchautoren, die Produktionsfirma und nicht zu vergessen die Schwestern. Die beiden haben jede Menge Ideen.“

„Ich wette, die haben sie. Aber das ist sicher nicht schlimmer, als eine Frau und einen Ehemann auf gegenüberliegenden Seiten des Zeichenbretts zu haben und dazu noch ein oder zwei Verwandte, die sich einmischen." Morgan rieb sich weiterhin das Bein und warf einen Blick über das Geländer der Veranda in die dunkle Nacht. „Wenigstens fällst du nicht durch die Decke. Er hätte sich das Genick brechen können."

Neil nickte und freute sich, dass jemand anderes nun im Fokus stand. Er wollte nicht den Rest des Abends damit verbringen, über seine ungewöhnliche Beziehung mit Nora zu diskutieren. Eine, die er gern von gespielt in echt verwandeln wollte. Doch er hatte keine Ahnung, wie er das anstellen sollte. Im Moment gab er sich deshalb damit zufrieden, seinen durch die Decke brechenden Bruder zu hänseln. „Owen wirkt wirklich etwas abgelenkt."

„Er behauptet, dass er das Gleichgewicht verlor, als er an der Truhe zog, aber normalerweise ist er nicht so unkoordiniert." Morgan rieb sich weiterhin das Bein und starrte in die Ferne. „Ich denke, ich sollte dankbar sein, dass Pax und Ryan sich nicht auch komisch verhalten."

Gray schlängelte sich den Weg hinauf und betrat die Veranda. Er kuschelte sich an Morgan, der ihn hinter den Ohren kraulte, und legte sich dann vor Neils Füße. „Für einen Hütehund sorgst du für viel Aufruhr."

„Du schenkst diesen Gerüchten doch keinen Glauben, oder?" Morgan hörte auf, sein Bein zu reiben und lehnte sich in seinen Schaukelstuhl zurück. „Er ist einfach nur ein schlauer Hund."

Als ob ihm der Kommentar missfiel, schnaubte Gray und schüttelte den Kopf, bevor er ihn wieder auf den Boden legte und Morgan anstarrte.

„Schau mich nicht so an." Morgan runzelte die Stirn. „Ich sagte, du bist schlau."

Der Hund gab ein erneutes Schnauben von sich, das als Stöhnen hätte durchgehen können, wenn er ein Mensch gewesen wäre.

„Ich glaube nicht, dass du diesen Streit gewinnen wirst."

„Wo ist seine bessere Hälfte?" Morgan blickte die Veranda auf und ab und über das Geländer.

„Ich glaube, sie ist mit Tante Eileen zum Mädelsabend gegangen."

„Wirklich? Seit wann nimmt Tante Eileen die Hunde mit?"

„Seitdem die Frauen wegen D.J.s Update, dass sie diesen Serienvergewaltiger nicht zu fassen bekommen, ein wenig verunsichert sind."

„Es ist nicht so, dass Tante Eileen in Bars herumhängt, um Kontakte zu knüpfen."

„Und das gilt auch für die anderen Ladies, aber die Vorstellung, dass sich etwas so Hässliches so nahe bei uns zu Hause herumtreibt, macht alle ein wenig nervös. Deshalb nimmt sie in letzter Zeit überall, wo sie hingeht, einen der Hunde mit, und keiner der beiden scheint sich darüber zu beschweren."

„Es sind gute Hunde. Dad hätte auch gerne so ein Paar."

„Und Mom würde ausrasten, wenn er versuchen würde, sie ins Haus zu bringen." Neil beugte sich vor, um den Hund hinter den Ohren zu kraulen. „Hast du jemals darüber nachgedacht, was Mom und Dad zusammengebracht hat?"

„Ich weiß nicht. Was bringt irgendwelche zwei Menschen zusammen?"

„Versteh mich nicht falsch, Mom ist eine tolle Frau und wir alle lieben sie, aber sie ist wirklich anders als Tante Eileen und Tante Anne."

„Wie meinst du das?"

„Zum einen", Neil zählte einen Finger ab, „ist Mom zurückhaltender als die beiden. Bei ihr scheint sich alles um Regeln zu drehen. Bei unseren Tanten nicht so sehr. Hinzu kommt, dass Onkel Sean und

Onkel Brian hart gearbeitet haben, um die Familie zusammenzuhalten, und ich habe das Gefühl, dass Dad das auch gerne getan hätte. Mom aber nicht. Könnt ihr euch vorstellen, dass Tante Eileen zulassen würde, dass irgendetwas zwischen ihre Familie gerät?"

Morgan schüttelte den Kopf. „Tante Anne ist da genauso."

„Und Brian und Sean sind nur Cousins, keine Brüder, und doch verhalten sich all ihre Kinder wie Geschwister."

„Ich weiß." Morgan richtete seinen Blick wieder auf das Land hinter den Scheunen. „Soll ich mir Sorgen um dich und Owen machen? Ich möchte nicht, dass irgendetwas uns alle auseinanderbringt."

Neil schüttelte den Kopf. „Ich verspreche dir, es gibt nichts in meinem Leben, was einen Keil zwischen uns treiben könnte. Es kann sein, dass ich ein paar Haare verliere, bevor wir mit diesem Fernsehauftritt fertig sind", und er könnte mehr als ein paar Nächte Schlaf verlieren, in denen er an Nora dachte, „aber so leicht werdet ihr mich nicht los." "

Ein entspanntes Grinsen breitete sich auf Morgans Gesicht aus. „Glaubst du, dass die ganze TV-Sache auch an Owen nagt?"

Neil zuckte träge mit der Schulter und schüttelte den Kopf. „Du meinst, abgesehen von dem knappen Budget, das er wegen uns hat? Ich weiß es nicht, aber ich bin mir sicher, wenn es etwas Wichtiges gibt, wird er es uns sagen."

„Hm", schnaubte Morgan. „Wir werden sehen."

Jetzt brachte Morgan ihn dazu, sich Gedanken über Owen zu machen. Neil war so von seinem eigenen Leben und den Herausforderungen darin abgelenkt gewesen, dass er nicht viel darauf geachtet hatte, ob sich einer seiner Brüder untypisch verhielt. Und obwohl sein Bauchgefühl darauf bestand, dass es allen gut ging, vertraute er im Moment nicht mehr so sehr auf seine Instinkte, wie in all den Jahren zuvor. „Vielleicht sollten wir Pax fragen.“

„Habe ich bereits. Er weiß nichts.“

Neil nickte. Während Ryan und Quinn irische Zwillinge waren, die im Abstand von elf Monaten geboren waren, waren Paxton und Owen eineiige Zwillinge. Wenn mit Owen etwas ernsthaft nicht stimmte, würde Pax es wissen, selbst wenn sonst niemand etwas ahnte.

„Hey, ihr zwei Eigenbrötler“, neckte Finn. „Dad holt die Karten heraus. Lust auf ein bisschen Texas Hold'em?“

Morgan nickte. „Gute Idee. Ich werde des Nachdenkens langsam müde.“

„Nicht nur du.“ Neil stand auf. Er bezweifelte, dass selbst ein freundschaftliches Kartenspiel mit seiner Familie ausreichen würde, um Nora aus dem Kopf zu bekommen, aber einen Versuch war es auf jeden Fall wert. Heute Abend musste er sich nur noch entscheiden, ob er Nora anrufen und sie morgen zum Abendessen einladen sollte oder bis zum Abendessen am Sonntag warten konnte.

KAPITEL VIERZEHN

Am Sonntagmorgen nach der Kirche hatte Nora alles darangesetzt, die Einladung zum Abendessen bei den Farradays höflich abzulehnen. Abgesehen davon, wie sehr sie die Zeit auf der Ranch genoss, genoss sie die Zeit mit Neil mehr, als sie sollte. Die ganze Freitagnacht hatte sie sich hin und her gewälzt und dann den größten Teil des Samstags damit verbracht, darüber zu debattieren, was sie mit Neil tun sollte. Am Sonntagmorgen war sie noch immer zu keinem verdammten Schluss gekommen, weshalb sie beschlossen hatte, das Familienessen auszulassen.

Es war keine Überraschung, dass sie am Montag von niemandem etwas gehört hatte, und nun, da Brooks' wöchentlicher Hausbesuchstag anstand, musste Nora sich entscheiden, ob es eine gute oder eine schlechte Idee war, zur Baustelle zu fahren.

Allein im Büro zu sitzen konnte zu zwei Dingen führen. Entweder den ganzen Papierkram nachholen, der sich in einer sehr abgelenkten Woche angesammelt hatte, oder, was noch wahrscheinlicher war, den Tag damit zu verschwenden, sich an die Zeit zu erinnern, die sie mit Neil verbracht hatte, und daran zu denken, wie schön das alles sein könnte, wenn es nicht nur Show wäre. Sie konnte sich beim besten Willen nicht erinnern, ob irgendein Mann, den sie je kennengelernt hatte, sie so leicht zum Lachen gebracht hatte wie Neil oder ihr das Gefühl gegeben hatte, etwas so Besonderes zu sein wie eine Prinzessin. Und ganz bestimmt hatte seit ihren aufregenden High-School-Jahren kein Kerl mehr all ihre überschüssigen Gehirnzellen in Anspruch genommen. Nein. Sie stand auf. Ihr Papierkram würde heute nicht erledigt werden. Sie würde sich auf den Weg zum Gehöft machen. Vielleicht würde sie jemanden vom Freitagabend finden, der sich ihr anschließt. Die Hälfte der Mädels war ganz begierig darauf gewesen, den Imbisswagen zu testen. Sicherlich würde sie eine finden, die sie mitnehmen konnte, damit sie nicht zu sehr wie ein liebeskranker Welpe aussah, der Neil nachjagte.

Liebeskrank. Das Wort blieb ihr im Gedächtnis hängen und wiederholte sich wie ein nie endendes Mantra. Sie griff nach ihrer Handtasche, schüttelte den Kopf und kam zu dem Schluss, dass sie zu viel und zu angestrengt nachdachte. Sie schob alle Gedanken beiseite und lauschte nur ihrem knurrenden Magen. Sie hatte eine Mission.

Die Türen waren verschlossen, die Schlüssel in der Handtasche. Sie hatte es schon die Treppe hinunter geschafft, als sie beinahe mit Polly zusammenstieß, die in Richtung ihres Salons stürmte. „Es tut mir so leid. Ich habe nicht darauf geachtet, wohin ich gehe."

„Kein Problem. Meine Schuld. Ich hatte es eilig, mein Mittagessen zu holen."

„Wir gönnen uns Franks Fleischbällchen-Parmesan-Helden, und wenn ich sie nicht zurückbringe, solange sie noch warm sind, werde ich mir das ewig anhören müssen." Polly hob die braunen Papiertüten in ihren Armen hoch und ging rückwärts weiter den Block hinauf. „Übrigens, herzlichen Glückwunsch bezüglich dir und Neil."

„Danke. Geh. Lass es dir schmecken." Da nun so viele Menschen glaubten, sie seien ein Paar, war es wahrscheinlich an der Zeit, ihren Teil dazu beizutragen, dieses Paar wieder zu trennen. Oder vielleicht wäre es in Ordnung, das noch etwas in die Länge zu ziehen. Ihre Entschlossenheit, zum Gehöft aufzubrechen, schwand, als sie an das bevorstehende Verfallsdatum und Franks berühmte überbackene Fleischbällchen-Sandwiches dachte. Wie offensichtlich wäre es für Neil, dass sie ihn sehen wollte? Wie dumm würde sie aussehen, wenn sie nur wegen dem Mittagessen den ganzen Weg zum Food-Truck fuhr? Oder vielleicht würde er denken, dass sie da draußen war, um ihre Rolle zu spielen. Und erneut war sie am Grübeln.

Ein silberner Mittelklasse-SUV hielt am Bordstein und drehte das Seitenfenster herunter. Kelly beugte sich herüber und rief durch das Fenster: „Ich wollte gerade vorbeischauen und fragen, was du zum Mittagessen machst. Adam hat mir den Nachmittag frei gegeben und ich bin schon die ganze Zeit so versessen auf das Food-Truck-Essen, von dem du geschwärmt hast."

„Komisch, dass du das sagst. Ich habe den ganzen Morgen von der Speisekarte des Food-Trucks geträumt." Und ein paar anderen Dingen, die sie nicht erwähnen würde.

„Großartig. Steig ein und wir machen uns auf den Weg."

„Klingt gut." Nora stieg erwartungsvoll in den Wagen. Sie war bereit für eine Abwechslung und, was noch wichtiger war, für eine Neuorientierung ihrer Gedanken. Angeschnallt richtete sie sich auf die nicht allzu lange Fahrt zur Baustelle des Gehöfts ein. „Ich bin wirklich froh, dass du daran gedacht hast, vorbeizukommen und mich zu fragen."

„Ich bin froh, dass du Zeit hast. Wenn Ian wegen eines Einsatzes nicht in der Stadt ist, fühlt sich alles immer ein wenig leer an, weshalb ich jede Gesellschaft sehr schätze."

„Wird er lange weg sein?"

Kelly schüttelte den Kopf. „Nein, seit wir geheiratet haben, ist er selten länger als ein paar Tage am Stück weg. Ich erwarte ihn heute Abend zurück."

Das Gespräch verlagerte sich davon, wie viel Spaß Kelly und Ian dabei hatten, das alte Stemmons-Haus zu renovieren, das sie letztes Jahr gekauft hatten, über die Tatsache, dass die Stadt so stark wuchs, dass Adam ernsthaft nach einem Partner suchte, um die Belastung aufzuteilen, schließlich dahin, dass die ganze verdammte Stadt mit Spannung über die Beziehung zwischen Nora und Neil spekulierte. Als sie schließlich auf dem provisorischen Parkplatz am Rande des Grundstücks ankamen, lachten sie gerade über einige der romantischen Eskapaden der Familie.

Nora stieg aus dem Auto, schlug die Tür zu und blickte Kelly an. „Ich sehe immer noch genau vor mir, wie Jamison über den Tisch springt und Gray verfolgt."

„Die ganze Stadt erinnert sich daran." Kelly schloss ihre Tür und folgte Nora. „Aber nichts toppt, dass Chase bei Grace auf *Pretty Woman* gemacht hat. Ich komme immer noch nicht darüber hinweg, dass er sie wegen eines Dinners den ganzen Weg nach New Orleans geflogen hat."

„Das war wirklich furchtbar romantisch."

„Viel romantischer, als aus dem Gefängnis geholt zu werden." Kelly kicherte laut.

Nora lachte mit. Kellys Verhaftung war das verrückte Ende der Hochzeit von Finn und Joanna gewesen.

„Oh mein Gott." Kelly stand vor der Speisekarte des Imbisswagens. „Es gibt viel mehr Auswahl, als ich erwartet hatte."

„Ich weiß. Ein Grund mehr, warum ich wiederkommen und etwas anderes auf der Speisekarte probieren wollte." Nora ging die Gerichte auf der handgeschriebenen Tafel durch und freute sich, dass sie vor der Crew beim Mittagessen waren.

„Schön, dich wiederzusehen." Molly lächelte Nora an. „Ich freue mich immer, wenn Kunden Freunde mitbringen."

Auch wenn der Mittagsansturm noch nicht begonnen hatte, konnte Nora an den kleinen Schweißperlen, die sich an Mollys Schläfe sammelten, erkennen, dass sie in dem heißen Lastwagen hart gearbeitet hatte, um sich auf die unvermeidliche Schlange von Arbeitern vorzubereiten, die sich jeden Moment bilden würde. „Dein Essen spricht für sich."

„Danke." Molly wischte sich den Schweiß mit dem Ellbogen ab und drehte sich kurz um, um sich um etwas hinter ihr zu kümmern. Als sie wieder herumwirbelte, richtete sie sich auf und verbarg ein verzerrtes Gesicht.

„Langer Tag?", fragte Nora.

Die lächelnde Frau schüttelte den Kopf. „Ich habe nicht gut geschlafen. Wahrscheinlich habe ich mir im Schlaf etwas verrissen." Ihre Hand wanderte zu ihrem Nacken. „Vielleicht ist es auch Zeit für ein neues Kissen."

„Hast du diese Memory-Schaum-Modelle schon ausprobiert?" Kelly hatte ihre Aufmerksamkeit von der Speisekarte auf das kurze Gespräch gelenkt. „Zuerst fand ich sie furchtbar unbequem, aber einen steifen Nacken hatte ich schon seit Ewigkeiten nicht mehr."

„Danke. Ich muss mir mal eines besorgen."

„Du übernachtest bei den Schwestern im Parlor Bed-and-Breakfast, oder?"

Molly nickte.

„Lass es sie einfach wissen. Sie werden dir eines besorgen."

„Danke. Werde ich machen."

Anstatt etwas Neues auszuprobieren, entschied sich

Nora wieder für die köstlichen Brisket-Tacos mit Süßkartoffel-Pommes, während Kelly die frittierten Käsemakkaroni bestellte, die von jedem, der sie probiert hatte, begeisterte Kritiken erhalten hatten. Während sie warteten, warf Nora einen Blick auf ihre Uhr und dann über den Parkplatz zum Gehöft. Draußen schien nur minimale Aktivität zu herrschen, also ging sie davon aus, dass alle drinnen arbeiteten. Sie hoffte auch, dass sie bald eine Mittagspause machen würden.

Kaum hatte sie dem Produktionsteam eine Mittags-pause gewünscht, erschienen bereits eine Parade von Farraday-Brüdern und vereinzelte Crewmitglieder auf der Veranda und kamen auf sie zu. Aber nur ein Farraday erregte ihre Aufmerksamkeit und ihr Interesse. In dem Moment, als Neils Augen auf die ihren trafen, huschte ein breites Lächeln über sein Gesicht. Das Funkeln in diesen babyblauen Augen ließ sie ihn ebenfalls angrinsen. Einfach alles an ihm brachte sie zum Lächeln.

Auf dem Weg zu ihr verlangsamte er seine Schritte und als er direkt vor ihr stand, beugte er sich vor und gab ihr einen keuschen Kuss auf die Lippen. „Hi."

Die Begrüßung überraschte sie so sehr, dass sie beinahe ihre Fähigkeit zu denken verloren hätte. „Hi."

„Das ist aber eine schöne Überraschung."

„Ich hatte großes Verlangen nach Mollys Koch-künsten."

„Das kann ich dir nicht verübeln. Sie ist großartig."

„Wirklich." Nora drehte sich gerade noch rechtzei-tig zu Molly um, um zu sehen, wie sie ein paar Magentabletten einnahm. Wenn sie nicht bereits wüsste, was für eine gute Köchin Molly war, wäre Nora zu dem Schluss gekommen, dass jeder Koch, der wegen seiner eigenen Küche Magentabletten benötigte, nicht sehr gut sein konnte.

Molly schwankte kurz auf der Stelle und unterbrach ihre Arbeit am heißen Grill, um sich den Hals zu reiben und mit den Fingern über den Kiefer bis zur Schläfe zu streichen.

Neil trat an das Seitenfenster des Imbisswagens. Er schien Molly eine Minute lang zu studieren, bevor er seine Bestellung aufgab. Als sie erklärte, dass sein Essen in fünf Minuten fertig sein würde, trat Neil beiseite und drängte sich dicht an Nora. „Sie sieht nicht so gut aus. Ich denke, die Hitze in Texas gepaart mit der Hitze in der engen Küche könnten mehr sein, als sie erwartet hatte. Bevor wir heute Abend nach Hause gehen, schnappe ich mir Ryan und schaue, ob wir nicht etwas tun können, um die Belüftung etwas zu verbessern.“

„Das ist nett. Aber die Magentabletten, die sie einnimmt, sind nicht auf die Hitze zurückzuführen.“

„Das ist Texas, sie übertreibt es wahrscheinlich mit den Gewürzen.“

„Hmm.“

„Nora. Deine Bestellung ist fertig.“ Molly lächelte schwach. „Bitte sehr.“

„Danke.“ Für eine kurze Minute fragte sich Nora, ob ihre traditionellen Kochkünste von Nutzen wären, wenn sie anbieten würde, das Mittagessen auszulassen und Molly in der Küche auf Rädern zu helfen. Allerdings würde sie damit nur noch mehr Körperwärme in den ohnehin schon begrenzten Raum des Wagens einbringen. Eine weitere Sekunde später verriet Mollys verzerrter Gesichtsausdruck Nora alles, was sie nicht wissen wollte. „Mist.“

Neil hatte keine Ahnung, was zum Teufel gerade passiert war. Nora drehte sich vom Fenster weg, drückte ihm ihren Teller mit dem Essen in die Hände, stammelte Worte, für die ihm als Kind der Mund mit Seife ausgewaschen worden wäre, und rannte an der Seite des Restaurants auf Rädern entlang.

Aus Sorge, sie könnte sich eine Lebensmittelvergiftung zugezogen haben – oder irgendeine andere Krankheit, die sie dazu bringen würde, wegzulaufen und sich zu übergeben –, schob er seinem Bruder denselben Teller zu und rannte hinter ihr her. Da er aber keine Aufmerksamkeit auf sie lenken wollte, sah er davon ab, Nora hinterherzurufen.

Als Nora die hintere Seite des Food-Trucks erreicht hatte, stürmte sie die Treppe hinauf und hinein. „Molly, ich muss deinen Puls messen."

„Meinen was?" Die Frau warf einen schnellen Blick über ihre Schulter, bevor sie sich den Schweiß mit dem Ärmel abwischte und damit fortfuhr, ein paar Burger zu wenden, die die Crew bestellt hatte. Neil war kein Arzt, aber er verstand, woher Noras Bedenken kamen.

„Puls", wiederholte sie. „Ich glaube nicht, dass es die Hitze ist, die dir zu schaffen macht. Stehst du unter großem Stress?"

„Tut das nicht jeder?" Molly lehnte sich ans Fenster. „Kelly, deine Bestellung ist fertig." Kaum hatte sie die Bestellung ausgerufen und die kleine Glocke geläutet, die sie in der Nähe hatte, drehte Molly eine nahezu perfekte Pirouette, bevor sie spiralförmig zu Boden fiel.

„Mein Gott." Neil hatte die Tür gerade noch rechtzeitig erreicht, um Mollys schmerzerfüllten Gesichtsausdruck sehen zu können, kurz bevor sie umfiel. Voller Entsetzen sah er zu, wie Nora zwei Finger an Mollys Hals legte und den Kopf schüttelte. „Kein Puls." Auf allen Vieren beugte sie sich über die Frau.

Sofort bewegten sich ihre Hände und Nora rollte Molly auf den Rücken und begann mit der Herzdruckmassage. „Ruf das Krankenhaus an. Frag, ob wir einen Lufttransport bekommen können. Ich glaube, sie hat einen Herzinfarkt."

„Herzinfarkt." Das war keine Frage. Neils Gedanken liefen auf Hochtouren. „Brauchst du einen Defibrillator?"

„Habt ihr einen?" Mit steifen Armen drückte Nora im Takt eines Metronoms auf Mollys Brust.

Er nickte. „Genau aus diesem Grund haben wir vor nicht allzu langer Zeit einen gekauft."

„Hol ihn. Schnell." Sie hielt kurz inne, beugte sich wieder vor und führte dann die Herzdruckmassage bei der zierlichen Frau fort.

Neil rannte über den Parkplatz und bellte seinen Bruder an. „Ruf Ethan und Brooks an. Wir brauchen einen Hubschrauber für Molly. Nora sagt, sie hat einen Herzinfarkt."

Sein Bruder sagte kein Wort, sprang lediglich von seinem Platz am nahegelegenen Picknicktisch auf und holte sein Handy heraus.

Neil eilte zu einem Bauwagen, riss die Tür auf und öffnete schnell den Schrank mit dem Erste-Hilfe-Emblem. Es dauerte nur eine Sekunde, bis er die leuchtend rote Defibrillator-Tasche fand.

Das Murmeln der Menschenmenge, die sich neben dem Imbisswagen versammelt hatte, verschnellerte seinen ohnehin schon eiligen Schritt zurück zu Nora und Molly.

„Hier." Er stellte die Tasche neben ihr ab.

„Übernimm für mich."

Sie fragte nicht einmal, ob er es wusste, was zu tun war, aber Gott sei Dank tat er das. Er fiel auf seine Knie und führte die Kompressionen in gleichmäßigem Tempo fort, während Nora die Tasche öffnete.

Mit geübter Effizienz entfernte sie die durchsichtige Plastikhülle und drückte die klebrige Seite der Pads auf Mollys Brust. Sie wartete darauf, dass die Maschine ihre Herztöne analysierte. Wie erwartet empfahl das Gerät, das Herz durch Schocks in einen normalen Rhythmus zu versetzen.

„Tritt zurück", befahl Nora und wartete, bis er sich zurückgezogen hatte, bevor sie den Knopf drückte, um ihr den dringend benötigten Schock ins Herz zu schicken. Für einen Moment wanderten Noras Augen von Molly zum Monitor und wieder zurück.

Immer noch keine Entwarnung. „Nochmal."

Sein Herz blieb ihm im Hals stecken, als sie den Knopf erneut drückte, um Molly einen weiteren Schock zu verpassen. Die Sekunden vergingen quälend langsam. Noch einmal wiederholte sie die Schritte, bis die Maschine einen gleichmäßigen Rhythmus zeigte. Doch Nora sah nicht glücklicher aus und murmelte mit zusammengebissenen Zähnen: „Verdammt."

Wenn er die Maschine richtig gelesen hatte, schlug Mollys Herz normal. „Was ist los?"

„Sie atmet immer noch nicht." Nora beugte sich über den leblosen Körper und begann, Atem in die Lungen der Frau zu stoßen.

Die Luft im Raum wurde dick und schwer. Diese fünf Worte aus Noras Mund ließen Neils Herz vor Sorge um die Frau, die hilflos auf dem Boden lag, brennen. Er kannte Molly kaum, aber sie war immer fröhlich und scherzte mit der Crew. Alle mochten sie. Die Vorstellung, dass bei jemandem, der so jung war, einfach das Herz stehen bleiben konnte, betäubte ihn nahezu.

Laute Schritte ertönten in dem zu kleinen Raum. Owen steckte seinen Kopf in den Wagen. „Ryan sagt, dass Ethan in zehn Minuten hier sein wird. Brooks meinte, dass ihr das vielleicht gebrauchen könntet."

Sein Bruder reichte ihm eine tragbare Sauerstoffausrüstung, darunter eine Gesichtsmaske und ein Schlauch, der an eine grüne Flasche angeschlossen war.

Vor nicht allzu vielen Jahren hatte einer ihrer Mitarbeiter auf einer Baustelle einen schweren Herzinfarkt erlitten und der tragbare Defibrillator und die Sauerstoffflasche hatten dem Mann das Leben gerettet. Seitdem hatten sie immer, wenn sie weit entfernt von großen städtischen Krankenhäusern arbeiteten, darauf Wert gelegt, auf jeder Baustelle eine vollständige Erste-Hilfe-Ausrüstung bereitzuhalten, unabhängig von den Kosten. Noch nie war er dankbarer für den Tag gewesen, an dem die Brüder sich darauf geeinigt hatten, dass die Kosten notwendig waren.

„Sie atmet jetzt alleine." Nora seufzte tief und murmelte leise: „Danke, Gott."

Er hätte es selbst nicht besser ausdrücken können. Obwohl er dankbar für die Ausrüstung und den Sauerstoff war und dafür, dass sie eine so süße junge Frau nicht verloren hatten, fügte er diese Liste noch etwas hinzu. Dem Himmel sei Dank für Nora Brown.

KAPITEL FÜNFZEHN

Leben zu retten war etwas, das man erwartete und auf das man hoffte, wenn man eine medizinische Laufbahn einschlug. Aber man musste auch damit rechnen, Leben zu verlieren. Als Nora mit Kelly zum Mittagessen aufgebrochen war, hatte die Rettung eines Lebens nicht auf ihrer Agenda gestanden. Nachdem Ethan mit dem Rettungshelikopter eingetroffen war, hatte Nora mit dem Rettungsteam Platz tauschen können. Als der Hubschrauber dann vom Boden abhob, ließen ihre Kräfte schließlich nach. Wäre Neil nicht neben ihr gestanden, hätte sie sich wahrscheinlich einfach auf den staubbedeckten Boden gesetzt.

Da ihre Arme durch die Herzdruckmassage ausgelaugt waren, war sie dankbar, dass sie mit Kelly gefahren war und nicht selbst hinter dem Steuer sitzen musste. Ein langes heißes Bad klang nun verlockend. Die Einladung zum Abendessen auf der Ranch, für die Tante Eileen ein nein nicht hatte gelten lassen, noch besser. Neil hatte darauf bestanden, sie zur Ranch zu fahren. Da Ian heute Abend nach Hause kam, hatte Nora auch kein schlechtes Gewissen, Kelly alleine nach Hause fahren zu lassen. Der Tatsache nach, dass Neil seit dem Vorfall nicht von ihrer Seite gewichen war, hätte jeder glauben können, dass sie diejenige war, die einen Herzinfarkt erlitten hatte.

Sie hatten kaum die Schwelle des Farraday-Hauses

überschritten, als Tante Eileen aus der Küche gestürmt kam. „Unsere Heldin des Tages!"

Die Umarmung der Frau war so fest und beruhigend, dass Nora sich fast augenblicklich wie verjüngt fühlte. „So weit würde ich nicht gehen."

„Ich schon." Neil hängte seinen Hut an einen Haken in der Nähe. „Du hast im Gegensatz zu allen anderen bemerkt, dass etwas mit ihr nicht stimmte. Als sie dann zusammengebrochen ist, wusstest du, dass es ein Herzinfarkt war. Ich hätte ehrlich gesagt gedacht, dass es sich um einen Hitzschlag oder Erschöpfung oder irgendetwas anderes handelt. Ich hätte nie vermutet, dass jemand so Junges wie sie einen Herzinfarkt erleiden könnte. Ohne dich wäre sie gestorben."

Die Nachricht, dass Molly voraussichtlich ohne Nachwirkungen genesen würde, war für Nora wie Musik in den Ohren gewesen. Tage wie dieser gaben ihre Seele die Kraft, um an anderen Tagen zu kämpfen. „Die Wahrheit ist, dass Stress dich in jedem Alter töten kann. Einer aus der Crew erzählte mir, dass Molly mehrere Jobs hatte, um auf ihren eigenen Imbisswagen zu sparen, und dass sie jetzt sieben Tage die Woche arbeitet, um ihn profitabel zu halten."

„Sieben?" Tante Eileen runzelte die Stirn.

Neil nickte. „Sie fährt am Samstag zum Bauernmarkt und am Sonntag zum Flohmarkt nach Poplar Springs. Und freitagabends fährt sie nach Butler Springs zu den Food-Trucks-Dinner-Events am Park."

„Meine Güte." Sean Farraday kam aus seinem Büro. „Ein solcher Terminplan würde jedem einen Herzinfarkt bescheren."

Owen und Ryan kamen durch die Tür hinter ihnen herein. „Irgendwelche Updates bezüglich Molly?"

„Sie ist noch auf der Intensivstation, aber stabil. Es wird erwartet, dass sie sich vollständig erholt." Tante

Eileen schüttelte den Kopf. „Aber Brooks hat versprochen, mir Bescheid zu geben, sobald wir ihr einen Besuch abstatten können."

Die Hintertür wurde zugeschlagen, und Finn hielt inne, um seine Stiefel zu putzen und seinen Hut aufzuhängen, bevor er sich zu ihnen ins Wohnzimmer gesellte. „Ich habe gehört, dass ihr alle einen aufregenden Tag hattet."

„Ich könnte auf weitere so aufregende Tage verzichten." Neil blickte zur Hintertür, als diese sich erneut quietschend öffnete.

Diesmal kamen Connor und Catherine herein, gefolgt von Finns Frau Joanna. All die Leute brachten Nora zum Lächeln. Dies war nur einer der Gründe, warum sie das Farraday-Haus liebte. Als Einzelkind beneidete sie die Farradays um so viele Familienmitglieder an einem Ort und das Wissen, dass sie sich in jeder Lage gegenseitig den Rücken stärken würden. Als eine von ihnen akzeptiert zu werden und ihre Unterstützung, ihren Trost und ihre Freundschaft zu erfahren, war etwas, das sie schätzte.

„Wir können es uns genauso gut bequem machen." Tante Eileen deutete auf die Sofas. „Das Abendessen wird noch eine Weile dauern."

Nora saß auf der Ecke des Sofas und sah zufrieden zu, wie alle Geschwister, Cousins und deren Frauen umhergingen, um Getränke zu holen und es sich bequem zu machen.

Neil reichte ihr ein Glas Weißwein und setzte sich neben sie. „Ich weiß, dass ich mich wiederhole, aber du warst heute wirklich großartig."

„Ich tue einfach das, wofür ich ausgebildet wurde."

„Spielt keine Rolle. Ich mache jeden Tag das, was ich gelernt habe, und daran ist nichts erstaunlich."

„Das ist nicht wahr. Eine heruntergekommene Hütte in ein glückliches Zuhause zu verwandeln, ist etwas ganz Wunderbares.“

Die Haustür schwang auf und D.J. und Becky schlenderten herein. Becky zeigte ihr übliches strahlendes Lächeln, aber auf D.J.s Gesicht zeichnete sich die Last ab, die er auf seinen Schultern trug.

„Rieche ich Lasagne?“ D.J. schnupperte in der Luft.

Tante Eileen stand im Durchgang zur Küche und wischte sich die Hände mit einem Handtuch ab. „Tust du. Aber sie wird erst in einer halben Stunde fertig sein, also gönnt euch etwas zu trinken.“

„Du gehst voran und setzt dich.“ Becky gab ihrem Mann einen Kuss auf die Wange. „Ich bringe dir ein Bier mit.“

D.J. schüttelte den Kopf. „Ich nehme einfach nur eine Cola.“

Beiläufig drückte Becky die Hand ihres Mannes und nickte. „Kommt gleich.“

Der Familienpatriarch beugte sich auf seinem Sitz nach vorne. „Noch ein Opfer?“

Niemand musste fragen, um was für ein Opfer es sich handelte oder ob sie den Kerl geschnappt hatte, den sie nun schon seit Wochen verfolgten.

D.J. nickte. „Schon wieder in Butler Springs.“

„Gibt es etwas Neues?“, fragte sein Vater.

„Ich wünschte, ich könnte sagen, dass ich keine Ermittlungsergebnisse teilen darf, aber die Wahrheit ist nein. Wir eliminieren weiterhin Verdächtige, fühlen uns aber nicht weiter als vor einer Woche.“

Sein Vater schüttelte den Kopf. „Verdächtige zu eliminieren, fühlt sich vielleicht nicht nach einem Fortschritt an, ist es aber. Ihr werdet diesen Kerl kriegen. Ich weiß, dass ihr das tun werdet.“

An D.J.s Augen konnte Nora erkennen, dass er noch nicht bereit war, zuzustimmen. Die Suche nach diesem Kerl belastete ihn und seine Beamten stark.

Jedes Verbrechen war abstoßend, aber einige davon waren geradezu abscheulich.

„Wenn die anderen Städte nicht auch betroffen wären, wäre das Boots'N'Scoots der gemeinsame Nenner. Mit Ausnahme von drei erinnern sich die meisten Opfer daran, ins Boots'N'Scoots gegangen und in Motelzimmern, nur wenige Gehminuten vom Lokal entfernt, aufgewacht zu sein. Der Kerl scheint dafür eine besondere Vorliebe für eines der Motels in der Nähe zu haben."

„Halten die Manager Ausschau?" Connor kam mit seiner Frau herein und ließ sich auf dem Zweiersofa nieder.

„Einige davon werden stundenweise vermietet. Die sind nicht bekannt für große Wachsamkeit."

„Mm. Ich verstehe, was du meinst." Connor seufzte.

Joanna stellte sich neben ihren Mann. „Glaubt ihr, dass es einen Zusammenhang mit Dating-Apps geben könnte? Ihr wisst schon, so wie diese Kriminalitätswelle vor einiger Zeit, bei denen die Opfer über Mitfahr-Apps angelockt wurden."

Die bloße Erwähnung von Dating-Apps ließ Nora fast zusammenzucken. Entweder bemerkte Neil ihre plötzliche Anspannung oder er dachte daran zurück, wie sie sich kennengelernt hatten. Was auch immer der Grund war, er streckte die Hand aus, ergriff die ihre und drückte sie fest. Als sie ihren Blick von ihrer umschlungenen Hand zu seinem Gesicht hob, blickten tiefblaue Augen auf sie herab. Er hätte sie genauso gut in eine warme Decke wickeln können. Sie würde das alles wirklich vermissen, wenn diese Scharade zu Ende ging.

Nora musste kein Wort sagen. Neil konnte das Unbehagen in ihren Augen sehen, als Joanna sich neben Finn setzte und die Dating-Apps ansprach. Mit jedem Tag, der verging, und mit jeder neuen Sache, die er über Nora Brown erfuhr, wurde ihm immer klarer, dass diese kleine, dem Schein halber getroffene Vereinbarung für ihn nicht länger eine Illusion war. Jetzt musste er nur noch den richtigen Zeitpunkt und den richtigen Ort finden, um sie davon zu überzeugen, es wirklich mit ihm zu versuchen.

„Ist es nicht möglich, eine Art Undercovereinsatz zu machen?" Tante Eileen stand zwischen den beiden Räumen und ihr Blick wanderte vom Familiengespräch zur Soße, die auf dem Herd köchelte.

Im Torbogen, der das Foyer vom Esszimmer trennte, blieb Catherine mit dem Besteck in der Hand stehen, um sich an der Unterhaltung zu beteiligen. „Das habe ich mich auch gefragt. Ich weiß, dass das aus der Sicht einer ehemaligen Unternehmensanwältin vielleicht etwas simpel erscheint, aber Undercovereinsätze funktionieren nicht nur in inszenierten Fernsehsendungen, sie bringen Bösewichte auch im wirklichen Leben zur Strecke."

D.J. nickte. „Wenn wir die zahlenmäßige Stärke hätten, um eine Operation durchzuführen, wie wir es damals in Dallas oder Chicago getan hätten. Leider haben unsere Counties kein großes Budget, und ihr wisst selbst, dass wir für die Größe des Gebiets sehr dünn aufgestellt sind."

Die Farraday-Geschwister, die im Laufe der Jahre Seite an Seite die Schwierigkeiten von D.J.s Job miterlebt hatten, verstanden den Wahrheitsgehalt seiner Aussage und nickten niedergeschlagen.

„Abgesehen von allen anderen Herausforderungen haben wir einfach nicht genug Frauen in der Truppe. Esther ist die einzige Frau in unserer Abteilung und sie passt nicht in das Profil des Opfers."

Catherine stand immer noch unter dem Torbogen, seufzte und schüttelte den Kopf. „Ich verstehe, was du sagen willst, aber vergiss nicht, trotz all der Nachteile einer Kleinstadtpolizei, mit denen du zu kämpfen hast, könnte die einfache Tatsache, dass es sich hier um Kleinstädte handelt, ein Vorteil sein. Kannst du dir vorstellen, wie es sein muss, in einer Stadt wie New York oder Chicago einen Serienvergewaltiger zu finden?"

„Oder Dallas." D.J.s Gesichtsausdruck blieb versteinert und so gut wie jeder im Raum wusste, dass er nicht an einige der Gräueltaten denken wollte, die er höchstwahrscheinlich bei der Großstadtpolizei erlebt hatte, bevor er sich nach Hause hatte versetzen lassen.

In der Küche ertönte ein Summer und Tante Eileen wirbelte herum. „Abendessen ist fertig. Ich brauche ein paar Hände in der Küche. Alle anderen an den Tisch."

Nora stand mit den anderen auf und drehte sich zur Küche, aber mit ihren Augen im Hinterkopf rief Tante Eileen über die Schulter: „Der Ehrengast übernimmt keinen Küchendienst."

„Ich bin der Ehrengast? Und all die Jahre dachte ich, ich wäre nur eine Freundin", neckte Nora.

Neil lehnte sich an sie. „Für mich bis du das."

„Ist irgendjemandem jemals aufgefallen, dass, egal in welcher Situation, die Männer irgendwann alle in einem Raum und die Frauen in einem anderen landen?" Catherine trank einen Schluck Tee.

Nora dachte immer, dass es wahrscheinlich ein unbeschriftetes Gen gab, das Männer in den Raum mit dem Fernseher und Frauen in den Raum mit dem Essen zog.

„Ich nehme an, wir könnten uns alle ein Bier holen und uns zu den Männern auf die hintere Veranda gesellen." Tante Eileen deutete mit dem Arm auf den zusätzlichen Kühlschrank.

„Nein danke." Becky schüttelte den Kopf. „Ich bevorzuge einen bequemen Stuhl, ein warmes Getränk und etwas Süßes."

„Zusätzlich zu deinem Mann?", neckte Catherine.

Becky verdrehte die Augen und senkte den Kopf, aber nicht schnell genug, um die Röte zu verbergen, die ihr in die Wangen stieg.

„Mein Verdacht ist, dass sie heute Abend über den Fall reden, der D.J. beschäftigt." Tante Eileen nahm einen der Kekse vom Teller.

„Ich habe ihn noch nie so besorgt gesehen. Nicht seit Jake Thomas." Becky rollte ihre Füße unter sich. „Das geht ihm wirklich unter die Haut."

Nora griff nach ihrer Tasse. „Ich lebe schon lange genug in dieser Stadt, um zu wissen, dass die meisten Männer nach einem Ehrenkodex leben, wenn es um Frauen geht, und die Farradays scheinen noch einen Schritt weiter zu gehen."

„Stimmt." Tante Eileen nickte. „Was werden wir also unternehmen?"

„Wir?", hallte es aus mehreren Mündern zurück.

„Wir", wiederholte Tante Eileen. „Die Polizei braucht Lockvögel oder Undercoveragenten oder wie auch immer man einen Beamten bei einer Observierung nennt. Als ich das letzte Mal nachgesehen habe, waren wir noch alle Frauen."

„Als ich das letzte Mal nachgesehen habe", Catherine stellte ihr Getränk ab, „hatte noch keiner von uns eine Polizeiausbildung."

Joanna ließ ihre Finger über die Armlehne des

Sofas gleiten. „Sie hat recht.“

„Dass wir Frauen sind?“, fragte Becky.

„Wir sind viele. Ihr wisst schon, zu mehreren ist man sicherer.“

Tante Eileen lehnte sich mit einem zufriedenen Gesichtsausdruck zurück. „Und wenn wir alle unsere Köpfe zusammenstecken …“

Die Worte der älteren Frau blieben in der Luft hängen. Nora kannte Tante Eileens Gesichtsausdruck. Im Laufe der Jahre hatte sie diese Entschlossenheit schon mindestens hundert Mal erlebt. Irgendwie hatte sie das deutliche Gefühl, dass die Naturgewalt Eileen gleich zuschlagen würde und dass Nora und die anderen wie in einem Strudel hineingezogen werden würden. Zum ersten Mal, seit diese unschöne Sache begonnen hatte, empfand sie fast ein wenig Mitleid mit den Bösewichten.

KAPITEL SECHZEHN

„Ich verspüre den überwältigenden Drang, unsere Uhren zu synchronisieren." Aber das zu tun, würde das Ganze wie ein Spiel wirken lassen, und Nora war sich völlig bewusst, dass der Auftrag, den sie übernehmen würden, nichts Unterhaltsames an sich hatte.

Becky trug mit Hilfe des Rückspiegels eine weitere Schicht Lippenstift auf. Die sich wiederholende Handlung war das Einzige, was darauf hindeutete, dass sie möglicherweise genauso nervös war wie Nora. „Und ich höre immer wieder die Titelmelodie von *Mission Impossible* in meinem Kopf."

„Na toll." Grace kämmte ihr blondes Haar mit den Fingern durch. „Jetzt werde ich dauernd diese gekünstelte Stimme in meinem Kopf hören: *Sollten Sie oder jemand aus Ihrem Team gefangengenommen oder getötet werden, wird der Minister jegliche Kenntnis dieser Operation abstreiten.*"

„Eigentlich", Meg grinste nervös, „heißt es jemand aus ihrer Spezialeinheit."

Toni schüttelte den Kopf. „Ich bevorzuge Team. Spezialeinheit lässt es zu sehr nach einer unmöglichen Mission klingen."

„Es ist wirklich ganz einfach." Catherine klang viel überzeugender, als ihr zittriges Lächeln vermuten ließ. „Zu mehreren ist man sicherer. Und wir haben jede Art von Mädchen."

„Es ist schon verdammt lange her, seit ich Mädchen genannt wurde", neckte Tante Eileen.

Frank warf der Farraday-Matriarchin einen strengen Blick zu. „Ich möchte ein letztes Mal fürs Protokoll sagen: Das ist eine verrückte Idee und ihr solltet das wirklich D.J. und den Behörden überlassen."

Wie in einer gut choreografierten Routine bewegten sich die Köpfe aller Frau nach links und dann nach rechts, um Franks Vorschlag unnachgiebig abzulehnen.

„Es ist noch nicht zu spät, wenigstens mehr Unterstützung anzufordern", wiederholte er zum x-ten Mal, seit sie Tuckers Bluff verlassen hatten.

Wieder dieselbe Routine. Alle Köpfe bewegten sich nach links, dann nach rechts und wieder zurück.

„Du weißt es genauso gut wie wir", Tante Eileen blickte Frank eindringlich an, „wenn wir irgendjemandem von unserem Plan erzählen, werden unsere Ehemänner uns zuhause einsperren und den Schlüssel wegwerfen."

Frank seufzte. „Klügere Männer als ich."

„Jetzt ist es zu spät, deine Meinung zu ändern." Tante Eileen zuckte mit den Schultern. Sobald alle Farraday-Enkelkinder für die Nacht gebettet waren, hatten sich die Ladies mit Frank getroffen und auf den Weg gemacht.

„Ich ändere gar nichts. Auch wenn ich es vielleicht bereue, D.J. nicht erzählt zu haben, was ihr vorhabt, würde ich euch das auf keinen Fall ohne zumindest etwas Rückendeckung tun lassen."

Gesegnet sei seine Marine-Ausbildung. Nora fühlte sich bei diesem Plan ein wenig sicherer, da sie wusste, dass jemand in ihrem Team echte Kampferfahrung hatte.

„Sind wir bereit?" Tante Eileen schlug die Hände zusammen und grinste breit. „Wenn dieser Hurensohn hier ist, nageln wir seinen Arsch an die Wand."

Alle nickten. Seltsamerweise war die leichte Nervosität, die Nora auf der Fahrt nach Butler Springs verspürt hatte, völlig verschwunden, als sie auf den Parkplatz fuhren. Sie würden das schaffen. „Lasst uns loslegen."

Tante Eileen und Frank stiegen als Erste aus dem Auto. Der Plan bestand darin, einen Tisch zu ergattern, der freie Sicht auf alle Frauen ermöglichte. Nach fünf Minuten folgten Meg, dann Becky und so weiter. Sie und Grace gingen gemeinsam in den Club, damit niemand allein auf dem Parkplatz blieb, aber sie trennten sich, sobald sie drinnen waren.

Dieses Vorhaben fühlte sich wirklich wie eine Episode von Mission Impossible an. Sie wäre überhaupt nicht überrascht, wenn jetzt die Titelmelodie erklingen würde und nicht die beliebte Country-Musik des Clubs. Es waren bereits Paare unterwegs, die über die Tanzfläche glitten. Sie entschied sich für einen Platz an der Bar statt für einen Tisch. Von dort aus konnte sie Tante Eileen und Frank sehen. Es dauerte jedoch einen Moment, bis ich die anderen gefunden hatte. Alle hatten ihre Handys in der Nähe und eine Text-Gruppe war bereits erstellt. Sie sollten sich regelmäßig melden, auch wenn sie sich gegenseitig im Auge hatten. Nur eine Minute der Unaufmerksamkeit würde ausreichen, um die Kacke zum Dampfen zu bringen.

„Was hättest du gerne?" Die Stimme des Barkeepers überraschte sie. Sie hatte sich so sehr darauf konzentriert, alle im Auge zu behalten, dass sie bei all dem ihre Rolle vergessen hatte.

„Club-Soda mit Schuss." Heute Abend war nicht die Zeit für Wein.

„Bitte sehr."

Sie reichte ihm ihre Kreditkarte und richtete ihre Aufmerksamkeit wieder auf die Tische. Nur Meg war weg. Sofort warf sie einen Blick auf ihr Handy. Noch keine Nachrichten. Sie waren erst seit vielleicht fünfzehn Minuten im Lokal. Meg könnte unmöglich schon auf die Toilette müssen, und selbst wenn, wären die Regeln klar gewesen – niemand durfte den Hauptraum alleine verlassen. Dafür waren die Telefone da. Nora suchte nach Tante Eileen und folgte dem Blick der älteren Frau. Sie hatte Meg und einen großen Mann mit dunklen Haaren im Auge, der etwa ein Jahrzehnt älter als Meg zu sein schien. Seltsamerweise war Nora nicht in den Sinn gekommen, dass ihr Ziel ein gut gekleideter reifer Mann sein könnte. Aus irgendeinem verrückten Grund hatte sie Visionen von testosterongeladenen Studenten mit elitärer Attitüde. Plötzlich bekam die ganze Operation eine neue Wendung. Sie mussten diesen Kerl heute Nacht erwischen. Sie mussten es einfach.

Sie behielt Meg und den Mann während eines, dann zweier Tänze im Auge und bemerkte schließlich, dass auch Becky auf die Tanzfläche gegangen war. Sie wagte es, ihren Blick abzuwenden und suchte nach den anderen Frauen. Grace hatte einen Cowboy mit Hut an ihrem Tisch. Nur jemand, der Grace seit ihrer Kindheit kannte, würde das plastische *Wie-lange-muss-ich-noch-nett-sein*-Lächeln auf ihrem Gesicht erkennen. Ihre Aufmerksamkeit auf drei Personen aufzuteilen war nicht so einfach, wie sie es erwartet hatte. Vor allem, wenn sie bedachte, dass zwar drei Männer den Köder schluckten, aber es noch zwei weitere, sie nicht mitgerechnet, Köder gab.

Ein erleichtertes Seufzen entfuhr ihren Lippen, als sie sah, wie Meg allein an ihren Tisch zurückkehrte. Ein Teil von ihr wollte diesen Kerl mehr als alles andere fangen, aber ein anderer Teil von ihr wollte, dass dieser Abend ereignislos verlief und dass alle unversehrt nach Hause gingen. Das beste Szenario wäre natürlich, den Widerling zu erwischen und dass alle außer dem Bösewicht unversehrt nach Hause kamen.

„Wie geht es dir?" Die Überraschung, Franks Stimme zu hören, warf sie fast von ihrem Hocker.

„Gut."

„Du siehst so nervös aus wie eine Katze in einem Raum voller Schaukelstühle. Bist du sicher?"

„Ich mache mir nur Sorgen um alle, schätze ich."

Frank winkte dem Barkeeper mit dem Finger zu. „Cola ohne Eis und was auch immer ihr vom Fass habt." Der Typ nickte und Frank drehte der Bar den Rücken zu und ließ seinen Blick umherschweifen. „Der Service hier ist schrecklich. Die Kellnerin ging dreimal direkt an unserem Tisch vorbei und blickte nicht einmal in unsere Richtung."

„Vielleicht siehst du nicht wie ein großer Trinker aus?", neckte sie.

„Ich habe das Gefühl, dass es eine lange Nacht werden wird." Franks Augen weiteten sich. „Was zum Teufel."

Nora folgte seinem Blick und erkannte, dass jemand versuchte, Tante Eileen anzubaggern.

„Gott möge mir beistehen. Wenn ich diese Frau nicht im selben Zustand nach Hause bringe, in dem ich sie hierhergebracht habe, wird Sean Farraday dafür sorgen, dass mir der Kampf gegen die Taliban wie ein Kinderspiel vorkommt."

Nora konnte sich ein Lachen nicht verkneifen. Sie war sich ziemlich sicher, dass der Cowboy an ihrer Seite harmlos war. Aber noch sicherer war sie, dass Tante Eileen sich behaupten konnte. Tatsächlich, einen Moment später legte der Cowboy den Kopf zur Seite und machte auf dem Absatz kehrt. Sie war sich ziemlich sicher, dass sie hörte, wie Frank durchatmete, auch wenn sein wachsamer Blick ihr verriet, dass er sich nicht entspannen würde, bis sie alle zu Hause waren.

„Wenn du nicht wie der frisch aufgewärmte Tod aussiehst." Abbie stellte Neil eine Tasse Kaffee hin. „Oder brauchst du etwas Stärkeres?"

„Langer Tag." Der Tag hatte vor Sonnenaufgang auf der Ranch begonnen, war dann zu einem langen Drehtag übergegangen und hatte dann mit einem Abend im Büro geendet, von wo aus er die dunkle Wohnung auf der anderen Straßenseite beobachtet hatte. Er wusste, dass sich die Frauen in der Stadt zum Mädelsabend trafen und dass Nora dort vollkommen sicher war und auch bald zu Hause sein sollte. Dennoch würde er sich einfach weniger unruhig fühlen, wenn sie zuhause in ihrem Bett liegen würde. „Gib mir lieber ein Stück Kuchen dazu."

„Hattest du Abendessen?"

„Kommt darauf an."

„Auf was?"

„Zählt ein Schokoriegel?"

Abbie lachte heftig. „Nein. Ich bringe dir eine kochend heiße Schüssel von Shannons Rindereintopf. Das dürfte genau das Richtige sein."

„Shannon? Die Shannon, die normalerweise bedient?"

„Frank hat sich den Abend freigenommen."

„Macht er sowas wirklich?" Neil hatte nicht sein ganzes Leben hier verbracht, aber er war schon lange genug hier, um zu wissen, dass einige Dinge eine Tatsache des Lebens waren – Tod, Steuern und Frank in der Küche des Cafés.

„Für gewöhnlich nicht. Aber er sagte, er müsse sich heute um etwas Persönliches kümmern. Er hat die Küche für den Abend gut gefüllt hinterlassen und Shannon ist ziemlich gut darin, einzuspringen, wenn wir unter Personalmangel leiden. Dies ist aber das erste Mal, dass sie vor dem Grill steht.“

Vermutlich gab es seltsamere Dinge, als dass Frank sich einen Abend freinahm. Während er die Tasse des lebensspendenden heißen Gebräus in seinen Händen hielt, erregte Gelächter vom anderen Ende des Cafés seine Aufmerksamkeit. Der Ladies-Club spielte Karten. Ohne seine Tante. Soweit er wusste, war Kartenspielen aber eine Tagesbeschäftigung und seine Tante verpasste nie ein Spiel.

Abbie stellte eine Schüssel Eintopf vor ihm ab.

„Danke.“ Er nickte und neigte seinen Kopf in Richtung der Ladies. „Anscheinend ist heute ein Abend für Premieren aller Art.“

Ihr Blick wanderte zu den gackernden Frauen. „Ja. Vielleicht ist Vollmond oder so.“

„Oder so.“ Er lachte. „Sie scheinen viel mehr Spaß zu haben als sonst.“

„Ich denke, das Kartenspiel war nur ein Vorwand, um an einem Freitagabend auszugehen. Sie haben nur wenige Runden gespielt.“

Sally May wedelte mit dem Arm in der Luft.

„Apropos“, Abbie tippte mit der Hand auf die Theke, „ich schaue besser, was die vergnügte Truppe möchte.“

Die Glocke über der Tür klingelte und Neil blickte auf. Er lachte vor sich hin. Diese altmodische Glocke hatte die Leute wie den pawlowschen Hund konditioniert. Es klingelte und fast alle Gäste im Lokal unterbrachen ihre Mahlzeiten und Gespräche, um zu sehen, wer sich zu ihnen gesellte.

D.J. trat ein und erblickte ihn sofort. Einen beiläufigen Blick auf die Ladies im hinteren Teil des Cafés werfend ging er in Neils Richtung. „Spätes Abendessen?“

„Abbies Werk. Mir hätte mein Schokoriegel

gereicht. Du?“

„Die Ehe ist eine lustige Sache.“ D.J. setzte sich auf den Hocker neben ihm.

Neil blickte seinen Cousin mit hochgezogener Augenbraue an.

„Man gewöhnt sich an bestimmte Dinge. Wie zum Beispiel, zu wissen, dass deine Frau im Haus ist, auch wenn sie nicht im selben Zimmer ist. Ans Abendessen mit ihrem lächelnden Gesicht dir gegenüber. Ihr Nörgeln, weil heute Abend dein Abend zum Kochen war und du die Taco-Suppe zu scharf gemacht hast.“

Neil nickte. Als Junggeselle konnte er sich mit dem Ehefrau-Teil nicht identifizieren, aber er verstand das Konzept, sich an die alltäglichen Dinge mit einer bestimmten Person zu gewöhnen.

„Ich weiß, dass ich vor Becky ganz gut zurechtgekommen bin, aber verdammt, ich erinnere mich nicht mehr, wie.“

Wie. Neil könnte sich fast die gleiche Frage stellen. Wie hatte er das Leben vor Nora genossen?

„Also, da Caitlin und ihre Cousins die Nacht auf der Ranch verbringen, bin ich hierher, um einem leeren Haus zu entkommen und darauf zu warten, dass meine Frau nach Hause kommt, damit ich ins Bett kriechen kann und meinen dringend ersehnten Schlaf bekomme.“

Die Glocke läutete erneut, und siehe da, ein weiterer Farraday. Adam entdeckte die beiden und schlenderte herüber.

„Du auch?“ D.J. lachte.

Adam nickte. „Im Haus ist es zu ruhig. Wir haben nicht einmal Gäste, die Lärm machen könnten.“

„Ich nehme an, dass Fiona heute Abend auch auf der Ranch ist?“

„Ja. Sie lernen schon früh, bei Oma und Opa zu übernachten.“

„Tolle Bindung für die Kinder." D.J. lächelte. „Ich hoffe nur, dass Dad weiß, worauf er sich eingelassen hat. Auch wenn Tante Eileen bis nach dem Schlafengehen gewartet hat, um zum Mädelsabend zu fahren."

„Wie lange bleiben sie normalerweise weg?"

D.J. zuckte mit den Schultern. „Hängt davon ab, in wessen Haus sie sind."

„Oder", Adam kicherte, „wie viel Wein sie getrunken haben."

Abbie kam mit einer fast leeren Kaffeekanne in der Hand und einem tiefen Stirnrunzeln im Gesicht herüber. „Wusste einer von euch, dass der Mädelsabend heute im Boots'N'Scoots ist?"

Alle drei Köpfe wackelten hin und her, und D.J.s Augen wurden schmal.

Abbie seufzte leise. „Das hatte ich befürchtet."

„Bist du sicher?" Die Muskeln in D.J.s Kiefer zuckten. „Wir haben vereinbart, dass sich alle vorerst von dort fernhalten."

„Leider bin ich sicher. Die Ladies schienen zu glauben, ich wüsste es, da Frank um einen freien Abend gebeten hatte."

„Was wissen?" Neil gefiel weder Abbies Gesichtsausdruck noch die Art und Weise, wie ihm die Haare in seinem Nacken zu Berge standen.

„Sie hielten sich zurück, als ich sie um eine Erklärung bat, aber ich glaube, sie haben einen Plan ausgeheckt, um sich den Mann zu schnappen, der die Frauen unter Drogen setzt. Und Frank ist ihre Unterstützung."

„Heilige …" D.J. sprang von seinem Hocker auf und ging zielstrebig durch das Café. Adam und Neil folgten dicht dahinter.

„Du hättest deinen Mund halten sollen." Ruth Ann warf Sally May einen bösen Blick zu.

„Woher hätte ich wissen sollen, dass niemand

Abbie zur Verschwiegenheit verpflichtet hatte?"

Ruth Ann stieß einen langen Seufzer aus und schüttelte den Kopf.

„Ladies, ich muss genau wissen, was los ist."

Dorothy richtete ihren Blick auf D.J.. „Ich nehme nicht an, dass du mir glauben würdest, wenn ich *nicht viel* sage?"

Mit ernster Miene schüttelte der Polizeichef den Kopf.

„Das habe ich mir gedacht." Dorothy zuckte mit den Schultern. „Kurz gesagt, wir sind alle zu dem Schluss gekommen, dass die Polizei von Butler Springs diesen Kerl niemals fangen wird, und dass in der Zwischenzeit junge Frauen verletzt werden."

D.J. sagte kein Wort, aber Neil konnte sehen, dass der Mann fest auf seine Backenzähne und wahrscheinlich auf seine Zunge biss.

„Der Plan besteht darin, sich aufzuteilen und darauf zu warten, dass dieser Idiot eine von ihnen mitnimmt. Dann hat die Polizei ihre Beweise und er kann endlich weggesperrt werden."

Neil wusste nicht, wessen Augen größer wurden, aber er war sich ziemlich sicher, dass sich alle drei ihrer Kiefer fast dem Boden näherten.

„Was?", fragte D.J. alles andere als ruhig.

„Jetzt mach dir nicht ins Hemd." Sally May zeigte auf D.J. „Wir sind in der Text-Gruppe. Sie melden sich alle fünfzehn Minuten, und wenn etwas schief geht, sagen wir dir bescheid."

„Und was im Namen aller Heiligen soll ich von hier aus tun?" D.J. schüttelte den Kopf und murmelte etwas, was Neil nicht ganz verstand. Dann drehte er sich um, hielt sein Handy ans Ohr und ging los. „Steve. Hier ist D.J.. Wir haben ein Problem."

Neil und Adam folgten ihm durch die Tür hinaus, während D.J. dem Polizeichef von Butler Springs erklärte, was er wusste. Am Bordstein legte er auf und blickte zu den beiden Männern. „Sie haben eine Vollmondnacht. Die Hälfte seiner Truppe jagt Street-Racer in drei verschiedenen Teilen der Stadt. Er wird sein Bestes tun, um jemanden ins Boots'N'Scoots zu bekommen, aber sechs verrückte Frauen, die Undercoveragentinnen spielen, haben keine große Priorität."

„Wessen Auto nehmen wir?", fragte Neil. Es war nicht nötig zu fragen, ob sie fahren oder wer fahren würde. Das verstand sich von selbst.

„Meines. Ich habe Sirenen."

Neil hatte die Rücksitztür noch nicht ganz ge-schlossen, als D.J. bereits Gas gab. Aber egal wie schnell er fuhr, es war nicht schnell genug.

KAPITEL SIEBZEHN

„**D**as läuft nicht so, wie ich es mir erhofft hatte." Meg fuhr sich mit den Fingern durchs Haar und trug erneut Lippenstift auf.

„Ich weiß, was du meinst." Über eine Stunde lang hatten Nora und die Farraday-Frauen – im Rahmen des Zumutbaren – mit mehr Männern geflirtet, als eine von ihnen wahrscheinlich beabsichtigt hatte. Kein einziger war auch nur annähernd so freundlich geworden, etwas in ihre Getränke zu tun. Und soweit sie sehen konnten, war auch sonst nirgends etwas Verdächtiges geschehen. Denn sie hatten nicht nur beschlossen, aufeinander aufzupassen, sondern auch auf die anderen Frauen im Lokal.

Meg steckte ihren Lippenstift in ihre Handtasche. „Kein Wunder, dass die Polizei Schwierigkeiten hat, diesen Kerl zu finden. Ich hatte nicht daran gedacht, dass er überhaupt nicht hier sein könnte."

„Alles, was wir tun können, ist, die Chance zu nutzen. D.J. sagte, dass die häufigste Verbindung der Opfer das Boots'N'Scoots wäre, und immer an einem Freitagabend. Deshalb sind wir hier." Nora wünschte, dieser Kerl würde etwas tun. Sie wollte diesen Abschaum, wie alle anderen auch, hinter Gitter bringen.

„Wir gehen besser wieder rein, bevor Tante Eileen nach uns sucht."

Auf dem Weg zurück zu ihren Plätzen blieben Meg

und Nora an dem Tisch stehen, an dem Tante Eileen und Frank saßen und das Lokal überblickten.

„Wie lange sollten wir deiner Meinung nach hierbleiben?", fragte Meg ihre Tante.

Eileen schüttelte den Kopf. „Ich weiß es nicht, aber", sie hob ihr Kinn in Richtung eines Manns an der Bar auf der anderen Seite des Raumes, „was haltet ihr von diesem Typ?"

„Ich brauche mehr Details", sagte Nora. „Da drüben sind viele Leute."

„Der Gutaussehende. Der wirklich Gutaussehende." Tante Eileen griff nach ihrem Getränk. „Gebügelte Jeans, kein Hut, blaues Hemd, Zahnpasta-Werbung-Lächeln."

„Dritter vom Ende der Bar?", fragte Nora.

Tante Eileen nickte. „Sieht er nicht ein bisschen zu perfekt aus, um allein herumzustehen und nicht mit einer Frau zu reden?"

„Seit wann ist gutes Aussehen ein Verbrechen?", fragte Frank.

„Ich habe ihn fast zwanzig Minuten lang beobachtet. Er redet mit niemandem, er nippt immer noch am selben Getränk und es fühlt sich einfach nicht richtig an."

Nora warf einen erneuten Blick auf den Kerl. Nachdem Eileen sie nun darauf aufmerksam gemacht hatte, schien er wirklich ein wenig auffällig. Andererseits: Wie einfach war es für Männer, eine völlig Fremde zum Tanzen aufzufordern oder zu einem Drink einzuladen? „Soll ich mit ihm flirten?"

„Nein", wiederholten Tante Eileen und Frank schnell.

Tante Eileen richtete ihre Aufmerksamkeit auf die anderen, die noch verstreut waren. „Wenn er unser Mann ist, muss er von sich aus handeln."

„Dann kehren wir besser zu unseren Plätzen

zurück." Nora nickte ihrer Kartenspielfreundin zu und eilte zurück zur Bar. Von dort aus beobachtete sie den Kerl am Ende. In einer Sache hatte Eileen Recht: Er sah viel zu gut aus, um so ganz allein dazustehen.

Ungefähr eine halbe Stunde später gingen Catherine und Becky auf die Damentoilette, während der Fremde immer noch seinen Drink trank und die Menge beobachtete. Nora kam nicht umhin, sich zu fragen, ob Tante Eileen recht hatte und dieser Typ mehr war als nur ein Junggeselle, der auf ein oder zwei Tänzchen aus war.

Nach einer weiteren halben Stunde waren Grace und Toni mit ihrem Toilettenbesuch an der Reihe. Bisher hatte Nora mit drei verschiedenen Typen getanzt und sich sogar von einem von ihnen einen Drink spendieren lassen. Sie hatten ein paar Minuten geredet, und dann entschuldigte er sich zu ihrer Überraschung und baggerte eine andere Frau am Ende der Bar an. Selbst in einem Aufreiß-Schuppen konnte sie nicht die volle Aufmerksamkeit eines Mannes auf sich ziehen.

„Bereit für einen weiteren?" Der Barkeeper blieb vor ihr stehen.

Sie hatte nicht bemerkt, dass sie ihren Drink ausgetrunken hatte. „Ja, bitte."

„Club-Soda mit dem gewissen Etwas." Zum ersten Mal in dieser Nacht lächelte er sie an.

Was zum Teufel, sie erwiderte sein Lächeln und machte sich eine Notiz, dem Kerl ein gutes Trinkgeld zu geben. Da sie so sehr darauf bedacht war, ihre Freundinnen im Auge zu behalten, hatte sie nicht bemerkt, dass die Menschenmenge immer dünner geworden war. Kein Wunder, dass der Barkeeper die Zeit hatte, sie zu bedienen, ohne dass sie ihn herbeiwinkte. Mr. Gutaussehend richtete seine Aufmerksamkeit wieder auf die breite Masse, gab dem Barkeeper ein Zeichen, zog einen Geldschein aus seiner

Brieftasche, legte ihn auf den Tresen, nickte und ging weg.

So viel zu Tante Eileens Instinkten. Es überraschte Nora tatsächlich. Solange sie sie kannte, hatte diese Frau eine scharfsinnige Intuition bewiesen. So scharfsinnig, dass Nora manchmal das Gefühl hatte, die Frau hätte eine Kristallkugel in der Tasche.

Sie warf einen Blick auf ihr Telefon und las den Bildschirm. *Es wird ruhiger. Sieht so aus, als wäre unser Plan gescheitert. PS: Wir wurden verpfiffen. D.J. und Adam und Neil sind unterwegs.*

Ups. So sollte es eigentlich nicht laufen. Sie nahm einen großen Schluck von ihrem Getränk und machte es sich bequem, um auf die Männer zu warten. Wäre ihr Plan erfolgreich gewesen, wäre es viel einfacher gewesen, den Jungs alles zu erklären. Da sie das Gefühl hatte, dass nicht mehr ganz so viel auf dem Spiel stand, nahm sie sich eine Minute, um den Gruppenbildschirm zu verlassen und nach oben zu scrollen, um nach anderen Nachrichten zu suchen. Sie hatte ein paar SMS von Neil verpasst. In der ersten fragte er: *Geht es dir gut?* Die zweite Nachricht lautete: *Wir sind auf dem Weg.* Die dritte summte gerade, als sie das Telefon in der Hand hielt. *Nora??* Da sie die Farradays gut kannte, flippten die Jungs wahrscheinlich auf eine nur zu verführend wirkende Art aus.

Um Neil und den anderen ein Aneurysma zu ersparen, begann sie, eine Antwort zu tippen. *Es geht mir gut. Uns,* ihr Finger rutschte ab, *allen.* Sie wollte das Telefon auf die Bar legen und dem Barkeeper zuwinken, um nach der Rechnung zu fragen, aber das Telefon fiel ihr aus der Hand und landete mit einem dumpfen Knall auf dem Tresen.

Der Kopf des Barkeepers schnellte herum und er kam langsam näher an sie heran. „Alles in Ordnung, Miss?"

Ihr Verstand dachte: *Ich weiß es nicht*, aber die Worte kamen nicht über ihre Lippen. Stattdessen nickte sie. Langsam. Wie eine kalte Dusche überkam es sie, dass sie definitiv nicht in Ordnung war.

Eileen schickte die letzte SMS für den Abend. *Zeit nach Hause zu gehen.*

„Ich muss gestehen, ich bin froh, dass nichts passiert ist." Frank nahm einen letzten großen Schluck von seinem Getränk. „Zum einen scheint es nicht richtig zu sein, die ganze Nacht in einem Lokal zu verbringen und nur ein Bier zu trinken."

Eileen kicherte. „Seit wann bist du ein großer Bier-Fan?"

„Seit dein Neffe das beste Pub in West-Texas eröffnet hat." Er lächelte und kippte sein leeres Glas in ihre Richtung, dann runzelte er die Stirn.

Eileen folgte seinem Blick.

„Ich kann nicht glauben, dass es nicht funktioniert hat." Grace sank auf einen leeren Stuhl.

Becky trat neben ihre Schwägerin und schüttelte den Kopf. „Ich ebenso wenig."

Alle Frauen zogen sich entweder einen Stuhl heran oder gingen zu Eileens Tisch. Abgesehen von Nora. Frank runzelte weiterhin die Stirn. „Warum bewegt sie sich nicht?"

„Das habe ich mich auch gefragt." Eileen tippte einen neuen Text. *Bist du okay?*

Nora rührte sich nicht. Reagierte nicht. Griff nicht zum Telefon.

„Das gefällt mir nicht", sagte Eileen leise und biss fest auf ihre Backenzähne. Sie hatten das geplant, darauf gehofft, aber jetzt, wo es passieren könnte, verspürte sie eine unerwartete Wut, die in eine dicke Decke aus Besorgnis gehüllt war. Jetzt war nicht die Zeit, die Fassung zu verlieren.

Frank blickte Nora immer noch stirnrunzelnd an und schüttelte den Kopf. „Sie hat mit niemandem gesprochen."

„Dieser Kerl." Eileen wandte ihren Blick ab, um nach dem Mann zu suchen, der Nora einen Drink spendiert hatte, und dann gegangen war, um eine andere Frau anzumachen. Es dauerte einen langen Moment, aber Eileen entdeckte ihn, wie er sich in einer Nische an eine Blondine schmiegte. Wenn er etwas in Noras Getränk getan hätte, wäre das eine Überraschung für Eileen. Wen suchten sie dann? Könnte etwas anderes mit Nora nicht stimmen? Eileen rutschte auf die Kante ihres Sitzes herum. Noch eine Minute, dann würde sie hinübermarschieren und selbst herausfinden, was zum Teufel los war.

Die Sekunden zogen langsamer vorbei als eine lahme Schnecke. Alle Augen waren auf Nora gerichtet, die immer noch auf ihrem Stuhl saß und dann leicht schwankte. Wenn sie nicht unter Drogen stand, was hatte sie dann vor?

Der Barkeeper beugte sich vor und sagte etwas zu ihr.

„Sieht aus, als hätte der Barkeeper bemerkt, dass etwas nicht stimmt." Wie alle anderen am Tisch ließ Frank Nora nicht aus den Augen.

Meg seufzte. „Wenn der Barkeeper ihr hilft, verschreckt er denjenigen vielleicht, der ihr das angetan hat. Wir werden keine Beweise für die Polizei haben. Wir werden nie herausfinden, wer sie unter Drogen gesetzt hat."

„Falls", mit der Ruhe einer Prozessanwältin zeigte Grace mit ihrem Finger auf ihre Schwägerin, „ich wiederhole, *falls* sie tatsächlich jemand unter Drogen gesetzt hat. Sie könnte einen anderen Grund haben, sich uns nicht anzuschließen."

„Wie etwa eine Spur?" Becky sah hoffnungsvoll aus.

Meg schüttelte den Kopf. „Das geht nicht auf. Warum sollte sie uns dann nicht schreiben, was los ist?"

„Ich weiß nicht." Grace konzentrierte sich weiterhin auf Nora. „Das ergibt für mich auch keinen Sinn, aber denkt an unseren Plan. Wir beobachten sie wie ein Falke, folgen ihr wie ihr Schatten, und sobald wir den Beweis haben, dass jemand nichts Gutes im Schilde führt – einen Beweis, der vor Gericht Bestand hat –, stürzen wir uns auf ihn. Das Wichtigste ist, egal was passiert, lasst sie nicht aus den Augen."

Eileen stieß sich vom Tisch ab und schnappte sich ihre Handtasche, während sie die Bar auf der anderen Seite der Tanzfläche im Auge behielt. „Zeit, es herauszufinden."

„Warte." Franks kräftiger Arm schoss vor und hinderte Eileen daran, vorwärts zu gehen.

„Was meinst du mit *warte*?" Ihr Blick wanderte von seinem ausgestreckten Arm zurück zu den Bewegungen an der Bar. „Hmm. Holt eure Sachen, Ladies."

Der Barkeeper war auf die andere Seite des Tresens zu Nora gegangen, legte einen Arm um ihre Taille und half ihr vom Hocker.

„Alle bleiben in Paaren." Eileen hielt ihren Blick nach vorne gerichtet. „Und wie Grace schon sagte, niemand lässt die beiden aus den Augen. Los geht's."

Die Farraday-Frauen hielten praktisch den Atem an und beteten, dass sie sich nicht in etwas verstrickt hatten, das nicht gut enden würde, als sie sich durch die Menge manövrierten und dem Barkeeper und Nora folgten.

Der Barkeeper blickte über seine Schulter und Eileen erstarrte. „Solange wir nicht wissen, was los ist, kommt ihnen nicht zu nahe."

Da der Abend zu Ende ging, bewachten die Türsteher den Eingang nicht mehr. Der Barkeeper und Nora gingen zur Tür hinaus, ohne dass es jemand bemerkte.

„Vielleicht hilft er ihr, ein Taxi zu bekommen." Frank wirkte bei weitem nicht so optimistisch wie seine Worte.

Draußen vor der Tür blieben sie stehen, denn sie wollten nicht zu nahe heran, wollten aber sehen, was der Mann vorhatte. Eileen hielt ihr Handy ans Ohr und tat so, als würde sie telefonieren. Der Barkeeper, der die Frauen, die sich um den Vordereingang herum verteilten, nicht bemerkte, blieb an der Bordsteinkante stehen.

„Worauf wartet er?" Meg flüsterte fast.

„Vielleicht hat Frank recht. Ein Taxi?" Becky stellte sich etwas abseits und tat so, als würde sie in ihrer Handtasche nach etwas suchen.

„Oh, Mist. Seht, wer da drüben ist."

„Wo drüben?" Grace blickte ihrer Tante über die Schulter.

„An der hinteren Ecke des Gebäudes. Im Schatten."

„Gott. Mr. Gutaussehend", murmelte Grace. „Sie könnten ein Team sein."

„Ist ein Perverser nicht schon schlimm genug", knurrte Catherine praktisch. „Ein Zweierteam ist noch widerlicher."

„So oder so", wie alle von ihnen, richtete Grace den Blick nach vorn, „nichts davon sieht gut aus."

„Er bewegt sich." Tante Eileen winkte die Frauen weiter.

Grace blickte mit zusammengekniffenen Augen über den dunklen Parkplatz. „Wo zum Teufel bringt er sie hin?"

„Wohl eher: schleppt er sie hin." Franks Tonfall triefte vor Wut.

Tante Eileen beschleunigte ihre Schritte. „Schneller. Wir dürfen sie nicht verlieren."

„Wir sollten das etwas auflockern. Ich meine", Becky beeilte sich, mitzuhalten, „wird es nicht ein wenig verdächtig aussehen, wenn er sich umdreht und sieht, dass sieben Leute ihm folgen?"

Catherine schüttelte den Kopf. „Dieser Kerl wird auf keinen Fall einen Haufen Frauen verdächtigen, sich gegen ihn verschworen zu haben."

Frank räusperte sich. Laut.

„Entschuldigung." Catherine zuckte mit den Schultern. „Und einen Mann."

„Er ist auf dem Weg zu diesem Motel."

„Mist." Catherine schnaufte. „Das muss der seltsame Ort sein, an dem die Opfer aufgewacht sind."

„Wir haben ihn!" Eileen konnte die Zufriedenheit in ihrer Stimme hören. Sie würden diesen Hurensohn festnageln.

„Wäre es jetzt ein guter Zeitpunkt, die Polizei zu rufen?", fragte Becky.

Eileen schüttelte den Kopf. „Nein. Wir haben das schon einmal besprochen. Keine Polizei, bis der Typ sich nicht mehr aus der Sache herausreden kann."

„Es muss vor Gericht Bestand haben." wiederholte Grace. „Im Moment kann er, egal wie schlimm oder offensichtlich es für uns aussieht, behaupten, er habe ihr nur zu ihrem Auto geholfen oder mit ihr auf ein Taxi oder einen Freund gewartet. Wir müssen noch etwas warten."

„Ich weiß nicht." Frank schüttelte den Kopf. „Er bringt sie offensichtlich nicht zu ihrem Auto oder ruft ihr ein Taxi, und ein Bluttest wird zeigen, dass sie außer Club-Soda mit Schuss noch etwas anderes in ihrem Körper hat. Ich bin dafür, die Wahrheit aus dem

Arsch zu prügeln."

Auch wenn Eileen zustimmte, dass es eine große Befriedigung wäre, zuzusehen, wie der Widerling die Behandlung bekam, die er verdiente, gefiel ihr die Vorstellung besser, dass er eine sehr lange Zeit im Gefängnis zubringen würde. „Wir müssen zumindest warten, bis wir genau wissen, wohin er sie bringt."

Der Typ hielt inne, und alle sieben drehten sich um und taten so, als würden sie etwas anderes tun, als ihm zu folgen, einschließlich Catherine, die ihre Handtasche auf den Boden verschüttete.

Eileen half Catherine am Boden beim Einsammeln ihrer Habseligkeiten und behielt dabei den Barkeeper und Nora im Auge. „Er hat eine Schlüsselkarte, um die Tür aufzuschließen. Das ist kein spontaner Entschluss, wenn er bereits einen Schlüssel hat." Sie musste nichts weiter sehen. Der Polizei musste es genügen, dass sie hinein gegangen waren, und wenn nicht, war es ihr egal. Sie hatten den Widerling gefunden, den Rest konnte die Polizei selbst herausfinden. „Los. Jetzt."

Eileen raste über das letzte Stück des schmalen Parkplatzes und manövrierte zwischen zwei geparkten Autos hindurch, dicht gefolgt von ihren Nichten und mit Frank an ihrer Seite. „Sobald er die Tür schließt, werde ich klopfen. Sagen, ich bin vom Zimmerservice."

„Hier gibt es keinen Zimmerservice." Frank schüttelte den Kopf.

„Darum geht es nicht. Ich muss ihn dazu bringen, die Tür zu öffnen, bevor er Zeit hat, etwas zu tun, und ich kann sie nicht einfach aufschießen." Sie beobachtete, wie ihr Ziel an der Tür herumfummelte. Gott sei Dank machte ihn das Gewicht von Noras schlaffem Körper langsamer. „Ich würde sagen, dass die Pizza da ist. An einem Ort wie diesem bestellt jeder Pizza." Die Tür schwang auf. Sie hatten bestenfalls ein paar

Minuten Zeit, um hineinzukommen und die Polizei zu rufen. Eileen zeigte zur Tür. „Ihr verteilt euch auf beiden Seiten. Becky, halte dich bereit, den Notruf zu wählen. Sobald die Tür sich öffnet, stürmen wir alle hinein."

„Verstanden." Mehrere Köpfe bewegten sich auf und ab.

„Ich sollte klopfen." Frank reichte Eileen die Hand. „Ich bin hoffentlich einschüchternder."

„Nein. Einem Mann öffnet er vielleicht nicht die Tür."

„Gut." Sie konnte an dem festen Druck seiner Lippen erkennen, dass seine Zustimmung mit einer großen Portion Widerwillen einherging. „Beeil dich."

„Was zum Teufel macht ihr Leute hier?"

Eileens Kopf wirbelte herum. Verdammt. Dafür hatten sie keine Zeit.

Mr. Gutaussehend stand hinter ihr. Zum Glück musste Eileen kein Wort sagen. Frank hatte den Kerl sofort im Schwitzkasten und die Hand auf seinem Mund. Frank nickte ihr zu. „Mach weiter, wir haben keine Zeit mehr."

Der Typ wand sich und stöhnte und beschwerte sich. Frank verstärkte seinen Griff. „Wenn du nicht willst, dass ich dich wie einen Hühnerknochen in zwei Teile breche, halt den Mund."

„Bereit?" Eileen blickte nach links und rechts. Als alle nickten, klopfte sie.

Ein kleiner Teil von Noras Verstand wusste, dass sie in Schwierigkeiten steckte, aber der größte Teil ihres Gehirns war damit beschäftigt, die Teile zusammenzusetzen. Alles war so verwirrend. Jeden Moment erwartete sie, an der Decke zu schweben und die Welt von oben zu beobachten. Alles war so schwer. Sie konnte ihre Augen kaum offenhalten. Außerdem musste sie sich seltsam hingesetzt haben, denn ihre Beine waren taub. Aber das galt auch für ihre Arme, und irgendetwas hämmerte in ihrem Kopf.

Jemand war mit ihr im Zimmer. Sie konnte nicht viel mehr als einen großen Klecks erkennen. Und dieses unaufhörliche Pochen. Was war das?

Sie schüttelte den Kopf und versuchte, den Nebel zu vertreiben. Es hämmerte noch mehr, nur war es nicht in ihrem Kopf. Es war an der Tür. Jemand war an der Tür. Welche Tür? Sie holte tief Luft. Luft, sie brauchte Luft. Sie musste ihren Kopf freibekommen.

„Pizza." Hörte sie jemanden Pizza sagen? Gut, sie hatte Hunger. Zumindest dachte sie, sie hätte Hunger. Auf gedämpfte Geräusche wie bei den Lehrern in einer Charlie-Brown-Folge folgte eine weitere Stimme. Klarer. Vielleicht. Etwas über kostenlos. Kostenlos war gut.

Setz dich auf. Sie musste sich aufsetzen. Das würde helfen. Ihre Beine fühlten sich immer noch schwer an, aber sie schaffte es, sie über die Bettkante zu schwingen. Sie lag auf einem Bett. Als sie noch einmal tief Luft holte, konnte sie den großen Klecks erkennen, der die Tür öffnete. Die Pizza – sie hatte Hunger, nicht wahr? Ja. Ihr Kopf wurde klarer. Sie hatte definitiv Hunger. Sie saß aufrecht und war hungrig. Aber wer zum Teufel war an der Tür? Ein Mann? Welcher Mann?

Die Tür öffnete sich weit und eine Menschenmenge strömte herein.

„Keine Bewegung!", rief jemand.

Irgendwo im Raum hallte ein lauter Knall wider. Zu ihrer Rechten. Ein Stapel Wäsche lag auf dem Boden. Nein, keine Wäsche. Wäsche bewegte sich nicht. Oder doch?

„Wo ist das Seil?“

Seil?

„Hier.“ Eine andere, hübschere Person richtete etwas auf den Wäschehaufen und hielt sich dann etwas ans Ohr. „Ich möchte eine Entführung melden.“

„Irgendwelche neuen Nachrichten?“ D.J. fragte zum zehnten Mal in ebenso vielen Minuten.

Neil schüttelte den Kopf, genauso wie er es schon neun Mal zuvor getan hatte. „Nichts, seit sie geschrieben haben, dass sie bereit waren zu gehen, kurz gefolgt von dem *Bereithalten*.“

„Es ist dieses *Bereithalten*, das mich nervös macht.“ D.J.s Griff um das Lenkrad wurde fester. „Wenn ich alle nach Hause bringe, sperre ich sie ein, nur um sie vor sich selbst zu schützen.“

„Den Schlüssel werfe ich für dich weg.“ Adam hatte bis jetzt nicht viel gesagt. Die Sorge auf seinem Gesicht spiegelte die Gefühle wider, mit denen auch Neil zu kämpfen hatte. Er wusste, dass seine Tante eine taffe Frau war, aber er hatte sie nicht für verrückt gehalten. Und er hatte sicherlich nicht damit gerechnet, dass sie jemanden, der ihr am Herzen lag, in Gefahr bringen würde.

Seit sie die Stadtgrenze erreicht hatten, fuhr D.J. mit Blaulicht. Er bog um die Ecke und wurde von einem Schauspiel an blinkenden blauen und roten Lichtern begrüßt, die den Parkplatz des Motels säumten. Polizeiautos standen kreuz und quer, und dann war da noch der herzzerreißende Anblick eines Krankenwagens. „Oh Gott.“

Adam schlug mit der Hand auf das Armaturenbrett.

„Wir sind zu spät."

Reifen quietschten, als D.J. auf die Bremse trat. Neil wartete nicht darauf, dass das Auto vollständig zum Stehen kam, sondern riss die Tür auf und schoss aus dem Wagen. D.J. und Adam waren ihm auf den Fersen, und die drei galoppierten zu der Menschenmenge und den Beamten, die sich um die Tür des Motelzimmers drängten. Wie er es schon die gesamte Autofahrt getan hatte, verhandelte er auch jetzt noch einmal mit Gott.

„Nun, woher zum Teufel sollte ich wissen, dass Sie Polizist sind," brüllte Frank nach rechts. „Ihr Leute solltet euch ausweisen."

„Sie haben mir keine Chance gegeben!", schrie ein großer Mann, der fürs Ausgehen gekleidet war.

Zu seiner Linken rannte Becky aus dem Raum und warf sich D.J. in die Arme. Das war ein gutes Zeichen, sagte sich Neil. Zwei Beamte hoben die Hände mit ausgestreckten Handflächen, und D.J. hielt seine Dienstmarke hoch, damit der Beamte sie sehen konnte. „Sie gehören zu mir."

„Ich weiß nicht, wofür du mich gebraucht hast." Kopfschüttelnd und fast lächelnd verließ ein großer Mann in Uniform den Raum und ging zu D.J.. „Als du mich anriefst, um nach deiner Frau und deiner Tante zu sehen, war dieses gefesselte Schwein und vier Frauen, die Waffen auf ihn richteten, das Letzte, was ich erwartet hatte. *Vier*", wiederholte er intensiver. „Und dann war da noch dieser *Jarhead*, der auf meinem gefesselten Officer saß."

„Pass auf", knurrte Frank.

„Ich könnte ihnen eine Litanei an Vergehen vorwerfen. Stören einer polizeilichen Ermittlung. Angriff auf einen Beamten. Gott sei Dank haben sie niemanden erschossen, sonst hätten wir auch noch Abfeuern einer Waffe. Und dann natürlich noch Hausfriedensbruch."

„Das stimmt nicht, Chief, und das wissen Sie", rief Tante Eileen aus dem Zimmer. „Dieser Hurensohn hat die Tür bereitwillig geöffnet."

„Ja, Ma'am." Der gerügte Mann schüttelte den Kopf und blickte D.J. an, der nicht glücklicher aussah als sein befreundeter Polizeichef.

Meg hatte den Weg in Adams Arme gefunden. „Hast du Brooks mitgebracht?"

Diese vier kleinen Worte ließen Neils Herz aussetzen. Wer brauchte einen Arzt?

KAPITEL ACHTZEHN

Noras Augenlider hatten sich noch nie so schwer angefühlt.

„Hallo." Die männliche Stimme brachte sie zum Lächeln.

„Hallo." Sie blinzelte angestrengt und sah ein paar lange Sekunden lang an die Decke, bevor sie den Kopf drehte und Neil erblickte, der ihre Hand hielt und auf der Kante seines Stuhles saß. Aus jeder seiner Poren sickerte Besorgnis. Sie blinzelte erneut und blickte sich um. Es dauerte ein paar Minuten, bis ihr klar wurde, dass sie sich weder in ihrem Zimmer noch in einem anderen Zimmer befand, das ihr bekannt vorkam. Tief in ihrem Magen rumorte ein Anflug von Panik, als sie versuchte herauszufinden, wo sie war, und was passiert war. „Wo sind wir?"

„Im Gästezimmer auf der Ranch. Erinnerst du dich an irgendetwas?"

Nora dachte angestrengt nach. „Wir sind nach Butler Springs gefahren."

„Das ist richtig." Neil lächelte. „Wir haben darauf gewartet, dass du aufwachst."

„Wie spät ist es?"

„Sechs."

„Das ist zu früh. Warum bist du hier?"

„Sechs Uhr abends. Ich war die ganze Nacht und den ganzen Tag hier. Du hast mich zu Tode erschreckt."

Es fiel ihr schwer, sich zu erinnern. Nicht einmal kleine Erinnerungsschnipsel. „Ich erinnere mich an nichts."

„Oh, gut." Tante Eileen kam zur Tür herein. „Ich wusste doch, ich hatte Stimmen gehört. Wie fühlst du dich?"

Ja, wie fühlte sie sich? Sie bewegte ihre Finger und Zehen. Abgesehen davon, dass sie das Gefühl hatte, eine schlimme Erkältung zu haben, war alles in Ordnung. „Nicht schlecht."

„Gut, gut. Ich hole dir eine leckere Schüssel Hühnersuppe. Ich habe sie heute Morgen frisch gemacht."

Tante Eileen hatte kaum die Schwelle überschritten, als jemand in den Raum huschte. Catherine war eingetreten. „Gott, hast du uns allen Angst gemacht. Ich glaube, Connor hat letzte Nacht kein Auge zugetan."

„Das Gleiche gilt für Finn." Joanna folgte ihrer Schwägerin ins Zimmer. „So wie er sich verhalten hat, würde jeder denken, ich wäre eine der Frauen gewesen, die versucht haben, einen Bösewicht zu ködern."

Stimmt. Sie waren ins Boots'N'Scoots gegangen. „Wir haben darauf gewartet, dass jemand eine von uns anbaggert."

Neil nickte. „Woran erinnerst du dich sonst noch?"

Mehrere neblige Bilder tanzten in ihrem Kopf herum, aber keines davon wurde scharf. „Ich erinnere mich an nichts. Was ist passiert?"

„Du wurdest unter Drogen gesetzt." Catherine saß auf der anderen Seite des Bettes. „Du hast uns zu Tode erschreckt, als wir merkten, dass etwas nicht stimmte und der Barkeeper dir dann nach draußen half."

Egal wie sehr sie es versuchte, sie erinnerte sich an nichts davon.

„Es scheint, dass unser kleiner Mixologe derjenige

war, der die Getränke unserer Opfer aufpeppte.“

„Du siehst ziemlich gut aus.“ Becky kam ins Zimmer, dicht gefolgt von ihrem Mann.

D.J. stellte sich neben Neil. „Bist du bereit, ein paar Fragen zu beantworten?“

Sie nickte. Nicht, dass ihr Verstand vermutlich irgendwelche Antworten parat hätte. Nicht so, wie sie sich im Moment fühlte.

„Hat der Barkeeper etwas zu dir gesagt?“

Sie schloss die Augen und dachte intensiv nach. „Er war beschäftigt. Hat die ganze Nacht kaum ein Wort zu mir gesagt. Bis … bis …“ Die Bilder verschwanden. „Ich glaube, er hat gefragt, ob ich noch etwas trinken möchte.“

D.J. nickte. „Er muss gewartet haben, bis seine Schicht fast zu Ende war, um etwas zu unternehmen. Du hattest gerade genug Ketamin in deinem Körper, um dich aus dem Gleichgewicht zu bringen. Aber aufgrund deiner Handlungen und der Tatsache, dass du nur den halben Tag geschlafen hast, gehen wir davon aus, dass du deinen Drink nicht ausgetrunken hast.“

Hatte sie das? Sie schloss ihre Augen ganz fest und versuchte, sich zu erinnern. Sie versuchte es wirklich.

Eine Kraft um ihre Finger herum wurde stärker und sie merkte, dass Neil ihre Hand drückte. „Wenn das zu viel ist, musst du nicht antworten.“

Sie schüttelte den Kopf. „Ich kann mich einfach nicht erinnern.“

„Das sind die Drogen.“ D.J. seufzte. „Dem Polizeichef von Butler Springs gelang es mithilfe der Zeugenaussagen und ein wenig sanfter Überredung, das meiste davon zusammenzusetzen.“

„Sanfte Überredung?“

D.J. kicherte. „Als sich der Barkeeper als nicht kooperativ erwies, drohte der Beamte, der ihn verhörte, damit, ihn direkt in die Hände von Tante Eileen und euch anderen zu übergeben." Sein Lachen wurde stärker. „Ihr müsst ihm wirklich übel mitgespielt haben."

Jetzt wünschte sie, sie könnte sich erinnern. „Was ist passiert?"

„Nun", Becky setzte sich auf einen Stuhl, „es war unglaublich. Zuerst bemerkten Frank und Tante Eileen, dass du dich komisch benahmst. Dann entdeckten wir den Barkeeper, der dir nach draußen half. Wir waren uns zunächst nicht sicher, ob er nur helfen wollte oder ob er unser Bösewicht war, aber es dauerte nicht lange, bis wir merkten, dass etwas nicht stimmte, weil er immer wieder über die Schulter blickte."

Neils Griff wurde fester und würgte fast ihre Finger.

Mit der anderen Hand tätschelte sie die seine und bewegte die Finger, die er so fest umklammerte. „Da ich hier bin, wage ich die wilde Vermutung, dass alles gut gelaufen ist."

„Entschuldigung." Er lächelte und lockerte seinen festen Griff.

„Nun." Catherine griff die Geschichte auf. Sowohl sie als auch Becky sahen so aufgeregt aus wie ein Kind, das erzählte, dass es am Weihnachtsmorgen den Weihnachtsmann am Kamin gesehen hat. „Wir folgten ihm zu dem Motel gegenüber des Boots'N'Scoots'."

D.J. schüttelte den Kopf und Nora glaubte, seine Schultern zittern zu sehen. „Sein Bruder ist der Hotelmanager. Hat ihm einen Generalschlüssel gegeben. Er hatte Zugang zu jedem Raum, wann immer er wollte, und es gab keine Registrierungsunterlagen. Deshalb war es für die Polizei so schwierig, ihn aufzuspüren. Er nutzte nur dann ein anderes Motel, wenn keine Zimmer mehr verfügbar waren. Aber auch dort war es schwierig, ihn aufzuspüren."

„Jedenfalls", fuhr Catherine fort, „klopfte Tante

Eileen und sagte ihm, sie hätte seine Pizza. Zuerst dachten wir, er würde es uns nicht abkaufen, aber als sie darauf bestand, dass sie bezahlt sei und er genauso gut eine kostenlose Pizza bekommen könnte, öffnete er die Tür."

Nora hatte tatsächlich das Bedürfnis zu kichern. Sie konnte sich an nichts davon erinnern, aber sie konnte sich gut vorstellen, wie Tante Eileen und die anderen das Hotelzimmer stürmten.

Becky winkte Catherine mit dem Finger zu. „Du hast vergessen, den Zivilpolizisten zu erwähnen."

„Er war keine große Sache. Zuerst dachten wir, er wäre der Bösewicht. Er tauchte in dem Moment auf, als wir hineingingen. Frank wusste nicht, wer er war, also schlug er ihn."

Noras Mund klappte auf und schnappte dann schnell wieder zu.

„Ja. Nachdem alles vorbei war, ließen der Polizist und Frank es darauf beruhen. D.J. hat der Polizei von Butler Springs davon abgeraten, Anklage zu erheben."

Becky nickte. „Wegen unserer Hilfe, den Widerling zu fassen und so."

Richtig. Nora war immer noch geschockt, dass der Plan funktioniert hatte.

„Als der Rest der Polizei eintraf, ließ Frank den Zivilpolizisten los und Eileen und Grace fesselten das Schwein."

„Wurde jemand verletzt?" Sie konnte sich den Kampf, den der Kerl geliefert haben musste, nur vorstellen.

„Nein." Catherine schüttelte den Kopf. „Er war gut in Mathe. Gegen vier Waffen, einen Marine und zwei verärgerte Frauen war er chancenlos."

„Erinnert mich bitte nicht an die Waffen", seufzte D.J..

„Warum? Wir haben Waffenscheine."

„Muss ich euch daran erinnern, dass vier von euch mit geladenen Pistolen in eine öffentliche Einrichtung gegangen sind, in der Waffen verboten sind?"

Catherine zwinkerte Nora zu. Offenbar hatte niemand erwähnt, dass auch sie ihre Schusswaffe bei sich gehabt hatte. Daran erinnerte sich Nora. Niemand durchsuchte Frauen, die in ein Tanzlokal gingen, und Tante Eileen hatte erklärt, dies sei einer dieser Momente, in denen es besser sei, lieber um Verzeihung zu bitten als um Erlaubnis. Sie waren mit ihren versteckten Waffen in das Lokal gegangen, und sie war froh, dass sie es getan hatten. Alles wäre wahrscheinlich noch viel chaotischer geworden, wenn nicht alle ein wenig – wie D.J. es gerade ausgedrückt hatte – sanfte Überredung mitgebracht hätten.

„Bist du sicher, dass du nicht noch liegenbleiben solltest?" Als Neil neben Nora am Fuß der Treppe stand, erkannte er, dass seine Tante im Gluckenmodus war.

Brooks nickte. Er war mit Toni für Noras Nachuntersuchung vorbeigekommen. „Ich möchte immer noch nicht, dass sie heute Nacht alleine ist, aber die Wirkung der Droge wird weiter nachlassen, und abgesehen vom Gedächtnisverlusts sind keine Nebenwirkungen zu erwarten."

„Werde ich mich jemals daran erinnern, was passiert ist?" Noras Stimme war leise und sanft. Was Neil betraf, hoffte er, dass sie sich nie daran erinnern würde, was sie durchgemacht hatte.

Brooks zuckte mit den Schultern. „Nichts ist in Stein gemeißelt, aber es ist unwahrscheinlich."

Hinter ihnen klatschte Tante Eileen laut in die

Hände. „Und jetzt, wo alles wieder normal ist, lasst uns essen.“

„Oh, gut. Ich bin am Verhungern.“ Nora lächelte und ging vorwärts. Sie hatte nur einen Schritt gemacht, als er schnell ihre Hand ergriff.

„Wenn es dir nichts ausmacht“, er verschränkte seine Finger mit ihren, „würde ich gerne eine Weile in deiner Nähe bleiben.“

Ihr Blick fiel auf ihre sich haltenden Hände, bevor sie aufsah und ihn anblickte. Ihre Augen funkelten vor Zufriedenheit. „Das würde mir gefallen.“

Es gab viele Dinge, die ihm gerade gefallen würden. Sie nie wieder aus den Augen zu lassen, war nur eines davon.

„Bist du wirklich hungrig oder nur aus Höflichkeit?“ Er war bereit, sie schnell wegzubringen, sollte ihr das alles zu viel sein.

„Nein“, lächelte sie, „ich bin wirklich ausgehungert. Ich habe seit über vierundzwanzig Stunden nichts gegessen.“

Das Gespräch am Tisch verlagerte sich von dem Widerling, den sie am Abend zuvor geschnappt hatten, zu dem Thema, wie gut Mollys Genesung vorging und dass die Leute aus der Stadt eingesprungen waren, um ihr dabei zu helfen, das Food-Truck-Geschäft am Laufen zu halten, während sie sich erholte. Die Schwestern und Tante Eileen hatten darüber gestritten, wer sich während ihrer Genesung um Molly kümmern sollte. Am Ende gewann keiner von ihnen. Die Produktionsfirma bezahlte die Rechnung für eine professionelle Pflege, bis sie wieder im Truck arbeiten könnte. Allerdings hatte Neil kaum Zweifel daran, dass die Frauen Molly trotzdem im Auge behalten würden.

„Ich würde gerne zum Nachtisch bleiben, aber wir müssen vor Helens Schlafenszeit zurück in die Stadt.“ Brooks gab seiner Tante einen Kuss auf die Wange.

„Nächstes Mal", Tante Eileen wandte sich an Toni, „bringt ihr Helen mit."

„Werden wir." Toni lächelte. „Diesmal war es aber einfacher, sie bei Meg und Adam zu lassen."

Nachdem sich alle verabschiedet hatten und nur noch die Bewohner der Ranch übrig waren, kam Tante Eileen im Wohnzimmer auf sie zu. „Warum geht ihr nicht raus auf die hintere Veranda, um etwas frische Luft zu schnappen, und ich bringe Nora das letzte Stück meiner Blaubeer-Sauerrahm-Torte. Ich habe es nur für dich aufgehoben."

„Und ich?", neckte Neil.

Seine Tante schüttelte den Kopf. „Apfelkuchen oder Rührkuchen?"

„Nichts, danke." Er zog Tante Eileen in seine Arme, drückte sie fest und flüsterte ihr ins Ohr: „Danke, dass du dich um sie gekümmert hast."

Tante Eileen tätschelte seinen Arm. „Sie ist eine tolle Frau. Auch wenn du nicht Grays Segen hast."

„Da fällt mir ein." Neil trat einen Schritt zurück. „Wie oft fährt Gray als blinder Passagier in die Stadt?"

„Blinder Passagier?" Eileens Brauen hoben sich verwirrt.

„Ja. An meinem ersten Abend in der Stadt vor ein paar Wochen stand er wie eine Statue vor dem Pub."

„Oh." Nora drehte sich zu ihm um. „Das muss der Abend unseres ersten Dates gewesen sein. Er starrte mich nur an, als ich am Bordstein anhielt."

Ein strahlendes Lächeln huschte über Tante Eileens Gesicht. „Habt ihr ihn beide in der Stadt gesehen?"

Sie nickten.

„Hat ihn noch jemand gesehen?", fragte Eileen.

Was für eine seltsame Frage, dachte er. „Nein, als Ryan und die anderen gingen, war Gray weg."

Eileens Grinsen wurde breiter, als sie sich umdrehte und wegging und etwas murmelte: „Morgen früh muss ich etwas Leber für die beiden kochen."

„Ich hoffe wirklich, dass sie über die Hunde spricht. Ich hasse Leber." Nora ließ sich auf die Hollywoodschaukel sinken.

Neil glitt auf den freien Platz neben ihr. „Du hast uns letzte Nacht wirklich zu Tode erschreckt. Das habt ihr alle. Ich glaube, ich habe D.J. noch nie so schnell fahren gesehen."

„Das war nicht der Plan."

„Es war ein verrückter Plan."

„Aber er hat funktioniert."

„Und was wäre, wenn nicht? Was wäre, wenn sie nicht bemerkt hätten, dass er dich mitgenommen hat? Was wäre, wenn er dir tatsächlich … etwas angetan hätte?"

„Aber das hat er nicht. Zu mehreren ist man sicherer. Und jeder, der nicht komplett bescheuert ist, weiß, dass man sich nicht mit starken texanischen Frauen anlegen sollte. Wir haben die Gene der Pioniere."

„Trotzdem." Er versuchte, nicht darüber nachzudenken, was hätte passieren können, und war dankbar, dass alle heil davongekommen waren und niemand von ihnen ins Gefängnis musste oder Schlimmeres. „Können wir kurz reden?"

„Ich dachte, das tun wir." Sie lächelte ihn an und sein Gehirn verwandelte sich in Brei.

Es dauerte eine Sekunde, bis er sich nicht mehr in diesem wunderschönen Lächeln oder ihren tiefbraunen Augen verlor, die am ersten Abend seine Aufmerksamkeit erregt hatten. „Ich meine über uns."

„Uns?" Ihr Lächeln verschwand, und er holte tief Luft.

Er nickte. „Bezüglich dieser Vereinbarung. Der, bei der wir ein paar Dates haben und du mich dann fallen lässt."

„Weil mir die Art, wie du dein Essen kaust, nicht

gefällt." Sie neckte ihn wieder.

Vielleicht war ihre neckende Stimmung ein gutes Zeichen. „Für mich fühlte es sich in den letzten Wochen nicht so an, als würde ich etwas vortäuschen. Wenn die Möglichkeit besteht, dass es dir genauso geht, würde ich es gerne richtig mit uns versuchen. Nicht vorgetäuscht."

Ihr Blick traf seinen, ihr Lächeln verschwand und ihr Mund öffnete sich leicht. „Das willst du?"

„Ja. Ich, ähm", er schluckte schwer, „ich möchte nicht daran denken, dich zu verlieren."

„Nicht?" Ein Lächeln breitete sich in einem ihrer Mundwinkel aus.

Er schüttelte den Kopf. „Weißt du. Ich, ähm, ich bin auf dem besten Weg, mich Hals über Stetson in dich zu verlieben."

Ihr Mund klaffte wieder auf, und bevor er die Überraschung wegküssen konnte, schloss sie ihn und der Rest dieses Lächelns übernahm die Kontrolle. „Dann denke ich, ist es gut, dass ich das auch tue."

„Tust du?"

Sie nickte. „Nur, dass ich nicht mehr auf dem Weg bin. Ich bin bereits da."

Er war hin- und hergerissen, ob er Halleluja rufen oder sie küssen sollte, und entschied sich dafür, sie in seine Arme zu ziehen und seine Lippen leicht auf ihre zu drücken. „Ich liebe dich, Nora Brown."

„Hier bitte – ups." Die Schritte seiner Tante verstummten. „Das stelle ich einfach hier auf dem Tisch."

Als sich ihre Stirnen berührten, kicherten sie beide über Tante Eileens Reaktion. Dann ignorierten sie die Lieferung des Desserts und legten ihre Lippen wieder aufeinander. In der Ferne hörte man seine Tante fröhlich murmeln: „Zwölf von zwölf. Gut gemacht, Gray."

EPILOG

„Atme tief ein und entspann dich." Owen deutete mit dem Finger auf seinen Bruder. „Jeder Idiot weiß, dass das funktionieren wird."

„Schatz, ich bin zu Hause", hallte Noras in ein neckendes Kichern gehüllte Stimme durch das fast leere Haus. „Oh wow."

„Siehst du?" Owen klopfte Neil auf die Schulter. „Führen wir sie herum." Von seinem Standpunkt aus konnte Owen Noras große Augen sehen. Neil hatte sie und den Rest der Familie absichtlich ferngehalten, als sie begonnen hatten, das Haus wieder aufzubauen. Dieses besondere Haus, in das Neil so viel zusätzliche Mühe investiert hatte.

Die großen Enthüllungen gehörten zu Owens Lieblingsmomenten. Die pure Freude in den Augen der Käufer zu sehen, könnte selbst den mürrischsten Menschen zum Lächeln bringen. Dieses Mal war für die Farraday-Brüder, oder Cousins, wie die Show sie nannte, aber noch einmal eine Nummer größer.

„Oh mein Gott." Tante Eileen folgte Nora ins Haus. „Das ist eine ziemliche Veränderung, nicht wahr?"

Während der Rest des Clans, der sich die Zeit genommen hatte, diesen großen Moment in seinen Samstagnachmittag einzubauen, in das Haus strömte, schlich sich Nora neben Neil und grinste ihn an. „Ich wusste, dass es großartig werden würde, aber es haut mich trotzdem vom Hocker." Ihre Augen weiteten sich, als ihr Blick zur Küchenrückwand wanderte. „Du hast die blauen gewählt."

Die ganze Woche über war Neil so nervös wie eine Maus in einem Labyrinth gewesen. Owen hatte jeden Moment damit gerechnet, dass sein Bruder ein Aneurysma bekommen würde. Aufgrund der Lieferverzögerungen und Produktionsprobleme hatte die Fertigstellung des Hauses zwei Wochen länger gedauert als ursprünglich geplant. Das verdammte Projekt im Rahmen des Budgets zu halten und zusätzliche Verzögerungen zu vermeiden, hatte auch Owens Blutdruck täglich auf die Probe gestellt. Aber für Neil waren die letzten paar Tage am schlimmsten gewesen.

„Du hattest recht." Neils Blick traf sich mit dem von Nora. „Die blauen U-Bahn-Fliesen waren die beste Wahl."

Owen wusste, dass er den Rest der Familie herumführen sollte, aber es fiel ihm schwer, seinen neugierigen Blick von seinem jüngsten Bruder abzuwenden. Als Morgan, der älteste der Brüder, sich in Valerie verliebte, war Owen nur sporadisch hier gewesen. Dieses Mal hatte er während der ganzen Zeit einen Platz in der ersten Reihe gehabt und gesehen, wie sein Bruder Nora mit Sternen in den Augen ansah und sie seinen Blick mit der gleichen Bewunderung erwiderte. Nun schwankte Owen irgendwo zwischen Jubelschreien und blankem Neid.

„Wir haben uns für die Carrara-Arbeitsplatten entschieden." Neils Stimme klang so sanft und leise, als er auf die Marmorarbeitsplatten zeigte, dass Owen ihn kaum hören konnte. Vermutlich hatte auch sonst niemand im Raum genau verstanden, was er gesagt hatte.

„Die Böden sind wunderschön." Meg starrte auf den Boden, woraufhin auch die anderen ihr Staunen über den Farbton und die Holzmaserung kundtaten. Und nur zum Spaß begannen einige der Kinder mit ihrer besten Imitation von River Dance.

„Vorsicht, Süße", Tante Eileen blickte zu den Kindern, „wir wollen den Boden nicht zerkratzen."

„Keine Sorge." Owen schüttelte den Kopf. „Auf diesem Boden ist genug Versiegelung für ein Jahrhundert."

Meg lächelte ihn an. „Wir lassen die neuen Eigentümer den Boden einweihen."

Owen unterdrückte ein Lachen. Das war eine Möglichkeit, den Frieden in einem jetzt überfüllten Zuhause aufrechtzuerhalten.

„Ich möchte auch so einen." Becky stand im Flur und schaute durch eine Tür. „Schränke aus Zedernholz sind der Wahnsinn, und dieser hier ist riesig."

Nora wirbelte herum und spähte über Beckys Schulter in den begehbaren Kleiderschrank. „Das ist wirklich cool für ein so altes Haus."

„Meine Güte." Kelly rief aus einem anderen Raum. „Sind das alles begehbare Schränke?"

Neil lächelte von einem Ohr zum anderen und nickte. „Ich weiß aus zuverlässiger Quelle, dass es in diesem Teil des Countys an großen Schränken mangelt."

Nora war zu ihrem Platz an seiner Seite zurückgekehrt und zwinkerte ihm zu.

„Eine echte Treppe!" Toni quietschte. „Ich habe die Vorliebe der Texaner für herunterziehbare Treppen nie verstanden. Das ist wirklich cool."

Neil zog Nora näher an sich, küsste sie auf den Kopf und murmelte etwas, das Owen nicht hören konnte. Etwas, das sie unvorstellbar breit lächeln ließ.

Alle anderen freuten sich, durch das alte Haus zu

schlendern, aber Owen beobachtete das Paar, das immer noch in der Küche stand. Schritte ertönten über ihm. Um die Räume und Einbauschränke zu vergrößern, hatten sie sich dafür entschieden, zumindest einen Teil des alten Dachbodens in Wohnraum umzuwandeln. Die Entscheidung schien gut anzukommen, da weitere Stiefelabsätze über die Holzstufen klackerten und Stimmen sich überschlugen, als seine Verwandten nach oben strömten.

„Ihr habt wirklich an alles gedacht. Die Wanne im Badezimmer ist ein Traum." Grace kam auf Owen zu und winkte Paxton herüber. „Ich kann mich nicht entscheiden, ob ich möchte, dass ihr alle vorbeikommt und unser Haus modernisiert oder es abreißt und von Grund auf neu baut."

„Ihr könntet euch eines der ersten neuen Grundstücke in Three Corners sichern. Die Entwickler werden ab Montag die Infrastruktur erweitern und Straßen pflastern lassen. Geplant sind Flächen für ein Lebensmittelgeschäft und andere Läden."

„Du meinst, abgesehen von allem, was auf der Main Street in Sadieville ist?"

Die beiden Brüder nickten und Grace sah Chase an. „Ich frage mich, wie schlimm der Weg zum Futterladen wäre."

Chase lachte einfach, rollte seine Frau an sich und küsste sie sanft auf die Schläfe. „Ich bin sicher, es wäre nicht schlimmer als eine Fahrt mit der U-Bahn nach Manhattan."

Neil blickte zu seinen Brüdern und seinem Cousin auf. „Lach nicht zu sehr, Chase. Es ist die Rede von einem Farraday-Viertel in der Stadt."

Grace' Ehemann lachte tief aus seinem Bauch heraus. „Klingt gut."

„Was ist das?" Nora hatte sich zentimeterweise an die einzige Dekoration im Haus herangeschlichen. Ein schlichter schwarzer Rahmen mit goldenen Akzenten enthielt eine vergilbte und teilweise zerrissene Zeitung hinter Glas.

„Eine Überraschung." Neil trat hinter sie und zeigte auf den Zeitungsauschnitt. „Das hier wirst du lesen wollen."

Ihre Lippen bewegten sich kaum, als Nora leise die Worte direkt unter Neils Finger murmelte. Owen erkannte sofort, was Neil dazu veranlasst hatte, die Zeitung einrahmen zu lassen. Noras Kinnlade klappte herunter und ihre Augen weiteten sich. „Euphemia May Callahan und Walter Ulysses Potter reisten gestern Morgen nach einer privaten Zeremonie mit einer Kutsche ..." Sie wirbelte herum. „Ist das die Truhe?"

Neil nickte. „Anscheinend ist das junge Paar – sie war erst fünfzehn – durchgebrannt. Der Pfarrer traute sie wenige Minuten bevor die Kutsche abfuhr, damit ihre Eltern sie nicht aufhalten konnten. Sie ließen sich in Kalifornien nieder."

„Ließen sich nieder?" Sie ging zurück zu dem Rahmen und fand einen weiteren, weniger zerschlissenen Teil einer deutlich neueren Zeitung. Eine in der viele Jahre später die Goldene Hochzeit von Euphemia und Walter Potter aus Sacramento, Kalifornien, verkündet wurde. „Wie süß ist das?"

„Valerie hat ihre Urenkelin aufgespürt. Sie dachte, es wäre ein schönes Extra für die Show. Die Frau erzählte ihr, dass das junge Paar Nachbarn gewesen waren und die Eltern jahrelang über wer weiß was gestritten hätten. Der Grund, warum die Truhe zurückgelassen wurde, war, dass sie nur mit den Kleidern, die sie trugen, und etwas gespartem Geld davongelaufen sind. Die Urenkelin kommt in die Stadt, um die Truhe zu holen. Sie ist begeistert, die Wurzeln ihrer Familie kennenzulernen."

Mittlerweile hatten sich die Leute um die Brüder

versammelt, gratulierten ihnen zu ihrer gut gemachten Arbeit und unterhielten sich darüber, wie schwierig es die Turteltauben gehabt haben mussten und wie anders Teenager vor hundert Jahren gewesen waren. Alle waren sich einig, dass die Heirat in jungen Jahren nicht unbedingt etwas war, zu dem die Welt zurückkehren sollte. Die Unterhaltung wurde plötzlich langsamer und Owen wusste, dass es das war.

Er ging auf die andere Seite des Raumes und erhaschte einen Blick aus der Vogelperspektive auf Noras Hände an ihrem Mund, Neil auf einem Knie und seine Hand, die eine kleine rote Samtschachtel öffnete. Der Typ war in den letzten Tagen so nervös gewesen. Nur Gott weiß, wie oft er vor dem Badezimmerspiegel geprobt hatte, was er sagen wollte. Owen hoffte nur, dass sein kleiner Bruder es nach all der Mühe nicht vermasselte.

„Man sagt, wenn man die richtige Person findet, weiß man es. Als ich dich zum ersten Mal auf der anderen Seite des O'Fearadaigh's gesehen habe, konnte ich meine Augen nicht von dir lassen."

Abbie, die sich an Owens Seite geschlichen hatte, um besser sehen zu können, beugte sich zu ihm und flüsterte leise: „Er macht keine Witze. Ich war dort."

„Wenn du aus diesem Haus ein Zuhause machen willst, *unser* Zuhause", fuhr Neil fort, „gehört es dir. Wenn du möchtest, dass ich dir woanders etwas Besseres baue, werde ich das tun. Wenn du bereit bist, dein Leben mit mir zu teilen, verspreche ich, alles in meiner Macht Stehende zu tun, um dich mein Leben lang glücklich zu machen."

Nora holte tief Luft, ließ ihre Hände von ihrem Gesicht fallen und warf sie in die Luft, während sie sich nach vorne beugte. Ein kollektives Ringen nach Luft erfüllte den Raum, als sie über ein kleines Spielzeug-Feuerwehrauto stolperte, das eines der

Kinder übersehen hatte. Neil sprang gerade noch rechtzeitig auf, um sie in seine Arme zu nehmen, bevor sie mit dem Gesicht auf dem frisch polierten Boden landen konnte. Nora holte noch einmal tief Luft, schlang ihre Arme um Neils Hals und kicherte. „Ich schätze, wir müssen dein Gelübde zu *sie zu lieben, zu ehren und aufzufangen* ändern." Ihr Mund traf seinen und der Raum brach in Jubel aus. Owen musste zugeben, dass er nun definitiv auf der neidischen Seite gelandet war.

Sein Handy summte und er warf einen Blick auf die SMS und steckte das Telefon dann wieder in die Tasche.

„Du hast wieder diesen verärgerten Ausdruck in deinen Augen." Tante Eileen hatte Abbie an seiner Seite ersetzt. „Heute ist ein zu glücklicher Tag, um so besorgt auszusehen. Gibt es etwas, bei dem ich helfen kann?"

Er schüttelte den Kopf und zwang sich, sich darauf zu konzentrieren, wie glücklich sein Bruder und dessen zukünftige Frau waren, wodurch sich sein Mund sofort zu einem aufrichtigen Lächeln verzog. Zumindest in einer Sache hatte seine Tante Recht: Heute war kein Tag, den man sich von der Realität vermiesen lassen sollte. „Nein, Ma'am. Wie du sagtest, heute ist ein glücklicher Tag für die Farradays."

EXCERPT: OWENS

WIDERWILLIGES GLÜCK

An manchen Tagen wünschte sich Owen Michael Farraday, er könnte einfach auf sein Hemd klopfen und Scotty sagen, er solle ihn hochbeamen. Wobei natürlich die Familienranch in Oklahoma das Mutterschiff sein musste. Im Idealfall wäre das Hochbeamen auch eher wie bei der TV-Hexe, die mit der Nase wackelte und sofort an einem anderen Ort war. Dann wäre das Pendeln zwischen zwei Bundesstaaten nicht so anstrengend.

Die lange, heiße Dusche war ein kleines Stück vom Himmel gewesen. Nach der fast siebenstündigen Fahrt zum Haus der Familie in Oklahoma hatte ihm sein Rücken klar gemacht, dass Pendeln zwischen Oklahoma und Texas trotz des Komforts seines schönen neuen Pickups zu anstrengend wurde. Die moderne Welt war so weit fortgeschritten. Man konnte ohne Tastatur mit Computern sprechen, von überall auf der Welt sofort über Mobiltelefone kommunizieren – und dabei per Video-Call sogar die lächelnden Gesichter der Gesprächspartner sehen. Wie schwierig wäre es also, neben diesen und weiteren Science-Fiction-Erfindungen, auch Hochgeschwindigkeitsreisen zu verwirklichen? Aber wenn er ehrlich zu sich selbst war, gewann das Leben und Arbeiten in Texas und die Abgabe der Projekte in Oklahoma immer mehr an Reiz. Vor allem, wenn er an die ständigen Fahrten und die stetigen Versuche dachte, seine Mutter bei Laune zu halten, während er hier war.

In der Zwischenzeit war es ihm, dank all der wunderbaren Fortschritte der modernen Technologie, zumindest gelungen, mehrere Telefonanrufe zu tätigen, um zwei der laufenden Renovierungsarbeiten in Oklahoma wieder auf die richtigen Bahnen zu lenken. Obwohl er seine Geschäfte lieber von einem bequemen ergonomischen Stuhl aus erledigte – ja, so alt war er schon geworden –, war Fortschritt beim Autofahren immer noch Fortschritt. Die Bautrupps der *Farraday Brothers Construction* gehörten zu den Besten und waren in der Lage, ihre Arbeit zu erledigen, ohne dass er oder seine Brüder sie bis ins kleinste Detail beaufsichtigen mussten. Wenn er nur dasselbe über einige ihrer Subunternehmer sagen könnte.

Speziell eine davon war Ursache für beide Telefon-anrufe. Eine der von ihnen beauftragten Innenarchitektinnen hatte die unangenehme Ange-wohnheit, bei ihrer Arbeit das Budget zu überschreiten. Die Frau hatte überhaupt kein Gespür für Zahlen, aber bei den Renovierungsarbeiten im Chez Gerard, einem der exklusivsten Restaurants im gesamten Bundesstaat Oklahoma, musste sie den Verstand verloren haben. *Farraday Brothers Construction* hatte es geschafft, sich bei diesem Projekt gegen fünf der besten Konkurrenten durchzusetzen. Der Spielraum war knapp und im Gegensatz zu den meisten anderen Projekten war das Notfallbudget so gut wie nicht vorhanden. Sein Bruder Neil hatte darauf bestanden, dass Constance Swenson die richtige Wahl wäre. Wenn man bedachte, wie oft Owen sich mit ihr wegen der Zahlen streiten musste, war er nicht ganz davon überzeugt, dass sie dafür geeignet war. Nach mehreren Anrufen bei ihrem Buchhalter, der Möbelgalerie und dem Logistikunternehmen, das für die Lieferung der importierten Stühle – speziell aus Frankreich – verantwortlich war, würde es ihm nichts ausmachen, ihr ihren hübschen kleinen Hals umzudrehen. Aber würde er das tun, wären sich seine Mutter und Tante Eileen einig: Sie würden ihn beide umbringen.

Nun lag es an ihm und seinen Brüdern, einen Weg zu finden, die unerwarteten Kosten für importierte Restaurantstühle auszugleichen. Er trocknete sich mit einem Handtuch die Haare, schüttelte den Kopf und fragte sich: Was war falsch an *Made in the U.S.A.*?

Das Geräusch von Stiefelabsätzen, die die Holzstufen des alten Ranchhauses hinaufstapften, hallte durch den Flur. Er hatte immer gedacht, dass das Zuhause seiner Familie ein gemütlicher Ort sei, aber es konnte dem Haus seines Onkels Sean nicht das Wasser reichen.

„Es wurde auch Zeit, dass du kommst." Die Stimme seines eineiigen Zwillingsbruders Paxton dröhnte vom Ende des Flurs zu ihm herein. „Wir haben nicht den ganzen Tag Zeit."

Als sein Bruder mit ein paar langen Schritten sein Zimmer durchquerte, wickelte Owen sich das Handtuch um die Hüften und riss die Badezimmertür auf. „Wofür?"

„Das morgige Designtreffen für das neue Geisterhotel wurde auf heute verschoben."

„Wir müssen wirklich einen neuen Namen für den Laden finden. Man kann diesen Abschnitt der Dreharbeiten über die Renovierung der Geisterstadt nicht Geisterhotel nennen."

„Ich verstehe nicht, warum nicht." Pax zuckte mit den Schultern. „Jedenfalls ist Neil immer noch in Tuckers Bluff, also musst du dich mit Harriet treffen.

Glücklicherweise ist dies nur das Treffen für die Vorprüfung. Wir gehen die von Neil erstellten Pläne und das von dir angesetzte Budget durch, zeigen ein paar Fotos des *Nicht*-Geisterhotels und besprechen die Richtung, in die wir gehen wollen."

Dem Himmel sei Dank hatte Neil nicht auf diese Frau bestanden, die ihm Kopfschmerzen in der Größe des Staates Texas bereitet hatte. „Warum ich?"

„Ich habe es dir gesagt. Neil ist immer noch in Texas und du bist hier."

„Du ebenfalls." Warum sein Bruder wollte, dass er sich mit dem Designteam traf, war ihm ein Rätsel. Er war der Mann für die Zahlen. „Du bist Landschaftsarchitekt und sie ist Innenarchitektin. Ihr beide sprecht wahrscheinlich dieselbe Sprache."

„Pflanzen und Tapeten haben nichts miteinander zu tun."

„Ihr seid beide kreativ. Bei mir dreht sich alles um Zahlen und Tabellenkalkulationen. Du sprichst ihre Sprache."

„Wenn ich die Bestellung für das Projekt in Downtown nicht abholen müsste, würde ich es tun. Aber letztes Mal hat uns die Gärtnerei mit zu vielen minderwertigen Pflanzen versorgt. Wenn sie das hier auch vermasseln, war's das für sie. Auch wenn das bedeutet, ins nächste County fahren zu müssen, um eine anständige Gärtnerei zu finden. Ich habe also keine Zeit, hin und her zu fahren, wenn sie heute noch einmal versuchen, uns Müll anzudrehen. Also muss ich mit der Crew zum Abholen fahren und der Gärtnerei zeigen, mit wem sie es zu tun hat."

Na gut, er würde für seinen Bruder einspringen. Das wäre nicht das erste oder letzte Mal, dass ein Anbieter versuchte sie übers Ohr zu hauen, wenn er dachte, sie würden nicht mehr nachprüfen. Trotzdem. „Warum die Eile? Warum nicht wie geplant morgen?"

Paxton zuckte mit den Schultern und ließ ein schiefes Grinsen aufblitzen, das ein Lächeln sein sollte. Noch bevor sein Zwilling den Mund öffnete, wusste Owen, dass ihm nicht gefallen würde, was Pax zu sagen hatte. „Etwas über einen festen Termin für eine Mani- und Pediküre und den Wunsch, ihren Platz nicht zu verlieren."

Hatte sein Bruder das wirklich gerade zu ihm gesagt? Paxton wollte, dass Owen seine Mutter versetzt und Neils Arbeit erledigt, weil die Lady ihre Zehen lackiert haben wollte?

„Schau mich nicht so an." Paxton hob seine Hand. „Ich diskutiere nicht mit einer Frau wegen ihrer Schönheitsroutine."

„Harriet ist so alt wie Mom. Welche Schönheitsroutine?"

„Wir fragen nicht, wir zagen nicht …"

Gott, er hasste es, wenn sein Bruder dieses Zitat benutzte. Unweigerlich führte es immer dazu, dass er sich auf etwas einlassen würde, was er nicht tun wollte – so wie heute. „Gehorchen ist unsere einzige Pflicht."

„Wenn du dich dadurch besser fühlst, Tammy hat zwar keine Zeit, nach Texas zu pendeln, aber sie wird an der Besprechung teilnehmen."

Das zauberte ihm ein Lächeln ins Gesicht. Er und Tammy waren schon so lange befreundet, dass er den Überblick verloren hatte, und seit sich die *Construction Cousins* für die Reality-TV-Serie auf die Renovierung der alten Geisterstadt eingelassen hatten, hatte er sie nicht mehr gesehen. Sie hatten ein oder zwei Mal versucht, ob mehr aus ihnen werden könnte, waren aber immer zum gleichen Schluss gekommen: Sie waren bessere Freunde als Liebende. „Es wird schön sein, sie zu sehen."

„Also gehst du?" Ein aufrichtiges Grinsen erschien

auf den Lippen seines Bruders.

„Du weißt, dass ich das werde, aber dir ist auch klar, dass Mom gerade in der Küche jedes meiner Lieblingsgerichte kocht. Sie erwartet, dass ich den Rest des Nachmittags mit ihr verbringe. Wenn ich jetzt gehe, wird sie mehr als nur sauer sein. Ich möchte gar nicht an ihre Reaktion denken, wenn sie erfährt, dass ich nur ein paar Tage in Oklahoma bleibe. Ich muss am Montag zurück in Tuckers Bluff sein, um die Änderungen mit dem Filmteam zu besprechen, und dann muss ich mit Neil die Details für das Geisterstadt-Event durchgehen. Du weißt, wie aufgebracht Mom wegen all der Zeit ist, die wir nicht zu Hause verbringen. Seit sie erfahren hat, dass wir in Tuckers Bluff rumhängen, ist sie fast unmöglich." Er hatte keinem seiner Brüder erzählt, wie oft seine Mutter ihm Nachrichten mit Ausreden geschickt hatte, warum er schnell nach Hause kommen müsste. Er hatte keine Ahnung, warum sie gerade ihn dazu auserkoren hatte, aber soweit er wusste, sagte sie zu den anderen Brüdern kaum etwas.

Pax legte seine Hand in seinen Nacken, schüttelte den Kopf und ließ sich auf die Ecke des Bettes sinken. „Ich schwöre, irgendetwas an Texas bringt das Schlimmste in unserer Mutter zum Vorschein. Sie hat zwanzig Minuten damit verbracht, darüber zu reden, dass Neil und Morgan sie verlassen haben, und ich werde nicht wiederholen, was sie über Tuckers Bluff gesagt hat."

„Nichts, was wir nicht schon tausendmal gehört haben." Allerdings wünschte er sich wirklich, dass jemand eine Ahnung hätte, warum ihre Mutter Texas und die anderen Zweige der Farradays mehr hasste als Einkommenssteuern.

Pax stand auf. „Jetzt, wo wir das geklärt haben. Du triffst dich mit Harriet und ich fahre in die Gärtnerei."

„Nicht so schnell." Er schnappte sich ein Hemd aus dem Schrank. „Ich vertrete Neil, aber du sagst Mom, dass ich gehen muss."

„Fies." Pax seufzte. „Gut. Aber du schuldest mir etwas."

Owen verdrehte lediglich die Augen und warf das Handtuch in den Wäschekorb. Was würde heute wohl noch schief gehen?

„Oh Gott, was für eine Schönheit." Connie stand im Büro ihrer Freundin und Kollegin Tammy und bewunderte den fast unversehrten Mahagonitisch, den Tammy bei einer Haushaltsauflösung gefunden hatte. Hin und wieder stießen sie an den überraschendsten Orten auf das perfekte Möbelstück. „Ich liebe es, wenn wir ein Schnäppchen finden, das haargenau passt. Dieser schreckliche silberne Kandelaber, den Mrs. Benson so liebt, wird auf diesem Tisch großartig aussehen."

„Dem Himmel sei Dank. Ich gebe offen zu, dass es mir schwerfiel, dieses kitschige Ding zu präsentieren, ohne den ganzen Raum wie ein Bühnenbild für einen schlechten Horrorfilm wirken zu lassen. Aber vor allem bin ich einfach froh, dass der Tisch dabei hilft, das Budget auszugleichen. Wir hatten tausend Dollar für dieses Stück. Jetzt kann ich die ungenutzten achthundert umschichten, um die Mehrkosten für den Kronleuchter zu tilgen." Tammy drehte sich um und holte eine silberne Einkaufstüte hervor. „Da ich nicht den ganzen Nachmittag damit verbringen musste, die Stadt nach diesem Stück abzusuchen, habe ich ein paar Minuten in der neuen Boutique in der Fillmore Street Halt gemacht."

Connie war so damit beschäftigt gewesen, diesem arroganten französischen Koch alles zu geben, was er wollte, und alle davon zu überzeugen, dass sie die Ausgaben für Gerards schickes Restaurant unter Kontrolle hatte, dass sie keinen Moment Zeit gehabt hatte, um sich den neuesten Laden im Künstlerviertel der Stadt anzusehen.

„Was denkst du?" Tammy hielt ein kurzes, enganliegendes Kleid in einem wunderschönen Azurblauton in der Hand.

„Oh mein Gott." Sie streckte die Hand aus, um die zarte Perlenstickerei zu berühren.

Tammy runzelte die Stirn. „Ist das gut oder schlecht?"

„Gut. Bei deiner Figur wird das Kleid umwerfend an dir aussehen."

Das Gesicht ihrer Kollegin leuchtete vor Freude auf. „Danke!"

„Vielleicht leihe ich mir eines Tages dieses kleine Ding von dir aus." Es hatte Vorteile, gute Freundinnen zu haben, die genauso groß waren wie man selbst. Sie und ihre Freundin hatten sich im Laufe der Jahre schon des Öfteren formelle Kleider geliehen. Was ihr Budget sehr zu schätzen wusste.

Tammy drückte das Kleid an sich und wirbelte herum. „Jetzt brauche ich nur noch einen Ort, an dem ich es tragen kann."

„Ich habe gehört, dass Owen Farraday wieder in der Stadt ist. Ich bezweifle, dass es großer Überredungskunst bedarf, ihn dazu zu bringen, dich an einen Ort zu bringen, der dieses Kleides würdig ist."

Tammy runzelte die Stirn, bevor sie seufzte. „Das denke ich auch, aber es wäre eine Schande, dieses Kleid an einen Freund zu verschwenden. Dieses Schmuckstück verdient ein ehrliches Date mit einem Mann, der dir einen Gute-Nacht-Kuss gibt und dir

Schmetterlinge im Bauch bereitet."

„Willst du mir sagen, dass Owen ein mieser Küsser ist?" Connie konnte das kaum glauben. All diese Farradays waren aus demselben Holz geschnitzt und viele Frauen würden töten, um Zeit alleine mit einem davon zu verbringen. Andererseits war gutes Aussehen keine Garantie für irgendetwas anderes.

„Das habe ich nicht gesagt, aber für mich ist da kein Knistern, keine Magie. Es ist fast so, als würde man seinen Bruder küssen."

„Ihh." Connie hatte das eigentlich nicht laut sagen wollen, aber die Worte verursachten bei ihr Gänsehaut, und das nicht auf eine gute Art und Weise. Allerdings hatte sie immer geglaubt, dass Tammy Owen immer noch mehr mochte, als sie zugab, und dass es Mr. Pfennigfuchser war, der ihre kurzen romantischen Liebschaften beendet hatte. Ein weiterer Grund, von Mr. Owen Farraday nicht begeistert zu sein.

Tammy kicherte und schüttelte den Kopf, ein weiterer Beweis dafür, dass sie dem Kerl immer noch nachschmachtete. Tammy drehte sich noch einmal herum und packte das Kleid ordentlich zurück in die Tasche. „Irgendwann. Wann musst du wieder im Restaurant sein?"

„Muss ich nicht." Die Last-Minute-Gnadenfrist bis zu einem weiteren Treffen mit den Restaurantleuten und wahrscheinlich dem Farraday-Buchhalter war ein wahrer Segen. Chez Gerard hatte sich als einer der anspruchsvollsten Jobs erwiesen, die sie seit langem gemacht hatte. Nicht, dass sich dieses Projekt von anderen kommerziellen Unternehmungen unterschied. Sie musste lediglich auf die harte Tour lernen, dass die Franzosen eine andere Sicht auf das Leben hatten. Manchmal machte es schon Spaß, aber manchmal, wie beim Fiasko um die Stühle, nicht so sehr. „Anscheinend geht eine Grippe um und er hat nur noch die

Hälfte des Küchenpersonals, weshalb sie doppelt so viel Arbeit zu erledigen haben. Gerard möchte nicht, dass jemand, der nicht kocht, Platz wegnimmt."

„Platz wegnimmt?" Tammy kicherte. „Wie nett von ihm."

„Nun, er hatte es vielleicht etwas anders ausgedrückt, aber ich habe die Botschaft trotzdem verstanden."

„Ich muss zugeben, ich glaube nicht, dass mir dieser Mann besonders am Herzen liegt." Tammy zuckte mit den Schultern. „Aber andererseits ist es kein Geheimnis, dass er uns auch nicht besonders mag. Ich schätze also, damit wären wir quitt."

Connie kicherte. „Das ist eine Möglichkeit, es zu betrachten."

„Verdammt." Tammy war auf allen Vieren vor einem Schrank in ihrem Büro, kramte den Inhalt aus den Regalen und legte ihn neben sich auf den Boden. „Ich weiß, dass ich diese Muster hier irgendwo reingeschoben habe. Sie sind in einer Plastiktüte aus dem *Design Loft*."

„Lass mich helfen." Obwohl sich der Schrank, den Tammy durchsuchte, in ihrem Büro befand, wurde er von allen Mitarbeitern zur Aufbewahrung von Produktproben und Projektresten genutzt.

Das Problem bestand natürlich darin, dass sich der Vorrat an Kleinigkeiten in den Eingeweiden der Unterschränke mit jedem abgeschlossenen Projekt in besorgniserregendem Tempo vervielfachte.

Tammy stand auf. „Man sollte meinen, Harriet könnte sich ausziehbare Regale leisten. Ich werde zu alt, um auf den Knien nach der Nadel im Heuhaufen zu suchen."

Wenn Tammy, die fünf Jahre jünger als Connie war, sich für zu alt hielt, dann war Connie eine wandelnde Leiche. „Wo ist Harriet?"

„Sie wollte sich schnell einen Burger holen. Sollte jeden Moment zurück sein." Tammy stand auf und klopfte sich den Staub von den Händen. Sie seufzte. „Vielleicht sind sie im Pausenraum."

„Gute Idee." Noch immer auf allen Vieren, nachdem sie zum nächsten Schrank gekrabbelt war, winkte Connie ihrer Freundin zu. „Such du dort und ich mache hier weiter."

„Klingt nach einem Plan. Danke."

Connie steckte den Kopf tief in die unteren Schränke und warf Farbmuster, Päckchen mit Fugenmörtel, Holzbodenproben und Vinylbodenstreifen auf den Boden. Sie war überzeugt, dass sie jeden Moment auf ein Einhorn stoßen würde.

„Na, hallo, meine Schöne."

Die tiefe Männerstimme war unerwartet. Sie hatte es kaum geschafft, sich ein paar Zentimeter aus dem Schrank zu lösen, als eine sehr große Hand auf ihrem Hintern landete, wodurch sie nach oben schnellte und mit dem Kopf schmerzhaft gegen die Decke des Schranks knallte. *Was zum Teufel?*

ÜBER CHRIS KENISTON

Chris Keniston ist Autorin von vierzig zeitgenössischen Romanen und lebt mit ihrem Mann, zwei menschlichen Kindern und zwei Hundekindern in einem Vorort von Dallas. Obwohl sie beide Hunde gleichermaßen liebt, gibt sie zu, eine ganz besondere Bindung zu ihrem Deutschen Schäferhund aus dem Tierheim zu haben. Schließlich verdienen auch Hunde ein Happy End.

Auf www.chriskeniston.com erfahren Sie mehr über Chris Keniston und ihre Bücher.

Folgen Sie Chris' Montagsblog auf ihrer Website ChrisKenistonAutoren

Folgen Sie Chris auf Facebook unter ChrisKenistonAutorin